宋代陶學研究

一個文學接受史個案的分析

羅秀美 著

獻給

我的啟蒙業師
張夢機教授暨顏崑陽教授

《宋代陶學研究：一個文學接受史個案的分析》

序

　　這部《宋代陶學研究：一個文學接受史個案的分析》（原題《宋代陶學研究》）是近十年前完成（1997 年）的碩士論文。十年之間物換星移，完成碩士論文之後，先後任職於兩所技專院校。兩年後赴博士班進修，開始將關注視角轉移至近現代文學發展上。自博士學位完成後，又先後歷經兩所大學校院的洗禮，來到目前服務的大學，大致以近現代文學為教學重心，久已不與古典文學世界的陶淵明照面。

　　然而，2005 年底，契機出現了。一場學術研討會的在座學者一段關於接受史的發言。2006 年初，一封來自彼岸山東大學李劍鋒教授向我碩士論文致意的電子信，竟爾悄悄掀起一樁久違的心事，決定重新審視舊作，再與陶淵明晤面。因此，在將近十年後的今日決心付梓，也紀念一段青春歲月。

　　再度翻閱舊作的同時，其實十分惶惑的。許多早年不成熟的見解與過於張狂的敘述文字一一在目，不免心驚。初時雖頗有改寫乃至重寫的衝動，但自忖學術涵養有限，且書寫當時的心境與脈絡亦不復再有，深恐牽一髮動全身，終至無法收拾反弄巧成拙，因此仍是大體保留原貌。但在重新審視與閱讀的過程中，仍舊儘可能地刪汰不妥之段落，或修訂錯落的字句，以臻完善。

但值得一提的是，在拙著《宋代陶學研究》完成之後的近十年間，學界關於「陶淵明」及「接受史」主題的研究未嘗稍歇，且有蓬勃發展之勢。以下僅就此現象略述大要，以補拙著未盡之處。

關於「陶淵明」研究，向來為學者所偏愛，前此相關論文已所在多有。1997 年（85 學年度）以後，陶淵明研究的相關論著仍陸續問世。如蔣淨玉《白居易詩歌中的陶淵明風範》（中正大學中文碩士論文，90 學年度，指導教授：許東海）、黃蕙心《蘇東坡和陶詩研究》（輔仁大學中文系碩士論文，89 學年度，指導教授：陳新雄）、郭秋顯《宋代陶詩學平淡觀研究》（中山大學中文所碩士論文，86 學年度，指導教授：龔顯宗）、陳俊生《清詩話論陶要籍研究》（國立高雄師範大學國文學系博士論文，88 學年度，指導教授：張子良）、黃惠菁《唐宋陶學研究》（國立高雄師範大學國文學系博士論文，85 學年度，指導教授：張子良），這五部陶學論文雖未直接言明陶淵明接受史研究，但觀其內容可知已具備接受史研究的概念在內。

其次，劉金菊《陶淵明詩修辭探究》（玄奘人文社會學院中文所碩士論文，92 學年度，指導教授：沈謙）談的是陶淵明詩歌的修辭藝術，是較少被關注的主題。鄭淳云《人與自然的對話──陶詩自然意象研究》（臺灣師範大學國文所碩士論文，94 學年度，指導教授：李清筠）以陶詩的自然意象為主題以探究人與自然的對話，而其指導教授李清筠正是以《時空情境中的自我影像──以阮籍、陸機、陶淵明詩為例》（臺灣師範大學國文所博士論文，87 學年度，指導教授：陳滿銘、傅武光）獲博

士學位的，師生兩代傳承陶詩中自我與自然的對話命題。黃菁芬《陶淵明、謝靈運思想與詩風較論》（臺灣師範大學國文所碩士論文，95 學年度，指導教授：傅武光）以同時代的陶、謝兩人的思想與詩風進行比較；王明華《荷鋤的詩人：佛洛斯特與陶淵明詩中農夫詩人之比較研究》（暨南大學外文所碩士論文，94 學年度，指導教授：魏伯特）則將陶淵明與外國詩人之作相較，頗為別致。

復次，陶淵明的生命情調也是經常被研究的主題。張惠蓮《陶淵明的生命智慧》（佛光人文社會學院生命學研究所碩士論文，94 學年度，指導教授：翁玲玲）、鄭宜玟《陶淵明的生命哲學》（東海大學哲學所碩士論文，93 學年度，指導教授：林顯庭）、戴士媛《魏晉文學之生死觀研究──以阮籍・陸機・陶淵明為例》（南華大學文學所碩士論文，91 學年度，指導教授：陳章錫）、陳燕玲《陶淵明與魏晉風流之研究》（成功大學中文所碩士論文，93 學年度，指導教授：陳怡良），以上幾部論著所關注的焦點都是陶淵明的生命哲學，以及他與同時代文人的生命情調之對照。

最後，顏芳美《魏晉南北朝擬作組詩研究》（臺南大學語教所碩士論文，94 學年度，指導教授：林登順）、陳思穎《華滋華斯詩中的中國山水情懷：山水不只是山水》（成功大學外文所碩士論文，93 學年度，指導教授：閻振瀛），兩部論文雖未直接於題目標明以陶淵明為研究主體，但論文中仍有不少與陶淵明相關的敘述。

關於「接受史」主題的論著，在近十年來的學界中更蔚為一股風氣。相關論著按照其研究主題可簡述如下：

首先，在古典文學的研究方面，「古典詩詞」的接受史研究成果最為豐碩。楊文雄《李白詩歌接受史》（臺北：五南圖書，2000 年）以及蔡振念《杜詩唐宋接受史》（臺北：五南圖書，2002 年）分別以李、杜詩為主題進行接受史研究。大陸學者李劍鋒《元前陶淵明接受史》（濟南：齊魯書社，2002 年）的研究主題與拙著皆以陶淵明為接受史的研究主體，然該書所涵蓋的時代較為長遠，成果亦豐碩。此外，朱麗霞《清代辛稼軒接受史》（齊魯書社，2005 年 1 月）也是直接以接受史觀念論清代詞人對辛棄疾的接受情形。

而研究生的學位論文成果方面，高溥懋《杜牧之詩研究》（成功大學中文所碩士論文，93 學年度，指導教授：楊文雄）、李妮庭《閑樂：宋初白居易接受研究》（東華大學中文所碩士論文，92 學年度，指導教授：張蜀蕙）、陳裕美《宋代對黃庭堅詩法之接受研究》（南華大學文學所碩士論文，92 學年度，指導教授：李正治），三部論文分別以杜牧、白居易以及黃庭堅為研究主體進行接受史研究。李嘉瑜《元代唐詩學》（輔仁大學中文所博士論文，92 學年度，指導教授：方瑜）、陳松宜《清代接受宋詞之研究》（中央大學中文所碩士論文，87 學年度，指導教授：張夢機）則以時代為研究主體，分別以元人接受唐詩、清人接受宋詞做為主題進行唐詩宋詞的接受史研究。李栩鈺《河東君與《柳如是別傳》——「接受觀點」的考察》（中央大學中文所博士論文，

91 學年度，指導教授：康來新）則以接受觀點考察柳如是的形象，並以陳寅恪《柳如是別傳》為討論重心。

「古典小說戲劇」的接受史研究也很精彩。曾國瑩《西遊記接受史研究》（東海大學中文所碩士論文，93 學年度，指導教授：許建崑）、陳俊宏《西遊記主題接受史研究》（政治大學中文所碩士論文，90 學年度，指導教授：高桂惠），不約而同以《西遊記》為研究主體進行其接受史研究。周家嵐《清末民初水滸評論研究》（政治大學中文所碩士論文，90 學年度，指導教授：高桂惠）以近代對《水滸傳》的接受情形進行研究。陳美伶《〈中山狼傳〉文藝美學研究》（臺灣師範大學國文所碩士論文，92 學年度，指導教授：王基倫）則以接受美學詮釋〈中山狼〉這個寓言體小說的文藝美學。黃月銀《馬致遠神仙道化劇及其接受史研究》（臺灣師範大學國文所碩士論文，92 學年度，指導教授：潘麗珠）亦援用接受史的概念進行馬致遠戲劇的被接受情形。

最後還有兩部以書學及經學為接受史的研究主體亦值得重視。林翠華《阮元碑學研究》（彰化師範大學國文所碩士論文，92 學年度，指導教授：鄭靖時）援用接受美學觀點，做為其研究方法之一。蔡妙真《《左繡》研究》（政治大學中文博士論文，88 學年度，指導教授：簡宗梧）則以評點體式解讀《左傳》義法，亦援用接受美學做為研究進路。

其次，在現代文學的接受史研究方面，以「現代小說」的研究成果較為豐碩。楊芳瑜《書寫與閱讀的焦慮——李昂小說中的女／性主題意識建構》（東海大學中文所碩士論文，94 學年度，指導教授：林秀玲）、陳秋雯《張愛玲小說在台灣的接受現象》（中

山大學中文所碩士論文，93 學年度，指導教授：蔡振念）、張嘉惠《林海音小說中的五四接受及影響研究》（中山大學中文所碩士論文，92 學年度，指導教授：蔡振念）、吳秋如《劉心武小說研究》（佛光人文社會學院文學所碩士論文，91 學年度，指導教授：陳信元）、葉玉慧《新加坡華文作家黃孟文作品研究》（淡江大學中文所碩士論文，88 學年度，指導教授：何金蘭），以上幾部論文分別以李昂、張愛玲、林海音、劉心武、黃孟文等人的小說為研究對象所進行的接受史研究。

此外，曹昌廉《「閱讀」的當代武俠小說——論當代武俠小說評議與閱讀理論下新的武俠小說觀》（南華大學文學所碩士論文，88 學年度，指導教授：陳益源、林保淳、鄭志明）則以當代武俠小說為接受史的研究對象，提供新的研究面向。朱嘉雯《「接受」觀點下的戰後臺灣作家與《紅樓夢》》（中央大學中文所碩士論文，86 學年度，指導教授：李瑞騰、康來新）以接受觀點聯結臺灣文學與《紅樓夢》的歷時性關係，題旨特殊。

至於「現代散文」的接受史研究較為罕見。徐雲蘭《馮輝岳童年散文的美學蠡探》（臺南大學語教系碩士論文，93 學年度，指導教授：張清榮）是少數以接受史概念研究散文美學的論文。

而大陸學者馬以鑫《中國現代文學接受史》（上海：華東師範大學出版社，1998 年）則是以接受史觀念綜論現代文學史議題，可視為其《接受美學新論》（上海：學林出版社，1995 年）的應用之作。

綜觀以上，近十年來學界對「陶淵明」及「接受史」相關議題的研究，仍在蓬勃發展中。此時讓舊作「重出」，實不敢向陶淵明研究諸前輩或接受史專家比美，僅提供學界參考。

最後，感謝許多人催生了這部論文。

我感謝，張夢機暨顏崑陽兩位教授願意指導我這樣一位資質魯鈍的學生。前輩治學謹嚴，著實受益良多；其後這部論文能夠僥倖獲得國科會的獎助，業師指導之功自是不在話下。同時，這項獎助也成為我在職場兩年後重回校園攻讀博士學位的鼓舞力量。

我感謝，成功大學中文系張高評教授。九年前承蒙抬愛，給我這初出茅廬的後輩一個很好的機會，改寫論文的部分篇章並將其刊登於張教授所主編的《宋代文學研究叢刊》上。

還要感謝的是，當時在我身邊的碩士班同學朋友們。有人幫著在舊書市中找到珍貴古遠的《五柳先生陶淵明》，一部世面難尋的資料彙編，解決了諸多史料搜索的困難。有人陪著一同到各圖書館閱讀書刊搜尋資料，更有人提供寶貴的見解與我交換切磋著。凡此種種，令人難忘。然歲月迢遞，倏忽已十年，而友朋之恩仍點滴在心。

也要感謝的是，碩士班畢業九年多以來，所有曾經任教過的學校，以及一同生活過的同事們。特別是目前任教的中興大學中文系，給了我一個得以安身立命的教研環境，使我能夠安適的生活著，並有餘裕出版這部舊作。

　　更要感謝的是，父母家人始終如一的陪伴，容許我放恣的做自己想做的事。最後，感謝秀威資訊編輯林世玲小姐及賴敬暉先生的巧手慧心，直接催生了這部作品。

　　是為序。

羅秀美　謹識

初稿完成於 1997 年 6 月

修訂稿完成於 2006 年 12 月

目次

《宋代陶學研究：一個文學接受史個案的分析》序 i

第一章　導論 1

　　第一節　問題的提出與研究範圍的界定 1

　　　　一、問題的提出 1

　　　　二、研究範圍的界定 3

　　第二節　現代「中國文學史著作」中有關淵明及其詩
　　　　　　之評價檢討 7

　　第三節　使用方法──接受美學理論 18

　　第四節　資料運用 23

第二章　陶淵明作品南北朝至唐代　被接受的過程 37

　　第一節　南北朝時代對陶淵明的認識 37

　　　　一、小引 37

　　　　二、南北朝時代對淵明的接受點 39

　　　　三、接受效果──陶詩未成主流 53

　　　　四、小結 60

　　第二節　唐代詩人接受陶淵明之概況 62

　　　　一、小引 62

　　　　二、唐代詩人對於淵明的接受點 65

　　　　三、接受效果──學陶成風 82

　　　　四、小結 85

第三章　宋代陶學接受標準的轉變 87

　　第一節　宋人接受陶淵明及其詩文的情形 87

　　　　一、小引 87

二、史料方面的整理 90

三、對陶詩的學習 102

四、對陶詩的評論 117

五、對淵明的評論 136

六、小結 147

第二節　宋代陶學轉變的原因及其意義 149

一、小引 149

二、宋代陶學轉變的原因： 151

三、宋代陶學轉變的意義： 206

四、小結 209

第 四 章　宋代陶學的價值 211

第一節　宋代陶學在中國文學史上的價值 211

一、小引 211

二、宋代重塑淵明其人其詩的地位 216

三、陶詩影響宋代的平淡詩風 222

四、小結 226

第二節　宋代陶學在中國文學批評史上的價值 228

一、小引 228

二、宋代陶學在文學批評上所開出的
　　理論意義 231

三、宋代陶學於文學批評史上所開出的
　　論述界域 239

四、小結 240

第 五 章　結論 243

參考書目 249

第一章　導論

第一節　問題的提出與研究範圍的界定

一、問題的提出

在中國文學史上，陶淵明及其詩的地位一直相當的崇高，諸如「隱逸詩人之宗」（鍾嶸《詩品》）、田園詩人、隱逸文學的代表、隱逸文化的象徵人物……等等，無一不在說明一個事實：陶淵明及其詩的價值與地位，獲得歷代讀者的高度重視。對於這個大家相當熟悉的文學典範，歷代以來所給予的評價，幾乎是一致讚揚。尤其自宋代以後，經過東坡等人的竭力提倡及摩習之後，淵明及其詩，更被典範化。自此以後，淵明及其詩便在讀者的心目中，奠定其不可動搖的地位。

然而，傳統的文學史觀，在面對一個歷史上的文學家及其文學成就時，早已習慣以約定俗成的印象，來評定他在文學史上的價值。也就是說，直接將歷代以來各家讚揚淵明的史料一一羅列出來，從中得出一個全然正面而肯定的結論：即陶淵明及其詩的地位，自古以來即如此崇隆。其光輝的形象，足以垂範後世；其優美的詩文，足為文學史上的珍品。這樣的讚語，一代又一代的

承續下來，一千六百年來，讀者已習慣於接受這樣的陶淵明及其詩。其實，任何一個文學家或一部文學作品的被接受，並非以如此簡單而平面的觀點就可以塑造完成。這裡牽涉到陶淵明及其詩的地位變化問題。

陶淵明及其詩的地位，置諸文學史的進程而言，其實是經過一段相當漫長的變遷。就陶詩而言，自南北朝的只列於中品，到唐代的陶謝並稱，至宋代尊為經典，其文學史地位一步步升高；就淵明本人而言，南北朝時代便已肯定其隱逸方面的表現。到了唐代，開始以淵明為隱逸文化的象徵人物。至宋代，則更注重淵明道德上的名節問題。就這兩方面來說，陶淵明及其詩的地位建立，顯然是逐漸被發現、被承認的一個過程。在看似逐步拔升的接受過程中，每一個時代的看法，又與當時的文化思想背景與文學史的變遷，有相當密切的關係。在此，我們發現在不同的歷史視界中，閱讀及接受的過程永遠都是動態的，所詮釋出來的面相也就大不相同。因此，對於陶淵明及其詩的地位，實在有重新思考的必要。

首先，我們針對現存的文學史著作中有關陶淵明及其詩的論述，做一個反省式的觀察。在諸本文學史著作中所呈現出來的陶淵明及其詩，大都是平鋪直敘地羅列其生平、作品、風格、影響等方面，組合出一個史料匯集的論述內容。這是一般文學史著作面對作家及作品的常用模式。通過一般文學史的編寫方式，很難解決「評價」的問題。因此，陶淵明及其詩所呈現出來的真正價值及地位，較難在一般文學史著作中得到意義上的解決。

　　其次，相較於一般文學史的編寫方式，我們企圖採取一種新的詮釋觀點，來解決陶淵明及其詩的評價及地位問題。陶淵明及其詩，在整個中國文學史及文化史上深具典範性。在中國文學史上，淵明是一個偉大的詩人、陶詩是一部優秀的作品，一般文學史著作中，皆有專章的論述。而在中國文化史上，具有隱逸文化象徵意義的淵明，卻少被論及。至於歷代評陶，在文學批評史上的意義，一般批評史之著作殊少論及。事實上，就陶淵明及其詩在文學史上的地位而言，歷代讀者對他的評價，具有相當關鍵性的意義。陶淵明及其詩的地位升降，正好就在歷代讀者的接受眼光中產生變遷。因此，我們將借用西方「接受理論」來闡述陶淵明及其詩的地位變化問題。就文學批評上的意義而言，陶淵明及其詩的地位升降，是個相當值得探討的議題。

二、研究範圍的界定

　　本論文以「宋代陶學」做為研究主題。在正式進入此一論題之前，我們必須先針對「陶學」與「陶學史」的界義做一番詮解。「陶學」所指涉的意義，就是陶淵明研究，包括陶淵明其人其詩的所有相關研究。根據鍾優民的說法[1]，至少包括選編、詁箋、輯佚、版本、目錄、考證、釋義、賞鑑諸方面的研究成果。在累積浩繁的資料之後，陶淵明的研究已經成為一項專門的學科——

---

[1]　鍾優民：《陶學史話・緒言》（臺北：允晨文化公司，1991 年），頁 7。

「陶學」，可與「詩經學」、「楚辭學」、「紅學」等並稱為顯學。循此，「陶學史」所指的就是整個陶學的歷史發展過程。目前所見的陶學史著作，亦只有鍾優民的《陶學史話》一部，對於一千六百年來的陶學發展有相當詳盡的史料整理。

宋代陶學的研究，不只是要針對宋代陶學的發展及其價值進行詳盡的論述。對於南北朝及唐代以來的陶學，必須先做一個鳥瞰式的概述，以做為進行宋代陶學研究的參照系統。

南北朝時代的陶學，嚴格來說，是個還稱不上為「學」的時代，只是奇峰突起地出現一些佳評，如鍾嶸的「古今隱逸詩人之宗」（《詩品》）；然而，《詩品》卻僅列陶詩為中品而已。可見，南北朝時代對陶淵明及其詩的整體認識仍顯不足，遑論全面的接受。到了唐代，對於淵明及陶詩的認識，較為深入，摩習陶詩逐漸蔚為風氣，甚至帶動田園詩的創作。「學陶成風」就是唐代陶學的基調。

自南北朝至唐代，陶淵明及其詩的地位逐漸拔升。然而，他們對於陶淵明及其詩的認識，仍然不夠全面而深入。

到了宋代，陶淵明及其詩的地位，才得到真正的全面肯定。就陶學史的進程而言，宋代陶學發展是個相當重要的階段，此時陶淵明及其詩被典範化了。這樣的發展成果，並非偶然，除了前代以來所累積的陶學成績之外，宋代本身的文化思想及文學史的發展，也促使陶淵明及其詩廣受青睞。

因此，針對宋代陶學，我們首先將宋人對於陶淵明及其詩的接受概況呈現出來。宋人對於陶淵明的年譜、陶集的版本與注釋，做了許多研究及整理的工作，累積不少可貴的史料，於陶學

有集成之功。另外，對於陶詩的接受，不少詩人摩習陶詩。除此之外，宋人對於陶淵明及其詩的評論文字，較諸前代更為豐厚，不只注意淵明的道德氣節，對於陶詩中最為特出的平淡風格也做了極為深入的評述。總體言之，宋人接受陶淵明及其詩的程度，可說全面而深入。

　　除了呈現宋代陶學的諸般樣貌之外，我們也將探討宋代文化思想及文學的發展狀況，如何凝聚出「平淡」這個詩觀。在探究出平淡詩觀的發生意義之後，再針對宋代詩壇做一番檢視。我們發現，宋代詩風不只「平淡」一派，但「平淡」卻是宋代詩壇創作實踐的主要趨向，「平淡而山高水深」（黃庭堅語），更是宋人所強調的詩學觀念。在此詩學觀念主導之下，宋代詩壇所要尋找的「典範」，就自然而然的落實在陶淵明及其詩身上了。

　　不只是宋代的「平淡」詩觀，使得淵明及其詩成為典範；更由於東坡等大家的提倡，淵明及其詩的價值，才真正得到崇高的地位。東坡「和陶」這一偶然的個人行為，卻不期然的造就了一個歷史上的必然現象。

　　除此之外，宋代陶學轉變的原因也是我們所要探討的重點。宋代陶學的歷史意義，在於扭轉了南北朝至唐代以來的陶學發展，使得淵明及其詩的典範地位，成為文學史上的定評。因此，我們將從文學及文化思想上的雙重發展，以探究陶學在宋代轉變的原因。以文學的發展而言，從宋初的柔靡華麗到詩文革新時期的力倡氣格，是一個相當明顯而重大的轉折。在對前期詩風的消極反動之下，提倡自然平淡成為時代的共同要求，宋代文人乃逐漸凝聚出屬於自己的詩風，隨即將該理想的典範落實於陶淵明及

其詩身上。再從文化思想上的發展而言，宋代文人身處風波險惡的仕途，無不懷抱隱逸嚮往，追求自在閒適的生活，淵明及其詩便成為宋代文人所欽慕的對象。另外，宋代文人的自在閒適，與其背後的思想來源有相當密切的關係。他們所共同具有的思想來源，乃儒、釋、道三家嫁接融合的閒適精神，並逐漸發展出宋代特有的平淡理想。宋代文人便以其平淡理想，充分地認識淵明及其詩的內涵。這也就是宋代陶學轉變的原因。

通過宋代陶學的發展面貌看來，其意義就是建立一個新的文學「典範」，使「陶體」成為一人格風格與語言風格合一的藝術極品。同時，也說明了的確很多人學陶，證明淵明及其詩在文學史上的地位確實提高。這就是宋代陶學轉變的意義所在。

最後，我們必須詳細的評估宋代陶學的價值何在？我們將從文學史及文學批評史這兩個面相上評估宋代陶學的價值。宋代陶學於文學史上的價值，在於以新的觀察角度，突破一般文學史平鋪直敘的史料編排方式，解決淵明及其詩在文學史上的評價；從淵明及其詩的地位沉浮現象而言，正好可以借用「接受理論」做為探討這個問題的理論根據。另外，宋代陶學於文學批評史上的價值，在於宋代評陶所提出的理論建構，最能相應於陶；超越前代的批評觀點，使淵明及其詩的地位得到充分發明。宋代陶學於文學批評史上的作用價值由此顯現。

因此，宋代陶學對於整個陶學史的意義在於，此時正是陶學史的巔峰期，開始出現有規模的史料整理及有系統的理論批評，奠定了淵明及其詩的典範地位。對陶學史而言，宋代陶學深具承先啟後的意義。這就是宋代陶學的價值所在。

第二節　現代「中國文學史著作」中
有關淵明及其詩之評價檢討

　　如前文所述，一般文學史著作有關淵明及其詩的論述，大多平鋪直敘，羅列史料為主；其陳述型態是考證生平、賞析作品、列舉若干評陶文字以及略述其影響。整體而言，這類論述呈現作家及作品的綜合編年形式，只具備歷史的基本面貌；讀者所理解的「文學史」，只是「文學史知識」而已。另外，諸多想當然耳的因果推斷，也缺乏具體的論證，較難使人信服。凡此種種，我們不得不質疑：諸本文學史著作中其採取的「史觀」為何？一部文學史著作必須具備價值系統，以某一觀點展開詮釋的工作，文學史進程才不致落入史料堆砌的窠臼中。對文學史著作而言，史觀的運用，往往具有決定性的意義。

　　因此，在這節論述中，我們將針對現有中國文學史著作中有關淵明及其詩的評價，做一研究成果的檢討。在此，我們所採用的文學史著作有以下幾種：劉大杰《中國文學發達史》、鄭振鐸《插圖本中國文學史》、葉慶炳《中國文學史》、李曰剛《中國文學流變史》、王忠林等《中國文學史初稿》、游國恩等《中國文學史》。另外，還有兩本詩史方面的著作：陸侃如、馮沅君《中國詩史》以及吉川幸次郎《中國詩史》。

　　這些文學史著作其共同的問題在於：略過「陶學史」而直接以主觀印象書寫。故敘述過程多流於憑空推斷的結果，很難找出一個較為接近歷史真實的史觀。淵明及其詩，應與歷代陶學史結合在一起，才能完整地呈現淵明及其詩在文學史上的演變情形。

因此，現代諸本文學史書寫，其合理方式，應該透過歷代讀者之接受陶詩的狀況（即歷代陶學史），來認知淵明及其詩在文學史上的概況及價值地位，而非略過陶學史，直接以主觀印象陳述文學史。因此，「未能顧及歷代陶學史」，是諸本文學史著作的共同問題所在。

據此，針對諸本文學史著作的共同問題，我們可約略劃分幾個部分來探討：

一、關於淵明生平

多數文學史著作對於淵明生平的描繪，都是根據正史中的傳記以及淵明的年譜，做為基本的書寫材料。因此，諸本文學史著作所呈現的淵明生平，其面貌差異不大。共同的觀點是，淵明乃偉大的文學家，歷史地位無與倫比。如劉大杰《中國文學發達史》是典型的例子：

> 陶淵明（西曆三七二－四二七，據梁啟超氏考證）一名潛，字元亮，江西潯陽柴桑人。他不僅是魏晉時代的第一流詩人，並且是中國文學史上數一數二的大文學家，他的散文辭賦和詩歌都是第一流的。……他的曾祖陶侃做過大司馬，祖茂，父逸都做過太守，外祖父孟嘉做過征西大將軍，……。[2]

2　劉大杰：《中國文學發達史》（臺北：臺灣中華書局，1980 年），頁 242。

這種說法最具代表性，也是一般文學史著作自史料中所得到的直接印象。就史料而言，並無疑義；問題在於一般文學史著作對史料本身所下的判斷。劉大杰自歷代陶傳中得到的結論就是：淵明及其詩的地位乃自古第一。然而，證諸歷代陶學史中的淵明形象，他在魏晉時代並非第一流詩人；淵明成為第一流詩人，是宋代陶學的主要發明。因此，就歷代陶學去看淵明及其詩被接受的歷程，一般文學史著作的評價，實有重新檢討的必要。

　　另外，較為特別的是游國恩等人的《中國文學史》。在作者的意識型態之下，該文充滿了「統治階級」、「封建社會」、「勞動」、「消極性」、「樸素唯物論」等字眼。因此，游國恩等人筆下的淵明，之所以歸田，是「表現了他與統治階級決裂的堅定態度。」（頁 240）；而「陶淵明的後期最值得重視的是他親自參加了勞動。」（頁 240）等等，可見意識型態對於文學觀點的斲傷之深，使讀者很難在這樣的論述脈絡中，找到比較接近歷史真實的史觀。

　　綜觀諸本文學史著作對淵明生平的論述，可以發現他們幾乎都承襲歷代以來的固有論點，認為淵明及其詩的地位，自古以來即位居一流。殊不知淵明及其詩的地位，是經過長期的歷史發展而逐漸提鍊出來的結果，並非憑空造就的；其發展過程更是變動不已。因此，透過歷代陶學史的發展來探究淵明及其詩的地位，是相當必要的。

二、關於作品

　　各本文學史多肯定淵明作品之「真」為其主要特色，如王忠林等人所著《中國文學史初稿》：

　　　　陶淵明的偉大，就在他畢生都在追求著和堅持著一個「真」
　　　　字。這「真」便是任自然的「真」，愛自由的「真」，人性
　　　　的「真」。他不僅是晉代的一位第一流詩人，就是在整個
　　　　中國文學史上，也很少人能和他相比的。他的詩歌所以能
　　　　夠成就卓越，取得崇高的地位，也全在於「真」字，陳繹
　　　　曾說他「情真、景真、事真、意真」（《詩譜》）。他的詩差
　　　　不多每一首都富有真情實感，沒有矯柔造作之辭；都是在
　　　　不得不形諸筆墨時才寫出來的，吐露出作者的肺腑之
　　　　言。……[3]

以陶集作品風格為「真」，是很普遍的一種看法，此說尤具代表性。一般文學史著作論述淵明的作品風格時，總是自然而然地以「性情」與「作品」之「真」為淵明最偉大之處，並羅列若干歷代以來評陶的史料加以佐證，如葉慶炳、鄭振鐸、李曰剛等人所作的文學史。這種論述形式，普遍使用於一般文學史著作中。

　　至於，淵明的作品「真」在何處？如何為「真」？「真」的意義為何？則多半語焉不詳，或出於想當然耳式的臆論。其實，若證諸歷代陶學史，便可以發現前人評陶有許多精譬的論述，特別是陶學高峰期的宋代，其「平淡」詩觀最能相應於陶。現代諸

---

[3]　王忠林等：《中國文學史初稿》（臺北：福記文化公司，1985 年），頁 334。

文學史著作，若能採用歷代陶學史的評陶資料，對淵明作品之「真」，便能夠得出更深入、可信的論證。

　　除此之外，我們還發現一些較為不同的論述觀點，如劉大杰認為：

> 陶淵明的作品，在作風上，是承受著魏晉一派的浪漫主義，但在表現上，他卻是帶著革命的態度而出現的。他洗淨了潘陸諸人的駢詞儷句的惡習而反於自然平淡，又棄去了阮籍、郭璞們那種滿紙仙人高士的歌頌眷戀，而入於山水田園的寄託，同時又脫去了嵇康孫綽們那種滿篇談玄說理的歌訣偈語而敘述日常的瑣事人情。[4]

劉大杰認為淵明的作品具有「浪漫主義」的色彩，同時又有「帶著革命的態度」，此說殊難令人理解，究竟淵明的作品特色何在？前者顯然直接移植西方的文藝理論，卻又不明究裡；後者則因劉氏個人的意識型態所致。透過這種論述觀點，我們很難真正認識淵明作品的特色。劉氏此說，若能透過南北朝時代陶學史來看，必有一番新解。

　　除此之外，劉大杰還認為淵明的作品突出於兩晉詩人之上，只有左思的作風與他稍稍相像：

---

[4]　劉大杰：《中國文學發達史》，頁 245-246。

> 在兩晉的詩人裡，只有左思的作風和他稍稍有些相像。《詩
> 品》說「他原出應璩，又協左思風力」應詩傳者甚少，我
> 們不容易見其淵源，至於說協左思風力，這是不錯的。[5]

劉大杰認為陶詩「源出於應璩」不易見其淵源，此說顯然流於浮
面的臆測。鍾嶸此說，的確有其道理，應璩之詩平實質樸，與陶
最近。鍾嶸將應、陶歸為一類，代表當時評陶的趨向，在滿目雕
繪中，陶詩的質樸與當時詩風並不相侔，以致列入中品。其實，
現代學者已有這方面的論證，可以證明陶詩之淵源確有出於應璩
之處。如王貴苓〈陶詩源於應璩說探討〉即是（收錄於《陶淵明
及其詩的研究》，國立臺灣大學文史叢刊，1959 年）。

　　鍾嶸《詩品》的論述，理應能夠道盡當時評陶的趨向，與陶
詩的地位；但是，一般文學史著作不明究裡，大多認為陶詩在南
北朝時代的評價就已經相當崇高，其成就突出於當時詩人之上。
其實，就文學史著作的書寫觀點而言，陶詩是南北朝時代相當優
秀的作品；就南北朝時代而言，陶詩卻不是當時最優秀的作品。
就這個觀點而言，一般文學史著作直接略過歷代陶學史遽下判
斷，使得淵明及其詩的地位演變，顯得模糊不清。

　　另外，吉川氏的《中國詩史》對陶詩的風格另有洞見，他認
為陶詩的平靜自然之外，還有愁苦的一面：

---

[5]　劉大杰：《中國文學發達史》，頁 246。

> 陶詩表面上靜寂自然，但是在平靜的背面卻隱藏著複雜而
> 濃厚的情。……不過這些衝突與矛盾恰好造成了一種平
> 衡，使得表面上看起來異常的平靜。[6]

由此可知，吉川氏對陶詩的內涵有不同於其它各家文學史著作的
見解，能夠透入陶詩的言外之意，發現其後更深一層的韻味。他
並舉東坡的「其詩質而實綺」一段話，做為陶詩的風格總評。吉
川氏從這個角度論述陶詩，突破了其它文學史著作僵固的論述觀
點。平淡自然應該是寬盈豐厚的人情練達所達到的境界，其內涵
深刻而複雜。因此，吉川氏的見解，對於我們所進行的論述，深
具啟發之功。

　　綜合言之，一般文學史著作對於淵明作品的論述，大多平鋪
直敘，持守習見的既成觀點，較無深入而精譬的見解，於陶詩的
「平淡」之美幾無發揮。我們認為，透過歷代陶學史中的評陶資
料來分析陶詩的風格，應可得到更為深入的理解，而不致流於平
面的敘述而已。

三、關於文學地位

　　淵明及其詩的文學地位，除了陸、馮及吉川氏兩本詩史之
外，皆有論及。他們共同持有的觀點，認為淵明及其詩的文學地
位自古有之，且崇高無比。典型的例子，如劉大杰所言：

---

[6]　吉川幸次郎著、劉向仁譯：《中國詩史》（臺北：明文書局，1983 年），
　　頁 246。

> ……這些都是陶詩中的珠玉，他們的生命，是永恆的。
> 任你放到任何時代任何國家，都是第一流的作品。因了
> 這些詩，提高魏晉浪漫文學的地位，建立了田園文學的
> 典型。[7]

除此之外，劉大杰以蕭統〈陶集序〉、鍾嶸的《詩品》以及
東坡「質而實綺」一段評論，做為其說的有力佐證。劉氏對淵明
及其詩的地位，直是推崇備至。但是，我們認為，劉氏若透過歷
代陶學史來看陶詩的地位，將會發現陶詩「放到任何時代任何國
家」，並非「都是第一流的作品」。證諸歷代陶學史，其地位發展
是一個變動的過程，端賴當時讀者的接受效果而定。因此，所謂
「永恆」的文學地位，其意義有待商榷。

除此之外，關於淵明的文學地位，諸本文學史著作不約而同
的採用鍾嶸《詩品》做為主要的論證依據，除劉大杰之外，葉慶
炳、王忠林、李曰剛也採用這項史料。所不同的是，葉氏的觀點
較有新意，對於陶詩僅列於中品的原因，做了一番推斷：

> ……則鍾嶸對陶詩價值之認識，似勝過劉勰、蕭統一籌。
> 至於品第僅列乎中，不外下列二因：一、囿於當時文學風
> 尚。二、應璩在中品，而詩品無源下流上之例，因之陶詩
> 亦不得超過中品。[8]

---

[7]　劉大杰：《中國文學發達史》，頁 249。
[8]　葉慶炳：《中國文學史》（臺北：學生書局，1992 年），頁 181。

較諸其它文學史著作，此說顯然已觸及淵明地位的重要問題。一般文學史著作皆引鍾嶸之說以證成淵明地位的崇高，對於陶詩列入中品的矛盾，卻未見合理的解說，難免使現代讀者墮入迷障中。葉氏此說，雖然簡略，卻已真正觸及淵明地位的評價問題。因此，分析陶學史中的評陶資料，對於淵明地位的理解，較能得到完整而確切的認識。

　　另外，淵明及其詩的崇高地位，對後代文學必然產生影響。李曰剛與游國恩都有這方面的論述。如李曰剛所言：

> 唐之大詩人，如王維、孟浩然、儲光羲、韋應物、柳宗元
> 等均以學陶著名。至於宋之蘇軾更崇拜之，……。[9]

對於陶詩的影響，只述不論。其實，證諸歷代陶學史，陶詩的影響相當值得探討。唐代學陶成風，以致帶動田園詩風的盛行；宋代以陶詩做為創作典範，以落實其平淡詩觀。這些影響，都是相當重要的議題。可惜的是，一般臺灣的文學史著作缺少這方面的論述。

　　相較之下，游國恩等人的論述顯然較為可觀。他們認為：

> 陶淵明的影響是隨著的歷史的發展，而逐漸擴大的。[10]

除此之外，他們還認為：

9　李曰剛：《中國文學流變史》（臺北：聯貫出版社，1972 年），頁 233。
10　游國恩等：《中國文學史》（香港：中國圖書刊行社，1992 年），頁 249。

> 歷代「擬陶」、「和陶」相沿成風。我國歷代有成就的詩人
> 很少沒有表示過對他的創作的企慕和受到他的藝術的薰
> 陶的。[11]

> 陶淵明開創了田園詩一體，為古典詩歌開闢了一個新的境
> 界。從他以後，田園詩不斷得到發展，到了唐代就已形成
> 了田園山水詩派。宋以後，描寫田園的詩人就多到不可勝
> 數了。[12]

游國恩等人將陶詩的影響陳述得較為詳盡，較諸其他文學史著
作，顯得較為突出。游氏等人所論不錯，陶詩的影響的確持續擴
大。以陶學史上出現的眾多「擬陶」、「和陶」之作而言，足見陶
詩的廣受愛戴。然而，此說只見一偏，並未論及陶詩對每一個時
代的作用價值；同時，敘述過程也較為缺乏有力的論證，只是擷
取現成的論斷加以陳述。因此，透過歷代陶學史的眼光來看問
題，仍是相當有意義的工作。

　　此外，關於淵明及其詩的地位變化，游國恩及王忠林等人都
有提及。茲以王忠林等人的論述為例，以見大概：

> 陶淵明的作品，起初並未受到重視，因為當時正是雕琢綺
> 靡之風盛行之際，陶詩的樸素、自然的風格，自然很難為
> 人欣賞。到了梁、陳時期，鍾嶸、蕭統才開始重視他，但
> 還是十分有限的。……但是從唐朝以後，卻愈來愈得到人

---

[11]　游國恩等：《中國文學史》（香港：中國圖書刊行社，1992 年），頁 250。
[12]　同前注，頁 251。

們的喜愛、推崇。……由此可見，他予後人影響的深遠和在文學史上的崇高重要了。[13]

這種論述觀點，較諸其它文學史著作確實較有意義。「陶淵明的作品，起初並未受到重視」，此說已觸及讀者接受的問題；但是，顯然並非自覺地運用接受理論。我們認為，對於陶詩的地位變化問題，透過歷代陶學史加以分析，並佐以接受理論，必然能夠得到更為精警的理解，而非如此概論而已。

至於鄭振鐸，則以隨機點染的方式，列舉幾句陶詩的精華，感悟式的盛讚陶詩的成就。對於具體的文學成就並未提及。嚴格說來，鄭氏的文學史著作，並不符合現代學者所講究的學術要求，可暫且不論。另外，陸、馮二氏合著的詩史，以考證見長，亦不具備理論陳述，亦可不論。

綜合以上，關於淵明及其詩的文學成就，一般認為其地位崇高而不可動搖，並未深究其中的地位變遷問題，僅游國恩與王忠林等人的文學史中曾經提及，但其論述內容亦稍嫌平面而簡略。

綜合以上三個面相，以論述形式而言，大部分的文學史著作，幾乎都是以「生平」、「作品」、「地位」或「影響」這幾項為主要的論述內容，大致具備「文學史知識」的面貌。至於，我們所關心的「評價」部分，則大多平列數則歷代評陶史料，做為淵明地位崇高的證明。整體而言，敘述過程並無有力的論證，出於臆測的說法相當常見。更重要的是，諸本文學史著作略過歷代陶

---

[13] 王忠林等：《中國文學史初稿》，頁 335。

學史，直接就淵明及其詩做印象式的判斷，對於整體的文學演變，只知其然不知其所以然。

其實，這是不夠的。淵明及其詩的地位變化，其內涵意義才是我們所關心的部分。淵明及其詩在文學史地位的演變情形，必須結合歷代陶學史，才能完整的呈現出來。透過一般文學史著作的書寫，我們無法得知現代學者對於淵明地位變化的問題有何見解？淵明及其詩的地位變化，雖已為部分學者所注意，但他們並未自覺地意識到以接受理論來解析這個問題。

因此，以諸本文學史著作之書寫觀點而言，淵明及詩的地位變化問題，無法得到解決。我們必須尋找一個更為周延的解讀觀點，重新閱讀陶詩，以及理解淵明及其詩的接受情形。

第三節　使用方法──接受美學理論

本論文擬借用接受美學理論，做為闡釋淵明及其詩地位變化的理論根據。一般文學史著作中，對於淵明及其詩地位變化的問題，大多並未觸及，僅有的一、二部文學史著作，也只是略為提及而已。較令人遺憾的是，其論述內容只是呈現淵明及其詩的地位確實有變化；在這種描述性的評價中，對於淵明及其詩的地位變化，只知其然而不知其所以然。因此，我們擬進一步借用「接受美學理論」，對淵明及其詩的地位變化情形，做更深入的剖析，以闡釋問題發生的真正的原因及其意義。如此一來，淵明及其詩

的地位變化，才能得到比較深入的詮解；同時，這也正是宋代陶學最為核心的問題所在。

　　所謂「接受美學」（Aesthetics of reception）是 1960 年代末期誕生於德國的文藝美學理論。它的誕生，證實了文學批評觀點的轉向：從關心作家與作品，轉而關心本文與讀者。接受美學理論的主要倡導人姚斯（Hans Robert Jauss）直接挑戰傳統文學史的研究方式，提出新的文學史觀念，以「讀者」決定一家作品的文學價值，視讀者的接受效果為文學史的中心。他在〈文學史做為向文學理論的挑戰〉（《走向接受美學》）一文中，提出他的文學史概念並加以論述。其基本論點如下：一、讀者的歷史地位；二、作品的價值由讀者的理解而定；三、創作時應考慮讀者；四、不同時代的不同讀者對作品理解不一樣；五、讀者接受的反饋；六、不同時代有不同的文學史；七、文學的社會功能應予以突出。就姚斯這七個論點，「讀者決定一切」正是接受美學理論的主要論點。惟有透過讀者的經驗，才能重塑文學的歷史性。[14]

　　因此，文學史的重心應該放在作家、作品及讀者三位一體的模式中，特別應該關注讀者的接受問題。傳統的文學史著作，很少從讀者的角度研究文學發展，大都只在作者與作品的圈子中研

---

[14] 有關接受美學理論的內容，主要參考以下幾部著作：姚斯著、周寧及金元浦譯《走向接受美學》，收錄於周、金二氏合編之《接受美學與接受理論》（瀋陽：遼寧人民出版社，1987 年）、赫魯伯著、董之林譯《接受美學理論》（臺北：駱駝出版社，1994 年）、張庭琛編《接受理論》（成都：四川文藝出版社，1989 年）、劉小楓選編《接受美學譯文集》（北京：三聯書店，1989 年）、馬以鑫著《接受美學新論》（上海：學林出版社，1995年）。

究文學史。姚斯認為我們應該重寫文學史,而新的文學史應該是一部以讀者為研究主體的文學接受史。文學作品誕生之後,其價值隨著讀者的參與程度而有所變化。讀者對於作品的接受,決定了作品的存在。循此,文學的接受史,其實質意義就是以讀者接受為主的動態歷史過程。

對於裁決文學史的讀者而言,接受美學的基本傾向,已然將注意力從作者轉向讀者。那麼,這個工作的目標就在於提出新的文學史——重心不在作者、影響與文學潮流,而是將作品置於不同的歷史視界中,由讀者的接受去界定和詮釋文學作品。所以,對接受美學理論而言,閱讀過程永遠是動態的,在時間之流中不斷開展、變化,只要詮釋有所不同,文學作品本身也就不是一成不變的;隨著他們被納入不同的歷史視界中,文本和文學傳統也受到一定的改變。對接受美學理論而言,從史料中去探尋讀者對作品最原始的看法,並研究歷代讀者不同看法的諸般原因,以及省察歷代讀者在當時的環境下對作品的欣賞趣味、審美心理,與作品對當時作家創作所產生的影響,這些都是相當有意義的工作。由此看來,文本留存過程中,讀者的「接受」效果非常重要,在通過歷時性的文化發展與並時性的時代觀念交互作用之後,作品才能在讀者的接受之下,逐漸被篩選出來以至定型。

由此,對於以讀者決定一切的接受美學理論而言,文學的歷史生命既然繫於讀者的接受之上,文學的生命力也是讀者所賦予。換言之,文學作品依賴讀者的審美視野來描述其接受史;於是,姚斯提出一個很重要的概念,即「期待視界」(horizon of expectations)。所謂「期待視界」,指的是閱讀一部文學作品時,

讀者的的文學閱讀經驗所構成的思維定向或先在結構，其中包括讀者的審美趣味、素養、理想等因素，形成閱讀文學作品的重要前提，在具體的閱讀活動中，讀者充分的表現出主動性的認識基礎。通過「期待視界」這個概念，將讀者與作者、作品連接起來，也將文學演變與文化發展溝通在一起。只有符合讀者期待視界的文學作品，其意義變化及價值沉浮的現象，才能得到有力的解釋。

　　姚斯不僅將「期待視界」視為個人現象，而且還將它當做社會現象進行考察。[15]他認為從宏觀角度來看，每一歷史階段，社會上都有占主導地位的公眾期待視界，它控制著當時文學接受的深度與廣度。對於這樣的問題，他們從兩個向度上進行研究，一個是「歷時性」，一個是「共時性」。前者意指歷史縱向上文學作品受到讀者不同評價、理解的狀況。有的作品問世時默默無聞，日後卻突然風行於世，從作品的價值沉浮中，可以發現當時公眾期待視界的方向及特質；從期待視界的演變中，可以尋找出一些規律。所以，文學作品在不同的歷史時期都會得到不同的接受及評價。後者指的是，研究同時代人對文學的接受同中有異、異中有同的狀況。這方面的研究力圖判明不同階層、文化素養、社會背景的讀者群各不相同的期待視界，又仔細辨察占主導地位的期待視界是如何形成的。因此，同一時代的不同讀者，對一部文學作品的接受和評價也有所不同。通過「歷時性」及「並時性」兩方面的研究，可以再現自古至今的期待視界及接受史的發展。

15　以下參張廷琛、梁永安：〈文學接受理論述評〉，《接受理論》（四川文藝
　　出版社，1989 年）。

　　據此，讀者的期待視界賦予文學作品意義及價值。因此，在姚斯的觀念中，讀者即決定一切。所謂一切，包括作品的意義、內涵、影響、文學史上的地位、作家的再創作等等。幾乎包括了文學創作、文學批評以及文學作品歷史地位評價的全部過程。因此，姚斯的接受美學理論，實際上也就是以讀者為主要命題的接受史。

　　綜合上述，姚斯的接受美學理論，把讀者的地位提高至文學史的研究領域之內，並以接受活動做為文學史的理論重心，將讀者的期待視界所出現的變化，視為接受活動中最重要的價值取捨部分。拓展以往文學史著作只有作家與作品的二維空間，將讀者的接受作用納入文學史中。因此，經由讀者的期待視界所發掘出來的意義及價值，充滿起伏變化與上下浮沉現象，這也正是文學史中的必然。對於傳統文學史著作的研究方法，接受美學理論極具說服力的呈現它獨特的魅力。

　　是以我們認為研究「宋代陶學」，採用接受美學理論做為主要的研究方法，對於破除傳統文學史著作的格局及框架，具有相當不錯的啟發意義。如前文所述，傳統文學史著作對於關鍵性的地位轉變及價值意義等，總是拘限在史料堆砌的迷霧中，略過歷代陶學對淵明及其詩的的接受情形，遽以己意妄下論斷。透過接受美學理論，我們可以嘗試將文學史上的淵明及其詩，建構出脈絡清晰的接受史。只有通過接受史的研究，才能真正解決淵明及其詩的地位變化問題。

　　最後，做為文學接受史研究的嘗試，我們發現，接受美學理論仍有許多不足之處，譬如它實際操作上的成效，至今仍有缺

陷，姚斯對接受美學理論的貢獻雖然相當卓著，其實際的應用卻問題重重[16]。但是，借鑒接受美學理論，以考察淵明及其詩地位及價值的浮沉變化，仍不失為一種妥貼的方式。

第四節　資料運用

本論文以「宋代陶學」做為主要的研究範圍，在進入宋代領域之前，必須針對南北朝及唐代以來的陶學，介紹其接受概況；進而根據此概況，做為宋代陶學研究的參照系統，以考察宋代陶學的特徵，才能突顯出淵明及其詩地位轉變上的重大意義。因此，南北朝至宋代一切有關淵明及其詩的資料，都是我們必須加以考察的對象。

另外，歷代陶學史上所出現的相關資料，也是重要的考察對象。歷代學陶、評陶的各項史料，不僅是陶學史的重要成分，更是我們據以觀察淵明及其詩地位變遷的重要資料。因此，這部分資料也是斷自南北朝至宋代之間。

因此，除了淵明及其詩之外，我們還必須結合歷代陶學史的資料，才能完整地呈現淵明及其詩在文學史上的演變情形。是以，進行宋代陶學研究，必須先針對這些資料的運用及取捨問

---

[16] 關於接受美學理論在實際應用上的不足，參考本論文第五章。

題，做一個說明。以下，我們將所有可見的資料，說明其使用方法[17]：

一、關於淵明及其詩的資料

淵明及其詩的資料，目前可見的有陶集、陶傳、年譜及詩文繫年等幾個部分。

就陶集而言，我們目前可見的版本相當多，如宋‧李公煥箋注《陶淵明集》、清‧陶澍集注《靖節先生集》、逯欽立校注《陶淵明集》、丁仲祜撰《陶淵明詩箋注》、古直箋注《陶靖節詩箋》等數部前賢所校注之陶集，都是目前可見的重要版本。另外，近人著作的幾部陶集箋注，如楊勇《陶淵明集校箋》、王叔岷《陶淵明詩箋證稿》、方祖燊《陶潛詩箋註校證論評》等也是極為重要的箋注本，考證之詳密，是其共同的主要特色。本論文所採用的陶集史料，以楊勇《陶淵明集校箋》為主要的引用注本。

而陶傳、年譜、詩文繫年等部分史料，散見於各正史傳記及別集中。這三類史料經常伴隨一起出現，如傳記與年譜或年譜與詩文繫年，無法遽然劃分。因此，對於這部分史料的運用，亦必須同時加以說明。

目前坊間所見的史料整理，最為完善的應屬許逸民先生所校輯的《陶淵明年譜》一書。此書不只收集年譜，也同時選錄數部陶傳，以及三篇近人的相關研究。在此迻錄該書目次，以見大概：

年譜：

　栗里譜　宋・王質

　（附）書陶氏二譜　元・陶宗儀

　　　　靖節先生集例言　清・陶澍

　陶靖節先生年譜　宋・吳仁傑

　（附）吳譜辨證　宋・張縯

　　　　陶靖節年譜書錄解題　宋・陳振孫

　　　　題陶靖節年譜　清・吳瞻泰

　　　　陶靖節年譜序　清・傅雲龍

　　　　陶靖節年譜跋　清・傅汝礪

　　　　陶淵明生年卒　清・蔡顯

　柳村譜陶　清・顧易

　（附）柳村譜陶序　清・李郁桓

　晉陶靖節年譜　清・丁晏

　陶靖節年譜考異　清・陶澍

　晉陶徵士年譜　清・楊希閔

　（附）漢晉二徵士年譜序　清・楊希閔

　陶淵明年譜　梁啟超

　（附）陶潛年紀辨疑　游國恩

　陶靖節年譜　古直

　（附）陶靖節年歲考證　古直

　　　　跋陶淵明詩集　清・錢大昕

　　　　沈約蕭統生卒考　古直

　　　　陶公生年考　陸侃如

傳記：

　　陶徵士誄　劉宋・顏延之

　　宋書隱逸傳　梁・沈約

　　陶淵明傳　梁・蕭統

　　蓮社高賢傳　佚名

　　南史隱逸傳　唐・李延壽

　　晉書隱逸傳　唐・房玄齡等

附錄：

　　陶淵明年譜中之問題　朱自清

　　陶淵明年譜中的幾個問題　宋雲彬

　　陶淵明生平事蹟及其歲數新考　賴義輝

　　此書所收錄的年譜及陶傳相當完整。其中，宋代幾部年譜以及所有陶傳是我們首先採用的史料，其餘則頗具參考之功。透過許逸民先生的校輯，對於本論文的進行，確實大有助益。另外，九思出版社《陶淵明研究》一書，亦重覆收錄部分史料，可參照使用。

　　至於近人所著之陶傳亦所在多有，如陳俊山《陶淵明》、王丕震《陶淵明》及莊優民《陶淵明傳》等幾部著作。其共同特色：以陶集、陶傳及年譜等資料，鋪敘成陶淵明傳記，以散文或小說的形式呈現，亦可與史料對照參看。

　　另外，詩文繫年的部分，多附於年譜之中，在以上列舉之年譜中亦可見到。而近人另有兩部相關著作可供參考，如劉本棟《陶靖節事跡及作品編年》以及錢玉峰《陶詩繫年》兩部著作，都將

淵明的行跡與詩文之著成年代聯繫成一個系統，達到以史證詩、以詩證史的目的，基本上仍是年譜的形式。亦頗具參考價值。

二、關於歷代學陶、評陶的資料

至於南北朝至宋代以來的陶學史中，到底有那些史料可供參考，是值得商榷的。較早出現的兩部詩文彙評，是我們首先參考的對象，一為清溫汝能《陶詩彙評》，一為楊家駱編《陶淵明詩文彙評》。這兩部作品以陶集作品為經，輔以歷代評陶文字為緯。前者較簡略，後者則繁富許多。歷代學陶、評陶的資料，首見於這兩部作品中，頗具參考價值。

然而，以上兩部作品僅收錄歷代品評陶詩的文字，無法完整羅列出其他所有與陶淵明相關的資料。因此，我們必須借助於其它學者的研究成果，以補資料不足之處。近人鍾優民《陶學史話》一書，對於歷代學陶、評陶的史料羅列，相當豐富，擴及陶詩以外的範圍，並加以論述。然而，鍾優民的論述中，多夾帶許多主觀的意識型態，模糊了史料的客觀與中立。因此，恐非合適的史料來源。

據此，我們所需要的是沒有經過學者註解的第一手資料。九思出版社的《陶淵明研究》（兩儀出版社《五柳先生陶淵明》內容略同而較簡），以資料匯編的形式，依歷史先後完整的羅列所有學陶、評陶的陶學史料，使用價值較高。本論文中有關南北朝至宋代的陶學接受概況，其史料之引用多來自此部資料匯編。

　　然而，資料彙編亦只是方便的工具書，它雖然能夠提供初步的檢索之用，但其中羅列的史料，都必需一一覆覈原典，以免以訛傳訛。如此一來，第一手資料才有可靠的真實性。

　　以《陶淵明研究》一書所列舉的史料而言，其南北朝至唐代所見的陶學史料，有以下三十四項：

　　顏延之〈陶徵士誄〉（并序）

　　鮑照〈學陶彭澤體〉

　　沈約《宋書‧隱逸傳》

　　江淹〈擬陶徵君田居〉

　　蕭統〈陶淵明傳〉、〈陶淵明集序〉

　　鍾嶸《詩品》一則

　　陽休之〈陶集序錄〉

　　顏之推〈文章篇〉（節錄）

　　佚名〈蓮社高賢傳〉

　　王通〈立命篇〉（節錄）

　　令狐德棻等《晉書‧隱逸傳》

　　李延壽《南史‧隱逸傳》

　　李善等《文選》六臣注一則

　　孟浩然〈仲夏歸南園寄京邑舊遊〉

　　王維〈偶然作〉（錄一首）、〈桃源行〉、〈與魏居士書〉（節錄）

　　李白〈戲贈鄭溧陽〉、〈寄韋南陵冰余江上乘興訪之遇尋顏尚
　　　　書笑有此贈〉（節錄）、〈九日登山〉

　　高適〈封丘縣〉

劉長卿〈三月三日李明府後亭泛舟〉

杜甫〈遣興五首〉（錄一首）、〈江上值水如海勢聊短述〉

韓愈〈桃源圖〉、〈送王秀才序〉（節錄）

劉禹錫〈寓意〉二首（錄一首）

白居易〈效陶潛體詩十六首〉（錄一首）、〈題潯陽樓〉、
　　　〈訪陶公舊宅〉（并序）、〈與元九書〉（節錄）

司空圖〈白菊〉三首（錄一首）

陸龜蒙〈漉酒巾〉

以上所列舉的南北朝至唐代之陶學史料，包羅萬象，並無一觀念系統的分類編排，完全依時代先後為序羅列之。同時，史料的形式包括傳記、誄文、擬陶之作、陶集序以及運用陶典的詩作等等。我們必須從這些史料中，選取我們所必須的材料，而且是相當有價值的部分，並再檢覈原典，以確定沒有訛誤。因此，並非所有史料都可以運用，揀別的工夫也就相當重要了。

　　以上史料中，以沈約、蕭統以及鍾嶸評陶的論述最具價值。其次為顏延之、陽休之、〈蓮社高賢傳〉、《晉書‧隱逸傳》、《南史‧隱逸傳》、王維〈與魏居士書〉、杜甫〈遣興〉、韓愈〈送王秀才序〉、白居易〈訪陶公舊宅〉等資料。這些都是宋代以前評陶的重要史料，本論文亦首先採用這些資料做為論證的依據。至於，其它的擬陶之作，或引陶典的詩作，足以證成唐代學陶風氣的鼎盛，也是重要的引用資料。

　　然而，證諸目前所見的史實，《陶淵明研究》一書所羅列之宋代以前的學陶史料，仍嫌不足。如唐代學陶最有成就的詩人韋

應物、儲光羲及柳宗元等人，其詩作亦出現不少陶典的運用，以及慕陶、學陶的心聲，但此書並未羅列這些史料，誠屬遺憾。

至於宋代的陶學史料，不僅數量大增，論述的品質也更加提高。以下將《陶淵明研究》一書中可見的史料，羅列如下：

徐鉉〈送刁桐廬序〉（節錄）

林逋〈省心錄〉一則

梅堯臣〈送永叔歸乾德〉

思悅〈論陶〉一則、〈書陶集後〉

歐陽修〈戲書拜呈學士三丈〉、〈偶書〉

文同〈讀淵明集〉

曾鞏〈過彭澤〉

王安石〈桃源行〉、〈狄梁公陶淵明俱為彭澤令至今有廟在焉
　　　刁景純作詩見示繼以一篇〉

蘇軾〈東坡題跋〉十七則、〈劉陶說〉、〈陶驥子駿佚老堂〉
　　　二首、〈問淵明〉、〈與蘇轍書〉、〈和桃花源詩〉（并序）

蘇轍〈子瞻和陶公讀山海經詩欲同作而未成夢中得數句覺而
　　　補之〉一首

黃庭堅〈宿舊彭澤懷陶令〉、〈臥陶軒〉、〈跋子瞻和陶詩〉、〈解
　　　疑〉、〈書陶淵明責子詩後〉、〈跋書柳子厚詩〉、〈題意
　　　可詩後〉、〈次韻謝子高讀淵明傳〉

秦觀〈王儉論〉（節錄）、〈韓愈論〉（節錄）

晁補之〈釋求志〉（節錄）

張耒〈論陶〉一則

陳師道〈絕句〉一首、《後山詩話》三則

陳正敏《遯齋閒覽》一則

馬永卿《嬾真子》一則

楊時《龜山先生語錄》一則

晁說之《晁氏客語》一則

蔡啟《蔡寬夫詩話》五則

惠洪《冷齋夜話》二則、〈同彭淵才謁陶淵明祠讀崔鑒碑〉

謝過〈陶淵明寫真圖〉

唐更《文錄》一則

范溫《潛溪詩眼》一則

韓駒〈論陶〉二則

曾紘〈論陶〉一則

佚名〈陶集後記〉

胡仔《苕溪漁隱叢話》三則

佚名《雪浪齋日記》一則

葉夢得《石林詩話》一則、《玉澗雜書》一則

蔡絛《西清詩話》一則

張表臣《珊瑚鉤詩話》一則

汪藻〈翠微堂記〉、〈信州鄭固道侍郎寓屋記〉（節錄）

施德操《北窗炙輠錄》四則

許彥周《彥周詩話》二則

吳可《藏海詩話》一則

周紫芝《竹坡詩話》二則

呂本中《童蒙師訓》一則

吳曾《能改齋漫錄》二則

佚名《百斛明珠》一則

張戒《歲寒堂詩話》三則

陳善《捫虱新話》四則

葛立方《韻語陽秋》六則

王十朋〈觀淵明畫像〉、〈采菊圖〉

姚寬《西溪叢話》一則

洪邁《容齋隨筆》四則

黃徹《䂬溪詩話》五則

陳知柔《休齋詩話》二則

陸游〈讀陶詩〉、〈讀淵明詩〉、〈自勉〉、〈讀陶淵明詩〉、〈跋
　　淵明集〉

周必大《二老堂詩話》二則

楊萬里〈書王右丞詩後〉、〈讀淵明詩〉、〈西溪先生和陶詩序〉
　　　　（節錄）、《誠齋詩話》一則

吳沆《環溪詩話》一則

朱熹《朱子語類》五則、〈論陶〉三則、〈楚辭後語〉一則、
　　〈陶公醉石歸去來館〉、〈題霜傑集〉、〈向薌林文集後序〉

王質〈栗里譜〉

吳仁傑〈陶靖節先生年譜〉

張縯〈吳譜辨證〉

呂祖謙〈雜說〉一則

晁公武《郡齋讀書志》一則

陳傅良〈和張端士初夏詩後記〉

陸九淵〈語錄〉一則

辛棄疾〈賀新郎〉、〈最高樓〉、〈水龍吟〉、〈鷓鴣天〉、〈書淵
　　明詩後〉

葉適〈對讀文選杜詩成四絕句〉（錄一首）

王楙《野客叢書》一則

敖陶孫〈敖器之詩評〉（節錄）

姜夔《白石道人詩說》一則

真德秀〈跋黃瀛甫擬陶詩〉（節錄）、〈論陶〉一則

魏了翁〈費元甫注陶靖節詩序〉

羅大經《鶴林玉露》五則

嚴羽《滄浪詩話》二則

劉克莊《後村詩話》三則、〈水龍吟〉

曾季貍《艇齋詩話》一則

湯漢〈陶靖節詩集注自序〉

蔡夢弼《草堂詩話》一則

方嶽《深雪偶談》二則

王應麟《困學記聞》二則、〈附翁元圻注引羅端良陶令祠堂
　　記〉

黃震〈張史院詩跋〉（節錄）

俞文豹《吹劍錄》一則

蔡正孫《詩林廣記》一則

葉寘《愛日齋叢鈔》二則

謝枋得《碧湖雜記》一則

陳模《懷古錄》二則

佚名《漫叟詩話》一則

文天祥〈海上〉

陳仁子〈文選補遺〉一則

謝翱〈九日〉

從以上一百餘條史料中，可以窺知宋代陶學的盛況，實已超出南
北朝及唐代以來的規模。除了擬陶、引用陶典的詩作之外，還有
年譜的製作、淵明畫像的題詩，以及為數眾多的評陶論述。在這
浩繁的史料當中，我們必須選取最具有理論價值的評陶文字，以
及學陶的作品，做為研究宋代陶學的基礎。

　　首先，評陶的部分，我們選取宋代一些在文壇上具有決定性
影響力的文人及其評陶論述，為我們首先引用的史料。因此，包
括歐陽修、蘇軾、黃庭堅、秦觀、陳師道、陳正敏、楊時、蔡啟、
惠洪、唐庚、范溫、曾紘、葉夢得、蔡絛、施德操、許彥周、呂
本中、張戒、陳善、葛立方、洪邁、陳知柔、楊萬里、朱熹、
姜夔、真德秀、羅大經、劉克莊、嚴羽、陳模等人的評陶文字，
都在我們的引述範圍之內。相對於宋代其他文人的評陶文字，我
們認為這些深具理論意義的評陶史料，對於我們理解宋代陶學的
發展及其價值，是很重要的。因此，其他各家的評陶史料可暫且
不論。

　　而學陶的部分，則以宋代文人學陶最有成就的幾家進行論
述。我們所選取的對象，也是在宋代文壇中具有舉足輕重地位的
幾位詩人。如梅堯臣、王安石、蘇軾、晁補之、黃庭堅、陸游等
數家。

　　綜合以上，本論文對「宋代陶學」的研究，以採用評陶（淵明及其詩）、學陶部分的史料為主，其它的史料則略而不論。（年譜部分，與《陶淵明年譜》一書重出者，亦可略去）

　　《陶淵明研究》這部資料匯編，對於本論文的史料運用具有相當重要的檢閱之功。為顧及論文的精簡，我們必須刪剪許多不必要的史料，以利論述的深入，而不需因為資料的龐雜，妨礙行文的順暢。更重要的是，借助資料彙編的便利性，將史料歸還於原典，才是我們運用史料所必需確立的原則。

　　通過資料運用的說明，可以發現本論文的論述內容，是以淵明及其詩和陶學史所出現的史料為主要根據，進而分析這些史料或屬於評陶、或屬於學陶，以論述淵明及其詩在文學史上的接受情形。繼而透過歷代接受淵明及其詩的情形，做為一個參照系統，闡釋宋代接受淵明及其詩的原因以及意義。因此，研究「宋代陶學」，以上所列舉的第一手史料是相當重要的論述根據。

宋代陶學研究
——一個文學接受史個案的分析

第二章　陶淵明作品南北朝至唐代被接受的過程

第一節　南北朝時代對陶淵明的認識

一、小引

　　南北朝時代對於陶淵明的認識，基本上可以分為「隱者的淵明」和「詩人的淵明」兩部分來觀察。當時的社會風潮是非常尊重隱者的，因此從顏延之〈陶徵士誄〉到沈約《宋書‧隱逸傳》都賦予淵明一個高潔無欲的隱者形象，如〈陶徵士誄〉：「廉深簡絜，貞夷粹溫；和而能峻，博而不繁。」及《宋書‧隱逸傳》中以〈五柳先生傳〉及〈歸去來兮〉這類側重其率真性格的篇章，做為其人格寫照的依據，其後的正史隱逸傳就依循這個固定的形象，[1]一再強化淵明的隱者性格。這使得當時人們往往因欣賞其人格，進而欣賞其詩文，例如昭明太子蕭統及其弟簡文帝蕭綱等。另一方面，儘管有不少人欣賞並閱讀淵明的詩文，甚至模擬其作品，如江淹〈擬陶徵君田居〉就是一篇精巧之作。然而在當時的文學環境中，「詩人的淵明」之地位，實乃建立在「隱者的

---

[1] 如《宋書》、《晉書》、《南史》等正史「隱逸傳」都採取一致的解說角度。

淵明」的形象上。因此，淵明詩文的藝術價值，並未獨立出來，
於是他的詩文就被淹沒在其他眾多堆砌辭藻的作品中，所得到的
評價甚至在《詩品》中僅列入中品而已。

　　僅管南北朝時代對淵明的詩文，並未給予崇高的評價，但是
對其語言風格，卻有精闢的見解，例如鍾嶸《詩品》中所說的「文
體省淨，殆無長語」，就是一個很鮮明的例證，頗能切中淵明詩
文的語言風格，但整體評價卻仍屈居中品；因此，「詩人的淵明」
並未具有獨立的價值。通過這樣的思考來正視陶學開端的南北朝
時期，淵明的評價僅僅在於其人格的可貴及隱士形象的高潔這個
面相上，突顯了「隱者的淵明」這方面的意義。

　　由此我們可以觀察出一個結論：南北朝時代的陶淵明形象，
很明顯的必須從兩個方面去探討——「隱者的淵明」和「詩人的
淵明」這兩部分的定位，在當時尚未整合成功，對於淵明的認識
很有限。儘管唐代以後的讀者不斷給予關注的眼神，使得淵明的
地位在文學史的進程中，不斷向上拔昇；但在南北朝時代，他所
受到的推崇，並非因為作品本身的魅力。換句話說，淵明及其詩
文之地位的確立及被典範化，是唐代以後發展的結果。

　　以下擬透過史料的解讀，來分析淵明的「詩人」和「隱者」
兩種定位上的問題，以理出淵明形象的真正面貌。

二、南北朝時代對淵明的接受情形

　　順著以上的脈絡，淵明在歷史上的定位與我們長久以來的認定，顯然有一段相當大的差距，只以南北朝時代所得到的評價而言，就與宋代以後被典範化的崇高形象有很明顯的落差。因此，我們必須對於一些重要的史料進行解讀，以重新審視當時人們對淵明的接受情形。

　　在史料的重新解讀上，有關當時人們對淵明的認識，大概可將其入路略分為評賞「人品」和評賞「詩品」這兩部分；所謂「人品」指陳的是關於「隱者的淵明」這個部分，而「詩品」指陳的是關於「詩人的淵明」這部分。以下即透過這兩個概念對南北朝時代所出現的重要史料進行詮解。就「人品」這一入路而言，又可分為「只及於人品」與「因人品而及於詩品」這兩部分；反之，就「詩品」這一入路而言，也可分為「只及於詩品」和「因詩品而及於人品」這兩部分來分析。進而言之，不管是「因人品而及於詩品」或是「因詩品而及於人品」，人品與詩品是否合一？其中是否存在有機的關聯？這些都需要加以詮解。通過這樣的分析之後，得以確定當時是否只重視淵明的「人品」或「詩品」，才能梳理出淵明在南北朝時代的真實面貌。以下將依循這個理路，次第分析之。

（一）自「人品」入

1. 只及於人品：以沈約《宋書・隱逸傳》、佚名〈蓮社高賢傳〉
   為代表。

　　《宋書・隱逸傳》及〈蓮社高賢傳〉取材極為類似，都是根據〈五柳先生傳〉及〈歸去來兮〉做為淵明人格描繪的基本素材：

> 陶潛，字淵明。……潛少有高趣，嘗著〈五柳先生傳〉以
> 自況，……時人謂之實錄。……潛嘆曰：「我不能為五斗
> 米，折腰向鄉里小人！」即日解印綬去職，賦〈歸去
> 來〉。……潛弱年薄宦不潔去就之跡，自以曾祖晉世宰
> 輔，恥復屈身後代，自高祖王業漸隆，不復肯仕。……
> 與子書以言其志，並為訓戒，……又為〈命子〉詩以貽
> 之曰……。[2]

> 陶潛，字淵明。……少懷高尚，著〈五柳先生傳〉以自況，
> 時以為實錄。……潛嘆曰：「吾不能為五斗米，折腰拳拳
> 事鄉里小兒耶！」解印綬去縣，乃賦〈歸去來〉。及宋受
> 禪，自以晉室宰輔之後，恥復屈身異代。……自謂羲皇上
> 人。……遠法師與諸賢結蓮社，以書招淵明，淵明曰：「若
> 許飲則往」……。[3]

---

[2]　南朝梁・沈約：《宋書・隱逸傳・陶潛》（臺北：商務印書館，1983 年）。
[3]　（撰人不詳）：《蓮社高賢傳・陶潛》，《漢魏叢書》（臺北：藝文印書館，1966 年）。

這兩篇文字是很典型的陶傳，呈現出淵明高潔無欲的完美形象。淵明的歸隱正好切合當時盛行的隱逸之風，因此人們欣賞淵明的角度就專注在他高遠的形象上，對於淵明的文學成就，隻字未提；這也是淵明未入文學傳而入隱逸傳的原因。

至於《宋書》以後的諸傳記之所以僅僅賦予淵明以高潔無欲的隱者性格，日人岡村繁的說法可見一斑：

> 主要原因在於構成他傳記的前提。這種前提具有不得不賦予他那種形象的強制力。它制約並驅使著作者如此寫。這種限制力首先表現在《宋書》、《晉書》、《南史》中。為了把當時有名的隱者全部收錄入《隱逸傳》中，作者竭力使其中有關隱者的每篇傳記都具有符合隱者風貌的內容。……另一個限制力是，只要遵循「隱逸傳」這一主題的內容要求，則將淵明編入其中，自然就會首先依據他自己所著，而且被「時人謂之實錄」的〈五柳先生傳〉。由此便形成了陶淵明傳記的基調。《宋書》以後的淵明傳記都同樣將〈五柳先生傳〉放在最前面，這足以證明上面的分析。……《宋書》以後的淵明傳記都不僅是沿著上述方向形成，而且，其撰寫傳記的資料也無疑都是據此基調而取捨的。[4]

因此，我們可以發現一個事實，歷來的讀者早已經習慣於把淵明的形象，定位在「高潔無欲」這一點上，很自然的以「五柳先生」

---

[4] 岡村繁原著，陸曉光‧笠征合譯：《世俗與超俗——陶淵明新論》（臺北：臺灣書店，1992 年），頁 25-26。

作為他的人格寫照的一個典範。關於歸隱的動機，永遠都只採用「不為五斗米折腰」的美談，這使得所有讀者共同塑造了一個平面性格的淵明。在這樣的刻板印象之下，淵明較富人性化的寂寞、痛苦和憂傷，歷代讀者竟無緣窺見。

今天，當我們以另外一種眼光來看待淵明及其詩文，從中所直接感受到的淵明可能與這個刻板印象有很大的不同。對於接受美學而言，每一部「具文學性的作品，是一部具有『背叛能力』和帶有自由支配性的作品」。[5]這種自由支配性，使讀者可以在另一個歷史環境中，為它加上一些不同時代裡的不同思想所豐富過的意見。從這點出發，我們若能暫時拋開一些持續的傳統看法，在重新檢視淵明最原始的形象和讀者最初的看法之後，對於淵明真正的人格形象，便可以產生一個更為新穎而清晰的輪廓。

透過這樣的觀察角度，《宋書‧隱逸傳》和〈蓮社高賢傳〉中的人格描繪，充分呈顯出當時讀者的品味，即淵明的價值在於他高遠飄逸的隱者風範。

2. 因人品而及於詩品：

(1)人品與詩品合一：以蕭統〈陶淵明傳〉及〈陶淵明集序〉為代表。

〈陶淵明傳〉的取材大體上和《宋書‧隱逸傳》、〈蓮社高賢傳〉一樣，透過〈五柳先生傳〉及〈歸去來兮〉兩篇文章，做為描寫淵明形象的主要根據。因此，蕭統對於淵明的人品也給予相

5　何金蘭：《文學社會學》（臺北：桂冠圖書公司，1989 年），頁 60。

當高的評價，他在另一篇〈陶淵明集序〉中即一再強化淵明高潔的形象，並將他的作品提到「有助於風教」的標準上，自然對於淵明的詩文也給予一個還不錯的評價。因此，唯一與上述陶傳不同的是，蕭統在這篇〈陶淵明傳〉中特別提到淵明的文章：「淵明少有高趣，博學，善屬文。」其中的「博學」提到淵明最重要的興趣──讀書，根據朱光潛所言：

> 淵明的一生生活可算是「半耕半讀」，他說讀書底話很多：（「少學琴書，偶愛閒靜，開卷有得，便欣然忘食；」「好讀書，不求甚解，每有會意，便欣然忘食；」「樂琴書以銷憂；」「委懷在琴書」等等），可見讀書是他的一個重要底消遣。他對於讀書有很深底信心，所以說「得知千載上，正賴古人書。」他讀底是一些什麼書呢？顏延之在誄文裡說他「心好異書」，不過從他的詩裡看，所謂「異書」主要地不過是《山海經》之類。他常提到底卻大半是儒家的典籍，例如「少年罕人事，游好在六經」，「詩書敦宿好」，「言談無俗調，所說聖人篇。」在〈飲酒詩〉最後一首裡，他特別稱讚孔子刪詩書，嗟歎狂秦焚詩書，漢儒傳六經，而終至慨「如何絕世下，六籍無一親」從他這裡援引底字句或典故看，他摩挲最熟底是《詩經》、《楚辭》、《莊子》、《列子》、《史記》、《漢書》六部書偶爾談到隱逸神仙的話看，他讀過皇甫謐的〈高士傳〉和劉向的〈列仙傳〉那一類書。他很愛讀傳記，特別流連於他所景仰底人物，如伯

夷叔齊荊軻四皓二疏楊倫邵平袁安榮啟期張仲蔚等，所謂
「歷覽千載書，時時見遺烈。」者指此。[6]

從朱光潛先生這段話得知，淵明的確讀了不少書，大部分是儒家
的典籍，而且遍及經史子集各類，可見淵明的「博學」已經為人
所注意了。而「善屬文」則直接稱頌淵明擅於文章，算是初步注
意到淵明的文采。從文學成就這個角度肯定淵明，在當時而言是
較為少見的一種視角。

　　若和蕭統另一篇〈陶淵明集序〉一同參看，可以發現他對淵
明的人品及詩品的肯定，更是不遺餘力：

> 夫自衒媒者，士女之醜行；不忮不求者，明達之用心。是
> 以聖人韜光，賢人遯世，其故何也？含德之至，莫逾於道；
> 親己之切，無重於身。……有疑陶淵明之詩，篇篇有酒；
> 吾觀其意不在酒，亦寄酒為跡也。其文章不群，詞采精拔；
> 跌蕩昭章，獨起眾類；抑揚爽朗，莫之與京。橫素波而傍
> 流，干青雲而直上。語時事則指而可想，論懷抱則曠而且
> 真。加以貞志不休，安道苦節，不以躬耕為恥，不以無財
> 為病，自非大賢篤志，與道汙隆，孰能如此者乎！余愛嗜
> 其文，不能釋手，尚想其德，恨不同時，故更加搜求，粗
> 為區目。白璧微瑕者，惟在〈閑情〉一賦，揚雄所謂勸百
> 而諷一者，卒無諷諫，何必搖其筆端，惜哉，亡是可也。……
> 嘗謂有能讀淵明之文者，馳競之情遣，鄙吝之意袪，貪夫

---

[6]　朱光潛：〈陶淵明〉，《詩論》（臺北：漢京文化公司，1982 年），頁 239-240。

　　可以廉，懦夫可以立，豈止仁義可蹈，爵祿可辭！不勞復
　　傍游太華，遠求柱史，此亦有助於風教爾。[7]

篇首提到「聖人韜光，賢人遁世」的原故，對淵明的歸隱大加贊
揚，他並且認為淵明「貞志不休，安道苦節，不以躬耕為恥，不
以無財為病」，若「非大賢篤志，與道污隆，孰能如此者乎！」，
可見蕭統心目中的淵明依然具有耀眼的高潔形象，對於淵明的愁
苦悲傷，與所有讀者一樣視而不見。在蕭統的眼中，淵明的形象
聖潔至無以復加的地步。不僅如此，蕭統還認為「有能讀淵明之
文者，馳競之情遣，鄙吝之意袪，貪夫可以廉，懦夫可以立，豈
止仁義可蹈，爵祿可辭！不勞復傍游太華，遠求柱史，此亦有助
於風教爾。」不只認同淵明的人品，更進而推崇他的詩文「有助
於風教」。將文學的功用社會化，以其利於政治教化之用，這一
直是長久以來中國文學一項重要的詮釋傳統，從先秦以來的賦詩
致用，我們不斷的發現這個事實，將文學依附於政教之上，似乎
是一種不得不然的詮釋趨向。尤其是就王朝統治者的立場而言，
文學的教化之用，顯然相當重要。因此，梁朝宮庭中的昭明太子
──蕭統之所以如此看待淵明的詩文，也就不難理解了，畢竟帝
王之家所寫出來的〈陶淵明集序〉，必須公諸於世，發出如此義
正辭嚴的推崇，也就有它相當的必要了。

　　蕭統對於淵明的文章也有一定程度的嘉許，除了「白璧微瑕」
的〈閒情賦〉之外，他對於淵明的文章讚不絕口：「其文章不群，

---

[7]　南朝梁‧蕭統：〈陶淵明集序〉，《增補六臣注文選》（臺北：華正書局，
　　1980 年）。

詞采精拔；跌蕩昭章，獨起眾類；抑揚爽朗，莫之與京。」蕭統對於淵明的詞采顯然深表欣賞之意，也注意到了當時一般人所漠視的語言風格部分。所謂「精拔」，主要就其文字的簡鍊、潔淨而言，對照當時「儷采百字之偶，爭價一句之奇。情必極貌以寫物，辭必窮力而追新」[8]的流行文風，顯然淵明素樸的文字特色與那種時代風格相去甚遠。尤其到了宮體詩盛行的梁朝，淵明這種恬淡的詩風，當時文士對他應有獨特的印象，因此蕭統認為他「文章不群」。

此外，蕭統還認為淵明「語時事則指而可想，論懷抱則曠而且真」，從這句話看來，蕭統不只是讚許淵明的語言風格而已，對於淵明的人格也有一番體察。透過淵明的〈歸去來辭〉及部分符合田園隱者形象的〈飲酒〉詩，蕭統在反覆吟詠之後，將他對淵明的仰慕之情，在這兩句話中表露無遺。因此，所謂「論懷抱則曠而且真」，其實已隱涵「人格風格」的概念在內，作者的道德人格依藉其作品表現出作者整體的人格風貌，就這個角度而言，我們可以說「曠而且真」指陳的不只是淵明的作品而已，對於他的人格風範的展露，也做了一番詮解。

在此，蕭統已經把淵明的人品之真和詩品之真連結在一起，並做了有機的連繫。這樣的見解，置於唯美是尚的梁朝顯然不合時宜。其原因留待後文再敘。

8　劉勰：〈明詩〉，《文心雕龍・》卷二（臺北：臺灣開明書店，1993 年），頁 2。

(2)人品與詩品分離：以顏延之〈陶徵士誄〉為代表。

做為淵明的摯友，顏延之在〈陶徵士誄〉這篇誄文中，對於淵明的人品盡是頌揚：

> ……有晉徵士尋陽陶淵明，南岳之幽居者也。弱不好弄，長實素心，學非稱師，文取指達；……道不偶物，棄官從好。遂乃解體世紛，結志區外。……心好異書，性樂酒德，……廉深簡絜，貞夷粹溫；和而能峻，博而不繁。……[9]

淵明的價值，對顏延之而言，也是著重在其人品的高潔上，這是身為淵明好友的顏延之不得不偏重的取向。另一方面也是為了切合「誄文」這種文體的需要，必須對死者生前行誼做一番肯定與讚揚，因此顏延之這篇文章充滿溢美之詞。

除此之外，「徵士」一詞首度用在淵明身上，所謂「徵士」指的是有學問而才德高的人，經朝廷徵召而不仕者，也被尊稱為「徵君」。例如《後漢書·周磐傳》就有「徵士」一詞的出現：「周磐字堅伯，汝南安成人，徵士變之宗也。」[10]。《文選·陶徵士誄·題注》針對顏延之這句話做了一番詮解：「銑曰：『陶潛隱居，有詔禮徵為著作郎，不就，故謂徵士。』」[11]，淵明徵士的形象自此建立。同樣的事蹟在此後的諸正史隱逸傳中也一再出現，如《宋

[9]　南朝宋·顏延之：〈陶徵士誄〉，《增補六臣注文選》（臺北：華正書局，1980 年）。
[10]　〈周磐傳〉，《後漢書》第三十九卷（臺北：鼎文書局，1994 年），頁 1311。
[11]　〈陶徵士誄·題注〉，《增補六臣注文選》第五十七卷（臺北：華正書局，1980 年），頁 1058。

書‧隱逸傳》：「義熙末，徵著作佐郎，不就。」、蕭統〈陶淵明傳〉：「徵著作郎，不就。」、《晉書‧隱逸傳》：「頃之，徵著作郎，不就。」等等。只不過淵明多半入「隱逸傳」中，因此「隱士」之稱較「徵士」常見，證諸往後一般讀者所接受的淵明而言，「隱士」是淵明最鮮明的形象，特別是在陶學開端的南北朝時代，這是普遍讀者對淵明最早期的看法了。

另外，在這篇誄文中，唯一和淵明的文學成就相關的一句就是「文取指達」。在淵明的人格描繪之外，顏延之還注意到了他這項詩文特點。而所謂「文取指達」其意義應是淵明的詩文僅「辭，達而已矣」。「指」就是詩中的「旨趣」，大致上肯定淵明的詩文通暢可讀，至少將一篇好文章的旨趣表達得恰到好處。但顏延之顯然尚未發掘到淵明文采的可觀之處，只是在語言風格上認同他「文取指達」而已。這種看法，其實也是當時很普遍的一種解讀觀點。

因此，在顏延之的看法中，我們發現他對淵明的人品讚譽有加，對其詩品則顯得視而不見。在此，淵明的人品與詩品之間並沒有出現有機的關連。

（二）自「詩品」入

1.只及於詩品：以陽休之〈陶集序錄〉為代表。

陽休之〈陶集序錄〉直接論及淵明的辭采：

> 余覽陶潛之文，辭采雖未優，而往往有奇絕異語，放逸之
> 致，棲託仍高。[12]

陽休之自身創作追求藻飾，他會發出「辭采未優」這樣的評價是
可以理解的，特別是相對於他所身處的創作環境而言，淵明的語
言風格只能得到「辭采未優」這樣的評價而已。這說明了他僅僅
肯定淵明詩文「質直」的一面，歷代讀者也不免一再發出「世歎
其質直」之慨。但是淵明「辭采雖未優」，其詩文卻「往往有奇
絕異語，放逸之致，棲託仍高」，認為淵明的文章具有與世俗不
同的「放逸之致」，故云「奇」，故云「異」，此專就淵明的文章
內容而言，並非只是指淵明的語言而言。在這樣的評價中，淵明
高潔的人格形象表露無遺，這顯然與當時一般人所認同的淵明形
象相當吻合。雖然「辭采未優」，但是淵明個人的高潔形象卻深
深的左右了當時讀者的視聽，在這段褒貶參半的評語中，我們看
到了南北朝時代對淵明的真實看法，即人品與詩品的不協調。

　整體而言，在陽休之的評價中，我們仍看不出淵明人品和詩
品合一的有機關連，雖然他點出了淵明「辭采未優」的語言特色，
但對於淵明詩文的整體風格描述仍屬不周。

---

[12] 清・陶澍集注《靖節先生集》（臺北：中華書局，1986 年）卷首〈諸本
序錄〉。

2.因詩品而及於人品：以鍾嶸《詩品》為代表。[13]

　　鍾嶸《詩品》這段文字，對於理解淵明詩文的價值有很重大的意義：

> 宋徵士陶潛，其源出于應璩，又協左思風力；文體省淨，殆無長語；篤意真古，辭興婉愜。每觀其文，想其人德。世歎其質直，至如「歡言酌春酒」、「日暮天無雲」，風華清靡，豈直為田家語耶！古今隱逸詩人之宗也。[14]

鍾嶸直接自淵明的詩品入手，關於淵明詩源出應璩之說，歷來遭受不少訾議，從葉夢得開始：「詩品論淵明以為出於應璩，此語不知其所據。」(《石林詩話》)，宋、明、清三代的詩家不斷攻擊這點，但是王貴苓卻有不同的意見，認為仍有足夠證據可以證明這個說法的可貴，他認為：

> 鍾嶸在安排作家源流的時候，自然有他個人的依據，所謂依據，只是看各家之間，有沒有類似之處。他說：「漢都尉李陵，其源出於楚辭」或：「魏陳思王植，其源出於國風」，意思是說：李陵的詩與楚辭，曹植的詩與國風是有著某種關係，亦即後者受了前者的影響而有類似之

---

[13] 鍾嶸《詩品》中雖然肯定淵明詩文的語言風格及其人品，但只列之為中品，為歷代訾議。

[14] 南朝梁·鍾嶸著、陳延傑注：《詩品》(臺北：里仁書局，1992 年 9 月)，頁 41。

處。……他只是憑著經驗和直覺，發現了兩者之間的某種
類似之處，才這樣說。[15]

同理，我們可以說，淵明「源出于應璩」，就是指淵明在無形中
受了應璩的影響，而使得兩人的風格出現了某種程度的類似之
處。至於所謂「類似之處」到底為何？仔細探究應璩的詩文之後，
王貴苓得出一個結論：

> 總之；應璩文章，一片華麗氣象，句多偶儷，聲必鏗鏘。
> 他的詩卻是平實質樸與文完全不同。值得注意的是：應璩
> 文章可以代表魏時的文風，應璩的詩卻與當時流行的詩風
> 不類。最好的解釋當是：應璩有意作質樸的詩，無論在詩
> 的形象方面，與詩的氣格方面。鍾嶸評應璩詩，言其祖襲
> 魏文，可能就是因為應詩有漢魏五言古詩氣格的原故。應
> 璩詩文所表現的思想和風格，和陶詩比較，當可發現陶詩
> 確實與應璩相類。在滿目錦繡的魏晉詩壇裡，他們二人所
> 共有的特殊氣質，是很容易被我們發現的。這樣，《詩品》
> 評陶詩的語句，便可被全部接受了。[16]

根據王貴苓這個結論，我們發現陶詩的確與應詩有相似之處，如
應詩：「酌彼春酒」（〈與從弟君苗君冑書一首〉）、陶詩：「歡言酌
春酒」（〈讀山海經〉十三首之一）；應詩：「貧士感此時，慷慨不

---

[15] 王貴苓：〈陶詩源出應璩說探討〉，《陶淵明及其詩的研究》（臺灣大學中
文所碩士論文，1959年），《臺灣大學文史叢刊》，頁67。
[16] 同前注，頁75。

能眠」（〈雜詩〉）與陶詩〈詠貧士〉七首之命題，似乎也與此大有關係[17]。因此，鍾嶸無意置淵明於應璩之下，只是他剛好看出兩者相似之處，便點出其源流所在，也方便後學者尋得一學詩的正確途徑。此外，關於「又協左思風力」，一般來說較無訾議之處，大致以為淵明的詠史詩與左思的詠史詩氣格相當，如左詩：「荊軻飲燕市，酒酣氣益震」（〈詠史〉八首之六）、陶詩：「君子死知己，提劍出燕京」（〈詠荊軻〉）。[18]鍾嶸認為陶詩與應詩、左詩都有相似之處，應有讚賞陶詩之意。

其次，鍾嶸認為他的詩文「文體省淨，殆無長語；篤意真古，辭興婉愜」，這段描述只就其語言風格而論，大致上認定淵明的文字簡潔無贅語，沒有過多華美的修飾。他可能以魏晉至齊梁間的綺麗文風與陶詩比對，因而見出陶詩的「真古」、「婉愜」。雖然如此，還是有「世歎其質直」的遺憾，鍾嶸仍不能擺脫時代風氣的影響，僅能就其局部詩句的「風華清靡」給予讚賞。可見，在鍾嶸的眼中，淵明詩文尚未達到「辭采華茂」的標準。

但是鍾嶸也認為若只有形式上的華茂丹采不能算是最理想的作品，還要有內容上的真情高趣，達到「體被文質」，才是完滿之作。所以他對於淵明的作品並未一概貶抑，至少在鍾嶸的觀念中，已經開始注意到個人情志的表現才是好詩的重要條件。可惜，鍾嶸卻沒有超越時代的眼光，更進一步欣賞到陶詩的樸實自然之處，而只給予淵明「中品」的評價。

---

[17] 沈振奇：《陶謝詩之比較》（臺北：臺灣學生書局，1986 年），頁 99。
[18] 同前注。

　　此外，鍾嶸對淵明的認識也是透過「每觀其文，想其人德」這樣的途徑，從淵明古樸婉愜的詩文中懷想其人德，並封淵明為「古今隱逸詩人之宗」。所謂「隱逸詩人」指的是淵明作為一位詩人，其作品以描寫田園隱逸生活為主。因此，鍾嶸特地為淵明加上「隱逸詩人」的稱號，以彰顯淵明在「隱逸」類型的文學創作中的表現。此外，再加上一個「宗」字，則含有推崇之意在內，表示淵明在隱逸文學方面，具有類型上的開創性意義，啟開後來此類文學創作的先聲，堪為一代宗師，因此稱之為「宗」。自此，「古今隱逸詩人之宗」一句成為定評，往後的隱逸文學多半要將源頭追溯至淵明身上，對淵明的認識也多從這個稱號開始；可見當時淵明隱者的形象深植人心。

　　鍾嶸對於淵明的這段評賞，不只論詩也論人，同時也在「人品」和「詩品」之間達成一有機的連繫，為淵明在南北朝時代的面貌勾畫出比較完整的輪廓。至於這麼受到推崇的詩文，為何仍只屈居中品，就是我們所要探討的問題了。

三、接受效果──陶詩未成主流

　　通過以上的解析，可以發現人品與詩品的合一與否，是中國文學批評中一個很重要的觀念。就以上的史料分析，以「人品」這一入路掌握淵明的形象，所呈現的觀點大多一致，較無歧義；而真正有問題的部分，是以「詩品」這一入路為主的看法，其中所展現的風格意義，各有不同的偏重取捨，並未出現一個統一的

觀點。因此，在這裡我們首先要處理的是，「詩品」部分的所呈現「風格」問題。

「風格」有兩種不同的概念──即「人格風格」與「語言風格」[19]，在此，我們借用顏崑陽先生的說法，將以上「人品」部分的風格表現，以「人格風格」稱述之，並以「語言風格」稱述「詩品」部分的風格表現：

> 準此，我們可以說，……構成作品風格的根本質素即是作者的人格。這種風格，我們可以稱之為「人格風格」。這時候，「人格」與「風格」，在抽象概念上，雖可析解為二，但在文學作品的實存中，卻是一體具現的。這就是中國文學與藝術批評史上，所謂「人格即風格」的觀念。[20]

這就是所謂「人格風格」的觀念。而所謂的「語言風格」則是：

> 「構成作品風格的質素」不是作者的人格，而是語言的藝術形相。作者人格與作品風格遂分離為二，各有它不同的本質與價值標準。……構造語言的主導因素，……是另一「才性主體」。這種「風格」，從作品語言形相言之，可以稱它為「語言風格」，……。[21]

從文學批評的立場來說，這個批評系統，對於我們詮解淵明的價值有相當大的意義。因為我們首先面臨的問題就是淵明的人品與

---

[19] 顏崑陽：〈漢代「楚辭學」在中國文學批評史上的意義〉，頁 23。
[20] 同前注。
[21] 同前注。

詩品之間的有機關連；所以，我們對於淵明在南北朝時代的評價，大致可以區分出「人格風格」與「語言風格」這兩個概念來重新詮釋他的地位。

　　首先，就蕭統和鍾嶸的觀點而言，就可以發現他們眼中的淵明，充分呈現出「人格風格」上的價值。在這裡，所謂的「『人格風格』所指涉的是作者的道德精神生命依藉語言所展現的整體人格風貌」[22]，這從蕭統和鍾嶸對淵明詩文風格所使用的描述詞，便可獲得證實。蕭統所言，如「穎脫不群，任真自得」，如「橫素波而傍流，干青雲而直上；語時事則指而可想，論懷抱則曠而且真。」；鍾嶸則直接冠以「古今隱逸詩人之宗」的稱號。從這樣的描述詞當中，我們可以發現都是將淵明描述成一個具有高度人格美的隱者形象，而這個人格美的生成，根據顏崑陽先生的說法：

> 　　不能始終只做為內在靜態地存在，而必須取得感性的形式，動態地具之。這「感性形式」就是吾人的視聽言笑、進退行止的樣態，但它所表現的卻是吾人的精神人格，因此我們稱它為「精神表式」。就這「精神表式」所具現的美，乃是孟子所稱「生色睟然」的「人格美」。凡是文學作品由作者以「精神表式」所具現出來的那種風貌，我們就稱它為「人格風格」。[23]

---

[22]　顏崑陽：〈漢代「楚辭學」在中國文學批評史上的意義〉，頁24。
[23]　同前注。

因此，在理解這樣的風格時，詮釋主體還必須以自身生命的感悟，反覆揣想而得之，這可以從蕭統「愛嗜其文，不能釋手，尚想其德，恨不同時」及鍾嶸「每觀其文，想其人德」的閱讀經驗獲得證明，透過「尚想」及「想見」的方法，概括出淵明的為人，並掌握其作品風格。

除此之外，鍾嶸也有直接稱述淵明詩文長處的文字：「文體省淨，殆無長語」，顏延之〈陶徵士誄〉：「文取指達」與陽休之的〈陶集序錄〉：「辭采雖未優」都提到淵明詩文的語言辭采，其所指涉的風格觀念，就是所謂的「語言風格」。什麼是「語言風格」？顏崑陽先生認為：

> 「語言風格」所指涉的則是作品語言本身，由於它所內涵的題材（例如景物、事態、情理）的表象聲色（不是象外所托喻的作者情志），以及音韻等質素與結構形式所具現的整體美感形相。[24]

根據以上的定義，再參照鍾嶸等人所使用的描述詞，便可得到證明。因為：

> 文學作品必須以語言為物質性之媒介，並以各種景物、事態、情理的經驗材料為題材（不是主題）而具現之。這是文學作品之美，不同於「精神表式」的另一感性形式，我們稱它為「物質表式」。[25]

---

[24] 顏崑陽：〈漢代「楚辭學」在中國文學批評史上的意義〉，頁24。
[25] 同前注。

因此，判斷此一風格，不須依憑作者的精神人格，就可以直接從語言上獲得風格的判斷。

綜觀以上的分析，淵明在「人格風格」與「語言風格」上，顯然尚未完成統合的工作，「古今隱逸詩人之宗」的淵明，在《詩品》中卻只得到「中品」的地位，顯然南北朝時代的接受主流不在淵明身上。這時候的淵明，在滿眼雕繪之中，並沒有引起普遍的注意。

至於，淵明在南北朝時代的地位，究竟要如何評價呢？根據以上的分析，我們發現若從「人品」這一入路切入，從沈約《隱逸傳》及佚名〈蓮社高賢傳〉來看，完全只論人品，而無一字觸及其詩品。而顏延之〈陶徵士誄〉除了一句「文取指達」之外，和前兩篇一樣全篇著墨於淵明的人格之高華。這三篇文章，對於淵明的人格之「真」給予很高的評價，從行文脈絡中，幾乎看不出有何歧義之處。這樣的觀察角度，正是我們對淵明最早也最深刻的一種看法，「隱者的淵明」這一形象充分突顯。

而另一方面，從「詩品」這一入路著手，特別是就「語言風格」一面而言，其評價卻有高有低，觀念並不統一。最鮮明的例子，就是陽休之發出「辭采未優」的不滿，與鍾嶸「風華清靡」的讚美，就有高低不同的差異。這說明一項事實：從「語言風格」論「詩品」，淵明的作品在當時的評價顯然有分歧，至少表示當時人對於淵明的詩文尚未有完整的了解，這就使得他「詩人的淵明」這一形象不夠突顯，而整個問題就牽涉到價值的判準了。

那麼，所謂價值的判準在那裡？首先，得先說明淵明的作品為何屈居中品。根據上述，我們已確知淵明的地位並非一開始就

受到重視。在這樣的地位升降中，南北朝對於淵明的詩文並不特別重視，這可從鍾嶸將之列入中品得到證明。但是，鍾嶸也稱許淵明「文體省淨，殆無長語」、「篤意真古，辭興婉愜」、「風華清靡」，並推為「古今隱逸詩人之宗」，卻只給予「中品」的評價，這就很值得討論了。根據廖蔚卿《六朝文論》所言，其理由有二：

> 第一、「世歎其質直」。陶詩缺少魏晉以後世人共重的「丹采」，鍾嶸對陶淵明的詩風雖然已較當時一般批評家的識見深入客觀，能了解陶為「隱逸詩人之宗」的藝術成就，但他的文藝基本觀念不能完全超越時代思潮，他論詩貴重氣盛詞麗。淵明風力旨趣和平淡婉，氣不及劉楨；文詞質樸省淨，美采不及張協，因此，在時代思想的潮流中，陶淵明被置於中品，並不偏屈。第二、分品與論體源是鍾嶸評詩不可分離的通用原則。鍾嶸分析作家詩風，一方面溯其源，一方面觀其流；上品各家，多有體源，又能影響他人而造成一種流派：如「文章之盛」的曹植，固然使「懷鉛吮墨者，抱篇章而景慕，映餘輝以自燭」，流風所被，影響極大。「文章淵泉」的陸機，雖「傷直致之奇」，而其支流，衣被後世。陶淵明雖為「古今隱逸詩人之宗」，但在齊梁，流風無繼；換言之，陶淵明沒有在當時造成一派詩風，故只能屈於中品。[26]

---

[26] 廖蔚卿《六朝文論》（臺北：聯經出版社，1985 年），頁 365-366。

因此，根據廖蔚卿的說法，我們可以知道詩人的成就及其評價，往往還得「由詩人對於當代文學的影響上去認定，……陶淵明詩雖然完成了個人的特殊風格，卻因對詩壇沒有產生影響，所以屈居中品。……所以由鍾嶸的評語仔細分析，可以看出他分品的依據：一方面固然就詩論詩的藝術成就，以氣骨詞采兼重的思想為準則；一方面也依據他的歷史觀，不孤立詩人的成就於個人的才氣及藝術，要從通古今的影響成就上判高下，因為個人必須在社會群體中去完成。」[27]從這個角度看來，南北朝時代的讀者對於陶詩的了解，之所以會有如此的評價，實在與當時讀者的接受視角有關。而其接受視角不只有「歷時性」的一面，也有「並時性」的一面。讀者由於接受視角的變化，不斷發現作品的潛在意義，所以文學作品在不同時期會得到不同的評價，文學作品的「歷時性」意義在此。而同一時代裡的不同讀者，對於同一部文學作品的接受和評價也會有所不同。由此顯見文本的完成和讀者的接受程度及認識結果之間是不斷變動的。因此，若以這樣的角度看待淵明的屈居中品便可以充分理解。

另外，為何淵明沒有在當時造成一派詩風，或許可以再從「體」的觀念上來說明。這是因為淵明的五言詩太過簡樸，不合當時「五言清麗」（《文心雕龍‧明詩》）的文體要求。晉宋之後，五言詩體的發展已到了「迫肖自然景物」的局面了，[28]將五言詩體造形寫物的功能發揮到了極致，如鍾嶸就有所謂的「五言居文

---

[27] 同前注，頁 366。
[28] 「迫肖自然景物」，借用王文進《論六朝詩中巧構形似之言》（國立臺灣師範大學國文研究所集刊第二十三號抽印本，1977 年）頁 20 的用語。

詞之要，是眾作之有滋味者」（《詩品・序》）的說法，同時也肯定了五言詩「指事、造形、窮情、寫物最為詳切」（《詩品・序》）。因此在追求「巧構形似之言」的風潮之下，五言詩體也逐漸走向琢句雕字的語言美的追求，這似乎是不得不然的一種發展。所以，以這個角度來觀察淵明的作品，其平淡自然的風格，顯然與當時對「形似」的追求有些出入。除此之外，這也是因為當時尚未肯定「變體」的價值，對於文體的要求以「正宗」為尚，文章若不能符合該文體的規範要求的話，一般而言，其特出的風格很難為人所肯定。所以，若以作品之「體」要求淵明的話，顯然他的詩文地位不可能太高。這也就是淵明的作品為何只能屈居中品的另一項重要原因。

　　由以上三點原因看來，從「人格風格」推崇淵明顯然仍未成為一種主流。一直要到宋代以後，對淵明的評價才真正從欣賞人到欣賞詩合而為一。然而這就牽涉到接受標準的轉變了。

四、小結

　　透過以上史料的分析與詮釋，我們可以得到以下幾點結論：
　　第一、南北朝時代對於淵明的認識，必須分為兩部分來觀察，即「隱者的淵明」及「詩人的淵明」。它是我們理解淵明地位的一個重要開端，只有如此才能對淵明的地位升降有一個正確的認識。對於往後的陶學發展而言，是相當重要的奠基階段。

　　第二、透過史料的分析，南北朝時代對於淵明的認識，以其高遠的隱者形象深植人心為最大特色。當時讀者不斷傳述他這個強制的形象，相形之下，淵明的詩文成就就顯得相當被忽視了。可見「隱者的淵明」和「詩人的淵明」之間並未達成共識。這就牽涉到中國文學批評上一個很重要的問題，即「人品」與「詩品」合一的問題。就「詩品」言，更牽涉到所謂「人格風格」與「語言風格」之間的分合關係了。

　　第三、僅管如此，我們又發現一個事實，那就是：雖然淵明的詩文不被當時讀者所普遍重視，但是零星出現的評價中，如蕭統〈陶淵明集序〉和鍾嶸《詩品》所說的，卻又對我們理解淵明詩文的地位有著相當重大的意義。只是，這樣的評價顯然不足以代表整個南北朝時代的真正看法。

　　第四、在鍾嶸的評價中，淵明的詩文有相當不錯的成就，並封淵明為「古今隱逸詩人之宗」，但是所得到的品第只是「中品」而已。這樣的結果，說明了讀者的接受視角必須置諸當時的文學環境來觀察，我們才能理解這樣的評價所呈顯的真正意義。此接受效果很明顯的呈現「陶詩未成主流」這樣的現象。

　　第五、對於接受美學而言，文學作品的意義是不斷變動的，隨著讀者的接受視點不同而被賦予不同的意義。淵明在南北朝時代的地位，是「隱者」形象大過「詩人」形象。到了唐代，「詩人」形象逐漸被重視。至宋代，淵明「隱者」和「詩人」的形象得到統合，至此淵明的「典範化」才正式形成。

第二節　唐代詩人接受陶淵明之概況

一、小引

　　陶淵明對南北朝詩風的影響有限，但到了唐代卻出現學陶成風的局面。這種風氣的轉變與唐代的審美觀的轉變以及隱逸風氣的大盛，有相當密切的關係。

　　唐人認為文學作品是作者人格的表現，講求形神兼具的藝術風格，認為作品必需能夠完滿的表現作家的性情。這與南北朝時代追求「形似」的藝術要求有很明顯的不同。葛曉音對於這種美學觀念的根本轉變做了很好的說明：

> 陶淵明之所以在唐代以後才愈益受到人們的重視，其重要
> 原因之一是我國傳統的美學觀念到唐代才發生了根本的
> 變化。這就是：對藝術的要求，從形似發展到神似，從刻
> 板寫實發展到氣韻生動；而理想的境界則是形神兼備，融
> 主客觀為一體，充分表現作家的個性。……陶淵明在兩晉
> 南北朝不為人所理解，正是因為當時一般人的藝術觀還處
> 於追求形似的階段。[29]

---

[29] 葛曉音：〈陶詩的藝術成就——兼論有關詩畫表現藝術的發展〉，《漢唐文
學的嬗變》（北京：北京大學出版社，1995 年），頁 261-263。

陶詩處在崇尚形似的南北朝時代，其平淡自然、渾融完整的詩風為當時人所不能理解。到了唐代，因為開始追求形神兼備的美學觀念，陶詩的價值才得到應有的肯定。

　　除此之外，學陶成風也和隱逸風氣的興起有很大的關係，根據王國瓔的說法，[30]治世之秋的盛唐時期，之所以存在一股崇尚隱逸的風氣，與皇室對於隱士的禮遇有很大的關係。他們經常臨幸、禮聘、或嘉獎聞名的道士、隱士，使得有心用世者也可以利用這個機會，以隱者的姿態或聲譽在山林中等待朝廷的徵召，企圖以終南捷徑直登廟堂。即使無法如願以償，也可以藉此獲得「高士」的美名，達到沽名釣譽的目的。因此，從皇室到在朝官員，無不嚮往山水田園，故多廣置山莊、別業，做為公餘修身養性之所在。於是山水田園既可以是終南捷徑，也可以是渡假場所，或政治失意的歸宿。另外，即使並不正式採取隱逸的行為，也會以跟道士、隱者的交往為榮。在這種崇尚隱逸的風氣之下，自然就會對「古今隱逸詩人之宗」的淵明興起一股傾慕之情。

　　然而，這種隱逸風氣，自六朝以來即已盛行，何以當時並未如此崇慕淵明的行徑？這是因為南北朝時代「詩」與「隱」還未結合為普遍的文化意識，而中國人在文化上又特別好向傳統尋求典型，淵明則剛好是兼具「隱士」與「詩人」身分的唯一代表。於是，待時而隱的唐代詩人，為尋求心靈的寄託，便追慕淵明的田園詩風與隱逸精神。從這一點來說，唐代詩人與淵明在心境上

---

[30] 王國瓔：《中國山水詩研究》第四章「山水與田園情趣合流」（臺北：聯經出版社，1992 年），頁 255-257。

是相通的，這也就是為什麼隱逸風氣的興盛，與唐代學陶產生如此重大關聯的原因。

正因為唐代審美觀念的轉變與追慕淵明隱逸之志的風氣使然，唐代詩人自然而然地認識淵明高蹈不群的人格，再進而欣賞他富有田園風味的詩篇。於是，從王維、孟浩然到儲光羲、韋應物、柳宗元等人，都有諸多歌詠田園的詩篇，其風格大多近陶。[31]不只如此，從南北朝時代就已經出現的擬陶之作，[32]在唐代依然盛行，如王維〈桃源行〉、白居易〈效陶潛體詩十六首〉、韋應物〈效彭澤體〉與〈與友生野飲效陶體〉等，都是通過擬作的方式，將詩人對於淵明的傾慕之情表露無遺。在這些作品的臨摹學習當中，可以發現淵明恬淡自然的詩風產生了前所未有的魅力，使得人們在歌詠隱逸或田園的時候，不免要追溯淵明其人其詩。因此，也就逐漸使得淵明成為隱逸文化的一種典範。[33]

在唐代這樣全面崇陶的情形之下，淵明開始產生了前所未有的影響力，特別是在詩史上的意義，即「開古今平淡之宗」（胡應麟《詩藪》）及「開後人詠田園之句」（張戒《歲寒堂詩話》）這二大影響。至此，我們也發現唐人已經逐漸從仰慕「隱者的淵明」，發展到肯定「詩人的淵明」，使「陶體」（嚴羽《滄浪詩話‧詩體》）初步成為一種可以學習的典範。這使得唐代詩人對淵明

---

[31] 題材的類似，未必即是風格上的相同，必須有足夠證據以資證明其相同，才是真正的風格相同。所以，只能說「其風格大多近陶」。

[32] 如鮑照〈學陶彭澤體〉和江淹〈擬陶徵君田居〉，均為南北朝時代擬陶的佳作，只可惜這樣的作品不多，而且並未形成一股巨大的風潮。

[33] 不過，淵明「典範化」的建立，是宋代以後所發展出來的，此時尚未將淵明的尊崇推至極致。

的認識開始產生重大的轉變，「人品」與「詩品」呈現並重的局面。在「文學是人格的具現」這一觀念的影響之下，淵明的地位產生了不同於南北朝時代的變化；同時，也為宋代淵明地位的「典範化」奠立基礎。

二、唐代詩人對於淵明的接受情形

整體而言，唐代關於淵明及其詩文的評論文字不多。就目前所見的史料而言，詩人歌詠淵明人格及其隱逸行為的篇章以及採用擬作形式學陶者，為唐人接受淵明其人其詩的主要方式；而評論性文章則屈指可數。我們發現一個事實：唐代詩人對於淵明的接受，乃建立在實踐性的接受層面上，較無理論性的接受。

以下針對唐代所出現的重要史料概略分為三部分進行討論：（一）、直接歌詠淵明人格或隱逸行為者；（二）、論及淵明詩文風格或成就者；（三）、以擬作的形式學陶詩者。

（一）就直接歌詠淵明人格或隱逸行為的詩文而言，又可分為兩次類：1.承襲南北朝以來「高遠」觀點者；2.對於上述刻板印象產生質疑者。

以 1.而言，較早的史料為李延壽《南史‧隱逸傳》：

陶潛，字淵明，……少有高趣。宅邊有五柳樹，故嘗著〈五柳先生傳〉。其自序如此，蓋以自況；時人謂之實錄。……

> 潛歎曰：「我不能為五斗米，折腰向鄉里小人！」即日解
> 印綬去職，賦〈歸去來〉以遂其志。……潛弱年薄宦不絜
> 去就之跡，自以曾祖晉室宰輔，恥復屈身後代，……世號
> 「靖節先生」。……[34]

其說並無新意，大致承襲《宋書·隱逸傳》以來正史所採取的接
受視角，行文脈絡也大致雷同，對於淵明的評價更是一成不變——
即「高遠」的人格典範。從淵明仍被列入「隱逸傳」中可知，初
唐時期對於淵明的認識，尚未有重大的改變，還是延襲前朝以來
固有的看法。

此外，尚有頗多詩篇直接歌詠淵明其人，如孟浩然〈仲夏歸
南園寄京邑舊遊〉：

> 嘗讀高士傳，最嘉陶徵君，日耽田園趣，自謂羲皇人。……
> 因聲謝朝列，吾慕穎陽真。

王維〈偶然作〉：

> 陶潛任天真，其性頗耽酒，……傾倒彊行行，酣歌歸五
> 柳。……。

李白〈戲贈鄭溧陽〉：

> 陶令日日醉，不知五柳春，素琴本無絃，漉酒用葛巾。清
> 風北窗下，自謂羲皇人。何時到栗里，一見平生親。

---

[34] 更早之前的隋代，尚有一篇令狐德棻等人所著《晉書·隱逸傳》。惜隋代
之評陶文字太少，礙難專章論之，故在此順帶提及。

及〈九日登山〉：

> 淵明歸去來，不與世相逐，……。

司空圖〈白菊三首〉之一：

> 不疑陶令是狂生，……。

陸龜蒙〈酒巾〉：

> 清節高風不可攀，……。

白居易〈效陶潛體十六首〉之一：

> 吾聞潯陽郡，昔有陶徵君，愛酒不愛名，憂醒不憂貧。嘗
> 為彭澤令，在官纔八旬，慨然忽不樂，挂印著公門。口吟
> 〈歸去來〉，頭戴漉酒巾，人吏留不得，直入故山雲。歸
> 來五柳下，還以酒養真，人間榮與利，擺落如泥塵。先生
> 去已久，紙墨有遺文，篇篇勸我飲，此外無所云。我從老
> 大來，竊慕其為人，其他不可及，且傚醉昏昏。

以及〈訪陶公舊宅〉：

> 垢塵不污玉，靈鳳不啄羶。嗚呼陶靖節，生彼晉宋間。心
> 實有所守，口終不能言。永惟孤竹子，拂衣首陽山。夷齊
> 各一身，窮餓未為難。……腸中食不充，身上衣不完。連
> 徵竟不起，斯可謂真賢。……昔嘗詠遺風，著為十六篇。

　　　　今來訪故宅，森然君在前。不慕樽有酒，不慕琴無絃，慕
　　　　君遺榮利，老死此丘園。……

從以上的史料歸納言之，大致可將淵明的形象分為幾個面相：即
（1）「真」、（2）「酒」、（3）「田園」。就「真」而言，有「吾慕
穎陽真」、「陶潛任天真」、「還以酒養真」、「不疑陶令是狂生」等
看法，肯定的是淵明人格上的「真」。而「真」也是淵明為人所
認可的最直接印象，這是南北朝至唐代以來的定論。就「酒」而
言，有「其性頗耽酒」、「陶潛日日醉」、「愛酒不愛名，憂醒不憂
貧」、「還以酒養真」、「且效醉昏昏」等看法，對於淵明的飲酒事
蹟，歷代讀者津津樂道。只有在「酒」裡，淵明才能找到他的依
託，其飲酒不只是嗜好而已，也有藉酒寄託懷抱之意。就「田園」
而言，則有「日耽田園趣，自謂羲皇人」、「清風北窗下，自謂羲
皇人」、「淵明歸去來，不與世相逐」、「人間榮與利，擺落如泥塵」、
「清節高風不可攀」等看法，歸隱之後的淵明，在「田園」生活
中擺脫名利、紛擾，閒適的情趣成為有唐詩人追慕的典型。

　　諸如此類的意象，不斷的出現在唐代詩人的作品中，這些
都是淵明其人最顯著的特點。唐代詩人所欣賞的淵明，正是由這
些意象所構成的特殊美感，而這也正是一般唐代詩人傾心追慕
的典範。

　　在這樣的普遍讚揚中，可以發現淵明的形象，依然呈現高風
亮節的一面，其完美的人格，仍然吸引大部分唐人的目光。值得
注意的是，白居易在〈訪陶公舊宅〉中，還肯定陶詩除了廣受矚
目的田園詩作之外，還有政治寄託的篇章，這是首次有人注意到

了淵明其他類型的作品。事實上,淵明的作品的確並非全然屬於閒適一類,他個人曾有的一些抱負、胸襟,以及悲苦、喪志的心情,也都從不避諱的出現在其詩篇中。就這個角度而言,淵明的作品仍未被全面的認識清楚。

　　從第 2.類史料來看,它與第 1.類讚揚淵明不同,是從另一個角度質疑淵明高遠的形象。如王維所言:「近有陶潛,不肯把板屈腰見督郵,解印綬棄官去。後貧,〈乞食〉詩云:「叩門拙言辭」,是屢乞而慚也。嘗一見督郵,安食公田數頃。一慚之不忍,而終身慚乎?此亦人我攻中,忘大守小,不口其後之累也。」(〈與魏居士書〉)王維在其他詩文中,對於淵明的「任真」雖頗讚揚,但在這段文字中,對於淵明因不肯見督郵以致落得半生窮困,經常乞食為生,卻頗不以為然。他認為淵明之所以「叩門拙言辭」,是因為經常性的登門乞討而有羞慚之意;而現在家貧,實在是因為當年不肯把板屈腰見督郵而辭官所致。為了不忍見督郵之「一慚」,卻落得四處乞食這樣的「終身之慚」。畢竟全家人終生的溫飽乃人生「大」事,委屈一見督郵只是暫時性的「小」事,這豈非「忘大守小」。循此,淵明之所以不肯見督郵,是因為胸中仍有「人我」之別,顯然有些不夠通達。

　　從淵明的「拙言辭」,可見他仍有羞慚之意,並不全然那麼灑脫自在,這與淵明的刻板印象顯然有些差距。長久以來,淵明不食人間煙火的形象,一直相當完美的存在人們心目中。當讀者發現淵明竟然也要為衣食之溫飽而卑躬曲膝時,開始感到不可置信。顯然,王維已經發現這個問題了。

　　此外，韓愈的看法也很值得參考，如：「及讀阮籍、陶潛詩，
乃知彼雖偃蹇不欲與世接，然猶未能平其心，或為事物是非相感
發，於是有託而逃焉者也。」（〈送王秀才序〉）由此我們又看到
了不一樣的淵明，其實從淵明其他諸多詩篇中，我們也可以發現
到這樣一個事實：淵明的歸隱，或許並不是那麼的灑脫自然，也
有可能是「或為事物是非相感發，於是有託而逃焉者也。」對於
淵明歸隱的心態很值得重新定位。基本上，韓愈的說法可以在淵
明的詩中找到極為明確的線索，如〈雜詩〉十二首之四：

> 白日淪西阿，素月出東嶺。遙遙萬里輝，蕩蕩空中景。風
> 來入房戶，夜中枕席冷。氣變悟時易，不眠知夕永。欲言
> 無予和，揮杯勸孤影。日月擲人去，有志不獲騁。念此懷
> 悲悽，中曉不能靜。

又如〈飲酒〉二十首之四：

> 栖栖失群鳥，日暮猶獨飛。裴回無定止，夜夜聲轉悲。厲
> 響思清遠，去來何依依？因值孤生松，斂翮遙來歸。勁風
> 無榮木，此蔭獨不衰。託身已得所，千載不相違。

淵明在恬淡自適的歸隱生活中仍有相當多的苦悶，在仕與隱之間
其實也曾有過掙扎。尤其在歸隱之後，對於「有志不獲騁」的失
落更是溢於言表，精神上的孤寂不時擾亂他的情緒，使他不能不
發出這樣無奈的愁言。因此，韓愈的說法，的確透入了淵明困頓
的真實面。而這樣的視角，如同王維在〈與魏居士書〉中所持的

視角一樣，逐漸為淵明的形象開啟一個新的面相。就接受理論而言，至少是一個很值得探討的現象。

而杜甫也是從類似的角度出發，發掘一般人較少注意的視角，如〈遣興五首〉：

> 陶潛避俗翁，未必能達道，觀其著詩集，頗亦恨枯槁。達生豈是足，默識蓋不早。有子賢與愚，何其掛懷抱。

杜甫認為淵明未必是一個達道之人，這從他的詩集就可以看出大概了，其〈飲酒〉詩有言：「雖留身後名，一生亦枯槁」。要是能夠達道，更有何事看不破？那麼，兒子的賢與不肖又有什麼好憂心的呢？從這個觀點看來，淵明的確不夠達觀也不夠瀟灑，真正萬事不縈懷的人便不會如此拘牽於俗事了。

根據高大鵬的說法，[35]杜甫此見引起後人許多反駁，如黃庭堅就說：「觀淵明之詩，想見其人豈弟慈祥，戲謔可親也，俗人便謂諸子皆不肖，而淵明愁歎見於外，可謂痴人前不得說夢也。」黃庭堅為淵明辯解，他認為「有子賢與愚，何其掛懷抱」反而更能表現淵明的「豈弟慈祥，戲謔可親」的人格。此外，高大鵬也提到，葛立方《韻語陽秋》更引杜甫〈憶幼子〉、〈得家書〉及〈元旦示宗武〉諸詩為反證，說：「然子美於諸子亦未為忘情者；觀此數詩，於諸子鍾情尤甚於淵明矣」，可見杜甫此言顯然不夠中肯，因為杜甫本人也一樣叨念著自己的兒子。不過，杜甫本人後

---

[35] 高大鵬《陶詩新論》（臺北：時報出版社，1981年），頁99-100。

來對淵明的態度卻有很大的轉變，特別是他晚年在蜀中那段時間裡，生活比較平靜，對於淵明的作品相當推崇。

根據以上分析，杜甫的評論意見再一次使得淵明的形象出現新的視角。從這些意見當中，我們發現淵明的形象不斷的轉變，至少已有讀者發現了淵明生活化的一面。事實上，淵明也從不避諱自己愁苦的心境，只是歷代讀者的接受視角一再重覆著既定的形象，只有通過對史料的重新解讀才能產生新的視域。

（二）我們發現唐代對於淵明詩文的評論寥寥可數，其中較為重要的幾家，首推杜甫、白居易及皎然《詩式》，開始將淵明詩文的評價反應到文論上了。

杜甫晚年在蜀中生活那段日子比較平靜，部分詩篇即景抒情，與淵明的田園詩風相當接近。因此，杜甫詩文中也可見到點化陶詩的痕跡，如：「雖有車馬客，而無人世喧」，就是點化自「結廬在人境，而無車馬喧」，使事相當巧妙。而杜甫對淵明的喜愛，不只在人格上，對其文學成就也很肯定，如〈江上值水如海勢聊短述〉：

焉得思如陶謝手，令渠述作與同遊。

及〈夜聽許十損誦詩愛而有作〉：

陶謝不枝梧，風騷共推激。

所謂「焉得思如陶謝手」，杜甫面對水勢如海的奇景，一時之間難有奇句，雖然老而詩律漸熟，但才不如陶謝，不能長吟，頗有尊陶謝而自謙之意。在此，杜甫認為陶謝詩多有驚人之語，非自己能夠趕上。另外，在「陶謝不枝梧」中，所謂「枝梧」乃斜生相抵的枝條，引申有抵觸、抗拒之意。杜甫在此以陶謝之才大，稱讚許十損的誦詩，頗為肯定陶謝之文學成就。據此，謝康樂的文學地位早已為大家所公認，自南北朝以來即因精巧的模山範水而享有盛名；淵明的文學地位則遲至唐代才被肯定。杜甫將淵明與康樂相提並論，可說是對淵明的高度讚美。只不過淵明的地位仍未獨立，仍必須與康樂並列，顯見淵明的地位演變是漸進的。就唐代而言，能夠產生這樣的觀念，正顯示了對淵明的文學地位有了新的認識，「杜甫不像前人那樣常提顏謝而提陶謝，正體現了這種變化」。[36]

其次，提倡諷喻詩的白居易，對於陶淵明也一直相當愛好，除了〈訪陶公舊宅〉詩「夙慕陶淵明為人」及十六首〈效陶潛體詩〉之外，白居易〈題潯陽樓〉詩對於淵明的文學成就也作了很高的評價：

> 常愛陶彭澤，文思何高玄。

詩中竭力讚美淵明的文思高古玄遠，器重之意溢於言表。白居易可說是唐代學陶的一大名家，但對於淵明其人其詩的評價，卻顯然不夠精到，只此寥寥數語而已。

---

[36] 王運熙、楊明：《隋唐五代文學批評史》（上海：上海古籍出版社，1994年），頁286。

最後，皎然《詩式》對於淵明也頗為重視，[37]其《詩式》在第二格中錄淵明詩八例，包括〈飲酒〉、〈擬古〉、〈詠荊軻〉、〈挽歌〉、〈讀山海經〉、〈作鎮軍參軍經曲阿〉等篇章的摘句，品第雖高卻無具體評語。但已足以說明唐人對陶詩的重視程度。

《詩式》雖然對陶詩無評語，但皎然與潘述等三人合作的《講古文聯句》評陶詩有云：

> 陶令田園，匠意真直。春柳寒松，不凋不飾。（此四句為
> 皎然所作）

皎然對於淵明的田園詩作，直誇其「真直」，從其「直」可以看出淵明的天真坦率充分展現在他的詩文中。透過語言文字的傳達，我們得以看到一個道德精神生命完滿的形象，「春柳寒松，不凋不飾」，正是他對於淵明道德人格所做的最佳評述。這是專就陶詩的「人格風格」方面所作的評述，可見皎然對於淵明的評價相當高。

（三）以擬作的方式學陶者，其中較為著名的幾家，如：孟浩然、王維、儲光羲、韋應物、柳宗元、白居易等人，其創作上的風格皆與陶類似，不僅模仿淵明寫田園詩，也將陶詩中恬淡、閒適的情趣融合在作品中。

---

[37] 以下參考王運熙、楊明：《隋唐五代文學批評史》（上海古籍出版社，1994年），頁 357-358。

1.孟浩然：

　　孟浩然身處隱逸風氣鼎盛的唐代，四十歲以前為出仕而隱居鹿門山，四十歲以後因求仕未遂而不得不隱居；不過他仍以「隱士」之名而顯耀當世。孟浩然本人也頗以「隱士」自許，對於淵明的隱逸情趣很能認同，這從他的「嘗讀高士傳，最嘉陶徵君。日耽田園趣，自謂羲皇人」（〈仲夏歸南園寄京邑舊遊〉）可以看出他有意的學習淵明。因此，在他後期的作品中，田園詩的色彩極為濃厚。如〈採樵作〉：

　　　　採樵入深山，山深水重疊。橋崩臥槎擁，路險垂藤接。日
　　　　落伴將稀，山風拂薜衣。長歌負輕策，平野望煙歸。

詩中的閒適之情神似淵明，是一個很鮮明的例子。「採樵入深山」一句，已浮現出主人的田園情趣了；「日落伴將稀，山風拂薜衣」則與淵明「凱風因時來，回飆開我襟」（〈和郭主簿〉二首之一）有相似的意趣；「長歌負輕策，平野望煙歸」則與淵明「帶月荷鋤歸」（〈歸園田居〉五首之三）一樣展現日入而息的生活情調。其他如〈尋香山湛上人〉、〈秋登蘭山寄張五〉、〈過故人莊〉、〈夏日南亭懷辛大〉、〈夏日浮舟過陳逸人別業〉、〈尋菊花潭主人不遇〉、〈遊鳳林寺西嶺〉及〈晚泊潯陽望香爐峰〉等詩篇也都富有田園情調。

2.王維：

　　王維可說是唐代學陶的大家。其一生大多過著亦仕亦隱的居士生活，在藍田輞川別業這樣清幽的環境中，創作了許多含有田園情趣的詩作，在王維全部的作品中，這也是他最有成就的部分。茲舉〈輞川閒居贈裴秀才迪〉一詩為例：

> 寒山轉蒼翠，秋水日潺湲。倚杖柴門外，臨風聽暮蟬。渡頭餘落日，墟里上孤煙。復值接輿醉，狂歌五柳前。

在此王維展現了山水的清幽與自然，其中「渡頭餘落日，墟里上孤煙」，和淵明「曖曖遠人村，依依墟里煙」（〈歸園田居〉五首之一）同樣自然寧靜；最後並以淵明自況，顯見王維對於淵明的喜愛程度。

　　另外，如〈渭川田家〉、〈歸嵩山〉、〈終南別業〉、〈山居秋暝〉、〈春中田園作〉、〈山居即事〉、〈戲贈張五弟諲三首〉、〈藍田山石門精舍〉、〈清溪〉、〈崔濮陽兄季重前山興〉、〈送六舅歸陸渾〉、〈早秋山中作〉、〈田園樂〉等作品也都是學陶佳作。

　　不只如此，王維還做了一篇擬〈桃花源詩並記〉的〈桃源行〉：

> 漁舟逐水愛山春，兩岸桃花夾去津，坐看紅樹不知遠，行盡青溪不見人。……當時只記入山深，青溪幾度到雲林。春來遍是桃花水，不辨仙源何處尋！

篇中極力肯定桃花源乃神仙世界而非人間塵世，全篇籠罩著一片神祕莫測的空靈氣氛，結尾以漁人得而復失、遺恨千古之嘆，

令讀者回味。可見，王維很相信淵明的桃源仙境，也因此而產生嚮往。

3.儲光羲：

儲光羲的詩在田園詩派中也算是卓然自立的一家，他在這方面的詩作雖不多，但都很能得陶詩的田園意趣。農夫、樵子、漁父、牧童都是他寫作的題材。除此之外，他最著名的擬陶之作是〈田家即事〉及〈田家雜興八首〉，其中尤以後者為其學陶的上品：

> 種桑百餘樹，種黍三十畝。衣食既有餘，時時會親友。夏來菰米飯，秋至菊花酒。孺人喜逢迎，稚子解趨走。日暮閒園裡，團團蔭榆柳。酩酊乘夜歸，涼風吹戶牖。清淺望河漢，低昂看北斗。數甕猶未開，明朝能飲否。

詩中情味甚佳，情感又自然活潑，我們看到的是如陶詩般恬淡自適之趣。儲光羲也因仿淵明寫作田園詩，而被歸入王孟韋柳之列中。

另外，儲光羲其他佳作，如〈遊茅山〉五首、〈樵父詞〉、〈漁父詞〉、〈牧童詞〉、〈采蓮詞〉、〈採菱詞〉、〈釣魚灣〉等詩作，也有明顯學陶的痕跡。

4.韋應物：

韋應物的田園詩成就僅次於王維。他對淵明也非常嚮往，不但作詩效陶體，甚至多次辭官閒居，其生活與心境都可比之淵

明。而韋詩高雅閒淡，與陶詩更是氣息相近。其中以〈與友生野飲效陶體〉最得陶詩精髓：

> 攜酒花林下，前有千載墳。於時不共酌，奈此泉下人。始自斮芳物，行當念祖春。聊舒遠世蹤，坐望還山雲。且逐一顏笑，焉知賤與貧。

此詩完全仿效淵明〈諸人共遊周家墓柏下〉而作，無論從韋應物的人生觀或詩風而言，都是有意學陶之作。

其他著名的擬陶之作，如〈擬古詩十二首〉、〈效陶彭澤〉、〈雜體五首〉、〈園林晏起寄昭應韓明府盧主簿〉、〈寄全椒山中〉、〈東郊〉等篇章也都是佳構。

　5.柳宗元：

柳宗元的詩歌成就頗受東坡讚賞，「韋、柳」並稱已為定論。一般說來，他的作品較為接近謝靈運的風格。流放永州時，為了排遣心中的憂憤之氣寫了不少山水詩，其字句的錘鍊及運思的精密都受到謝靈運的影響。不過，他的詩文並未全出於謝靈運，在一些五言古詩中所表現出來的恬淡意境，又相當富有陶詩的興趣，如〈飲酒〉、〈南澗中題〉、〈田家五首〉、〈雨後曉行獨至愚溪北池〉等學陶之跡也很明顯，可見其學陶興趣相當濃厚。茲舉〈雨後曉行獨至愚溪北池〉一首，可見其學陶之跡：

> 宿雲散洲渚，曉日明村塢。高樹臨清池，風驚夜來雨。予心適無事，偶此成賓主。

在這首詩中所呈現的清幽景象與詩人當時閒適的心境互相契合，而這樣的風格正與陶詩中許多篇章的氣質相類。

另外，如〈初秋夜坐贈吳武陵〉、〈界圍巖水簾〉、〈湘口館瀟湘二水所會〉、〈旦攜謝山人至愚池〉、〈茆簷下始栽竹〉、〈田家〉三首、〈漁翁〉、〈飲酒〉等也是很重要的學陶佳作。

6.白居易：

主張詩必有所諷喻的白居易，晚年隨著政治態度的轉變，生活心境上也較為閒適，開始創作諷喻詩之外的閒適詩作，其詩集中便有「閒適」一類，質量皆頗可觀。白居易對於淵明始終十分企慕，這從他「予夙慕陶淵明為人」可以看出，他甚至以淵明自比，自稱「異世陶元亮」。除此之外，他曾做〈效陶潛體詩十六首〉，並且仿效〈五柳先生傳〉而做〈醉吟先生傳〉。其〈自戲三絕句〉三首（〈心問身〉、〈身報心〉、〈心重答身〉）也是摩習淵明〈形影神〉三首（〈形贈影〉、〈影答形〉、〈神釋〉）。可見他受淵明影響頗深，是宋人「尊陶」的前驅。因此，他常刻意模擬淵明高古淡遠的詩風，這可從他〈溪中早春〉一詩看出：

> 南山雲未盡，陰嶺留殘白。西澗水已銷，春溜含新碧。東風未幾日，蟄動萌草拆。潛知陽和功，一日不虛擲。愛此天氣暖，來拂溪邊石。一坐欲忘歸，暮禽聲嘖嘖。蓬蒿隔桑棗，隱映煙火夕。歸來問夜餐，家人烹薺麥。

這首詩中充滿山水之美，又有田園鄉居之趣。全篇語言質樸自然，無雕琢之氣，更多的是幾近口語的白描。淵明的遺風宛然可見。

綜合上述，可見唐人之學陶在作品的質量方面都展現蓬勃生氣。唐代詩人透過對陶詩的摩習，具體的展現了隱逸詩篇的範型，使得隱逸一類的創作成為一體。可見，唐代學陶者，其本身創作也以清淡風格為主，因此自然能夠肯定陶詩清淡的詩風，進而促使田園詩派的勃興。這就是唐代詩人學陶的最大意義所在。

對於唐人學陶的表現，後代出現不少精譬的評論。大致說來，後人所持的意見約有三類：即（一）肯定唐人學陶成就者；（二）認為陶詩難學者；（三）否定唐人學陶成就者。茲以代表性說法加以論述。

（一）肯定唐人學陶成就

> 陶詩胸次浩然，其中自有一段淵深樸茂不可到處。唐人祖述者，王右丞有其清腴，孟山人有其閒遠，儲太祝有其樸實，韋左司有其沖和，柳儀曹有其峻潔；皆學焉而得其性之所近。（清・沈德潛《說詩晬語》）

沈德潛對於唐人學陶的成就，基本上抱持相當肯定的態度。陶詩「淵深樸茂」之處，內涵極其豐富，或清腴、或閒遠、或樸實、或沖和、或峻潔，種種妙境，學陶之唐人都能把握到。唐代詩人對於陶詩觀摩純熟，深得其中滋味，故摹習陶詩得心應手，並深得陶詩之趣。可見唐人已從單純點化個別詩句摹陶，進而從整體

風格上摹陶。因此，不只在形式上學陶，更能抓住陶詩的真性情所在。經過唐代詩人的努力，陶詩終於成為一大詩派，學陶成風的盛況亦由此可見。

（二）認為陶詩難學

> 故常謂韋、蘇得陶之運度，而未得其雅澹渾然之處，王右
> 丞得陶之閒適，而未得其渾涵自然之工，柳子厚工處或傷
> 於巧，又未免有意於求其好；此陶之所以難及也。（宋・
> 陳模《懷古錄》）

一般而言，韋應物、王維、柳宗元諸家，乃公認唐代學陶的大家。然而，也有認為陶詩的真率處，是他人永遠也摹習不來的，不只難學，更是不能學。因此，唐人學陶雖各能掌握一二，也足以名家，但陶詩的淵深樸茂處，卻是不可學的，此其境遇使然。是故，深入探究學陶諸家的表現，大多只得其貌不得其神。因此，在肯定唐人學陶成就的同時，也有認為陶詩難學的說法。

（三）否定唐人學陶成就

> 古詩自漢而下，定以靖節為宗，……後人窮搜心力，猶不
> 免刺口菱芡。柳子厚、韋蘇州、白香山、蘇子瞻，皆善學
> 陶，刻意彷彿，而氣韻終不似。捫蝨子謂子厚語近而氣不
> 近，樂天學近而語不近，東坡和陶百餘篇，亦微傷巧，蓋
> 皆難近自然也。或以為知道，或以為逃名，至舉以為隱逸
> 詩人之宗，則尤非知陶詩者。（清・吳瞻泰《陶詩彙注序》）

此說一概否定學陶者的表現。不論如何盡心盡力的體味陶詩，摹習陶詩的風格，甚至終篇和陶詩，都是刻意所為，難免流於形跡，學得再好，也無法自然而然的貼近陶詩的氣韻。是以對於唐人學陶的成就一概否定。

就以上諸說看來，唐人之學陶成風已無庸置疑，也引起後人廣泛的討論，呈現異態紛呈的局面。雖然如此，唐人的學陶成就，仍然以肯定的評價為主，完全否定的意見畢竟不多。就整個陶學史發展而言，唐人學陶的成就，對於宋代的學陶具有承先啟後的意義。

三、接受效果──學陶成風

第一，唐代詩人對於淵明的人格仍持普遍讚譽的態度，從眾多欣羨、追慕淵明的詩文中可見一般。然而，在王維、韓愈、杜甫等人的部分文論中，我們發現一點：開始對淵明的一些作為提出質疑。而這樣的質疑，對於文學接受會產生什麼意義？

淵明是否真的恬淡自得？開始成為一個問題。事實上，就淵明全集而言，其中描寫生活困頓的篇章，可說觸目皆是。淵明雖不欲與世相接，但其實並未真能與世相忘，胸中仍有不平之氣，嗜酒只是藉以逃避現實而已。從韓愈的感受中，我們可以發覺淵明「不得其平而鳴」的想法歷歷在目。而杜甫則直指淵明未能達道，對於個人自身的遭遇，並未能安之若素，更未能忘懷得失。

王維則認為淵明對於生活溫飽之大事，寧可叩門乞求，卻不願把板屈腰見督郵一面，未免「忘大守小」。

從以上分析看來，淵明的困頓與感慨一直存在他的生活中。他也從不避諱在詩文中展現這方面的心境。只是歷來讀者視若未睹，至少從南北朝至唐代以來大部分的接受視角，都是固守淵明恬淡自適的一面，特別是在隱逸之風盛行的時代，淵明飄逸的隱者形象總成為該時代人們所追慕的典範。證諸史料，這個完美的形象在歷時性發展中開始產生變化，即淵明較人性化的一面逐漸在讀者的目光裡，開拓了一個可供探尋的視域。

僅管如此，就整個陶學史的發展進程而言，我們發現這些質疑的聲音，對於淵明高遠的形象，並未產生強大的毀壞力量，更未給宋代以後尊陶的局面帶來轉變，只是提醒了歷代讀者，對文學作品的接受可以持有不同的審美視角。即使在唐代，淵明其人仍得到普遍讚譽。因此，對於這樣的質疑，只視之為偶然現象即可，不足以動搖人們對於淵明人格上的肯定。

第二，唐代的評陶文字實在嫌少，即使如蕭統和鍾嶸一般的評論也付之闕如。在僅見的評語中，只是肯定淵明的地位已達到和謝靈運相提並論的程度，如杜甫「陶謝不枝梧」、「焉得思如陶謝手」等。對於淵明的作品並無較為明確的風格評述，只是就其文學的總體成就給予肯定的提升。但這至少表示唐代詩人對於淵明的作品已廣為接受，也逐漸將淵明的地位提升至與享有盛名的謝靈運差不多的地步。

第三，整個唐代對淵明其人其詩的接受，應從「學陶成風」這一面來觀察。所謂「學陶成風」，除了歌詠、讚嘆、傾慕淵明

的人格與作品之外，更傳達了一個很重要的意義：對「陶體」這個典範的尊重。

所謂「陶體」，即嚴羽所謂「淵明之詩質而自然。」(《滄浪詩話‧詩體》)。淵明這種清遠平淡風格的呈現，到了唐代初步成為一種可供學習的對象，逐漸為宋代之後的典範化建立基礎。一部文學作品要能成「體」，必須先成為一種「典範」，才能以「體」論之；而所謂「典範」的意義是，它必須很完滿的實現某種風格，以及普遍的彰顯出作者的內心世界，同時具備了「完滿性」及「普遍性」才能稱之為「典範」。就唐代詩人而言，「陶體」就是在這個基礎上建立起來的：一方面，陶詩恬淡自適的詩文風格，很完滿的展現了田園詩應有的體式；另一方面，它又能彰顯出隱逸者普遍的內心世界。如此一來，陶詩的價值不再只是唐人所欣賞的田園詩篇而已，它還是一個學習模擬的重要對象，更是唐代詩人仕途失意的最大精神寄託。

從這個角度來看陶詩，我們發現唐代詩人對於淵明的重視，主要著重在陶詩能夠體現詩人的內在心靈世界這一層面。學陶者從詩句上學陶，主要是因企慕淵明的為人，並且與淵明的人格精神有相契之處，從而重視淵明的作品，並進而學習陶詩中的恬淡之趣。因此，證諸史料，唐代詩人的擬陶，其風氣之盛並非偶然。至此，「淵明不但成了『高士』的象徵，他的『文士』的身分也得到了推重。」[38]

---

[38] 高大鵬：《陶詩新論》(臺北：時報出版公司，1981年)，頁 74。

　　因此，我們發現唐代雖無理論建樹，但已開始將淵明的人品和詩品結合起來了，其「人格風格」方面的意義更為突出。淵明在唐代以後，已由受到注意而逐漸受到重視，並且由於欣賞而被推崇，至此淵明「詩人」的地位已正式確立了。因此，「陶體」的意義，不只是在其文學典型的完成，更彰顯出淵明「詩人」地位確立的意義。

　　根據以上分析，唐代學陶成風是無庸置疑的事實，淵明的地位也已大幅提高。淵明不但在「人」或「詩」的方面已全面得到唐代詩人的推崇而成為一個典範，與南北朝時代所得到的評價相比，顯然也已向前邁進一大步。在此所顯示的意義是，淵明的被接受，從南北朝時代的「隱士」形象，到唐代「隱士」與「詩人」並重的局面，至此乃真正達到鍾嶸所謂「隱逸詩人之宗」的真義。由此再下開宋代淵明其人其詩「典範化」建立的契機。

四、小結

　　根據以上的分析，我們可以得出幾個結論：

　　第一、唐代對於淵明的接受視點，由於審美觀念趨向注重簡樸，講求形神兼具的氣韻生動，以及隱逸風氣大盛的關係，使得唐代詩人開始對淵明掀起一股傾慕之情，以致於「學陶成風」。

　　第二、「學陶成風」的主要表現有三：（一）直接歌詠淵明的人格風範，淵明成為一個隱逸文化的重要象徵；（二）肯定其文

學地位與謝靈運並駕齊趨,正視淵明「詩人」的文學地位;(三)透過擬陶的方式,創作田園詩篇,使田園詩成為唐代一大詩派。

第三、就歌詠淵明的人格而言,開始出現質疑的聲音,如王維、韓愈、杜甫等人,即看出淵明的恬淡背後所隱藏的人生困頓與感慨,並認定他在達道與抑鬱之間一直擺蕩不定,似乎並未真正做到飄然無礙的境界。但是,審諸陶學史的進程而言,顯然淵明的地位並未因此而動搖,宋代以後對於淵明人格典範的尊崇日益拔升,其飄逸的隱者形象顯然深植人心。因此,對於王維等人的說法可暫且不論。

第四、唐代對於淵明的詩文並無可觀的評論文字,最突出的就是擬陶的表現。唐代詩人以擬陶的方式,追慕淵明的人格風範,創作出為數不少的田園詩作,在唐代詩壇蔚為一股風潮,並開啟後代田園詩作的流派。

第五、整個唐代對於淵明的認識,已經走向「人品」與「詩品」並重的局面,與南北朝時代偏重「人品」的取向有相當大的不同。但是,這還不能說是對淵明的了解已臻極致。當淵明在唐代已成為一種象徵(特別是隱逸文化)的時候,伴隨而來的理想化也逐漸形成一種迷障,使得淵明的形象愈來愈崇高,到了宋代更是達到神格化的地步。自宋代開始,淵明不只是「人品」和「詩品」都被肯定,其地位的「典範化」更在宋代被建立起來。至宋代開始,淵明才真正成為中國文學史上的一個典範人物。

第三章　宋代陶學接受標準的轉變

第一節　宋人接受陶淵明及其詩文的情形

一、小引

陶學發展到了宋代，可說到達了巔峰狀態。南北朝至唐代以來，淵明及其詩文的地位不斷向上拔昇，其「隱士」與「詩人」的雙重地位都得到了相當高的肯定。宋代便在這個基礎上，進一步將淵明及其詩文「典範化」，在極度推崇的情況下，使得淵明的價值真正被彰顯出來，從此塑造了一個中國文學史上的典範人物。

宋代文人對淵明最大的貢獻，在於重新發現他的價值，並推尊他的價值到聖化的地步。宋代之所以選擇淵明做為一種學習的典範，與當時讀者期待視野的變化有關。中國人選擇某些文學典範，往往不是透過理論系統的建立，而是靠創作本身，特別是文學作品選本的示範而來；這種思維方式，在宋代最為明顯。他們往往透過對於典範的尊崇，表達他們的時代審美觀念。宋代詩壇幾經篩選之後，終將創作典範落實在淵明身上。[1]

---

[1] 宋代的創作典範，應是陶、杜並稱。在此，陶、杜所代表的典範意義，

　　宋人將創作典範落實在淵明身上，正與該時代詩風趨向「平淡」有明顯的關係。宋代詩壇，從北宋初年的宗「白體」（白樂天詩），發展到「崑體」（喜愛義山詩）、「晚唐體」盛行，當時詩壇酬唱之風大盛，三派所呈現的大多是柔弱華麗的詩風。僅管如此，仍有一些在野的隱者，如林逋、魏野或是「九僧詩」派等，他們開始在詩中借用淵明的故事，傳達飲酒、歸耕等題材的意義，以及清淡隱逸的想法，可惜當時未成主流，但可視為後來平淡詩風的先聲。其後，梅堯臣則提出「平淡」口號。對於梅堯臣個人來說，其追求平淡應與自身遭遇的困頓很有關係。他經常述說自己對平淡的追求，但是證諸他的創作，其「不平而鳴」的意識與韓愈由艱宕中所造之平淡風格較為類似，反而與淵明的「平淡出自然」並不契合。但是，梅堯臣「做詩無古今，唯造平淡難」（〈讀邵不疑學士詩卷〉）的詩論主張，對於宋代詩壇的平淡詩觀卻產生了極大的影響。其後，王安石也有「看似尋常最奇崛，成如容易卻艱辛」（〈題張司業詩〉）的詩論。到了蘇軾，對陶詩「質而實綺，臞而實腴」（〈與蘇轍書〉）更有相當高的評價，而所謂「發纖穠於簡古，寄至味於淡泊」或「外枯而中膏，似淡而實美」（〈評韓柳詩〉）等詩論，無一不是平淡觀念的發揚。到了南宋朱熹，更重申作詩要以「平淡」為主；陸九淵之徒包恢則強調「詩家者流，以汪洋淡泊為高」（〈答傅當可論詩〉）。諸如此類的言說，

對於宋人而言，直接反映了該時代知識分子「進亦憂，退亦憂」的心理意識，從杜的「窮而後工」到陶的「無意為詩」，這兩個典範以互補的形式，體現了宋人的審美意識。參看程杰：〈從陶杜詩的典範意義看宋詩的審美意識〉，《宋詩綜論叢編》（高雄：麗文文化公司，1993 年）。

大致反映了宋代詩風的面貌：即注重傳神，提倡韻味，嚮往淡遠
的境界。這種所謂平淡自然之美，也就是宋代詩壇的重要審美
觀。正因為欣賞這種平淡自然之美，宋代文人便選擇淵明做為他
們的理想典範。

　　循此，我們發現淵明處在知性與感性融合的宋代正面臨詩學
觀念上的重大改變，而淵明其人其詩亦正好暗合大部分宋人的品
味，復以東坡之愛陶、和陶，推尊淵明至極崇高的地位，遂使得
淵明其人其詩成為宋人的最高典範。就這個意義而言，淵明的人
格風格與語言風格得到統一，並且其文學地位也大幅提高。宋代
陶學的意義即在此彰顯。

　　既然宋代將淵明提昇為最高典範，那麼反映在現實中的狀況
就是，宋代學陶、和陶的風氣比起前代更有過之而無不及，因此
淵明的故事廣泛出現在宋人的詩作中。而評論文字相較前朝而
言，也有更多可觀之處。這與宋代開始注重作家個人評論有很大
的關係。不只如此，宋人在作家研究中經常採用傳記研究法，因
此對於陶集版本、注釋及年譜的訂定相當重視。這些史料方面的
整理工作，對於以淵明為主體的作家研究非常有意義。

　　在此，我們將針對以上幾點，就宋人接受淵明其人其詩的整
體狀況，分為四項加以說明：史料方面的整理、對陶詩的學習、
對陶詩的評論、對淵明的評論。以這四個面相來觀察宋人所接受
的淵明及其詩文。

二、史料方面的整理

就史料方面的整理而言，宋人對於淵明其人其詩的研究開拓
了不同以往的局面。就淵明而言，宋人開始為他製作年譜；就陶
集而言，則有版本之校定及作品的注釋。

宋代文化事業甚為發達，對於古代文獻的整理工作更是成績
斐然，舉凡纂集、輯佚、編目、校勘等，對於文學研究提供了很
大的幫助。陶集的版本校定及作品注釋，前朝以來雖已有之，卻
是到了宋人傾注心力於其中才有較為輝煌的成果出現。而作家的
年譜編寫則是從宋代開始才產生的一種研究方式。

以下分為三大部分論述之：（一）、年譜編寫；（二）、陶集版
本之校定；（三）、陶集作品之注釋。

（一）年譜編寫

宋人在談論文學現象時，多已傾向以論列作家為主。在許多
宋人筆記及詩話中，我們發現宋人愈來愈重視文學創作主體了，
如胡仔《苕溪漁隱叢話》便是以作家為綱目，在每一個作家之下
匯集各種有關評論及資料。可見宋人的理性抬頭，對於文學研究
中創作主體的突出產生了相當大的影響。因此，我們發現過去如
《文心雕龍》式的理論著作，或司空圖《詩品》之風格論述的著
作，在宋代已幾無嗣響。文體本身研究的重要性相對降低，對作
家的研究逐漸超越前代之風格品評，轉而注意作家的主體人格。
於是，宋人對所謂「知人論世」的文學研究方式大加闡揚，開始

花費大量精力，考訂作者的生平與史實，真正實現了由論世以知人的目標。[2]

　　從作家研究的角度而言，宋人所採取的重要方式即傳記研究。為了知人論世，學者們花費大量精力，考訂作家的生平事蹟，建立完整的作家生活面貌，再以此對作品進行更為深入的解釋，企圖使作品的解讀更具信服力。所謂傳記研究，最重要的就是為作家編寫年譜。宋代以前，中國傳統的譜學為氏族譜系的綴連。此外，漢代鄭玄曾做《詩譜》，列諸侯世系及詩之次序，為《詩經》提供時代與地域的說明。到了北宋中葉，呂大防為杜甫及韓愈分別編撰了年譜，是為個人年譜的創始之作。[3]這種傳記研究方式影響深遠，自此成為中國文學研究中一個重要的詮釋傳統。

　　然而，呂大防之後，一直要到南宋以降才出現大量的年譜之作。淵明的年譜正是出現於此時，計有李燾〈陶潛新傳〉（已佚）、王質〈栗里譜〉（簡稱王〈譜〉）、吳仁傑〈陶靖節先生年譜〉（簡稱吳〈譜〉）及張縯〈吳譜辨證〉（簡稱張〈辨〉）等四種。除了已佚的〈陶潛新傳〉以外，其餘三部史料今日皆可見。其中王〈譜〉乃首創，雖稍嫌疏陋，但自成一家；吳〈譜〉後出，較王〈譜〉為詳，但過失也不少。對於淵明名字的考訂，足供後人參考。張〈辨〉原書已佚，後人自李公煥《陶集箋註》附錄中輯出四條，其所論針對吳〈譜〉而發，大致平實。這是陶譜在歷史上的第一批著作。

---

[2]　郭英德等著：《中國古典文學研究史》（北京：中華書局，1995 年），頁 357-358。
[3]　同前注，頁 359-361。

　　這幾部年譜的編寫，所依據的資料不外以下幾項：陶集、顏延之〈陶徵士誄〉、《宋書·隱逸傳》、蕭統〈陶淵明傳〉、佚名〈蓮社高賢傳〉、《南史·隱逸傳》、《晉書·隱逸傳》等。不只如此，在年譜中，我們發現宋人也開始為淵明作品進行編年的工作，重要作品的著成年代都一一被標識出來。宋人藉由作家個人年譜的編寫，順帶為其作品進行編年的工作，以便以史證詩或以詩證史，企圖做到真正的知人論世。比較前代而言，這是陶學史上相當大的進展。

　　以下根據鍾優民先生的整理，[4]對於這幾部年譜（除了已佚的〈陶潛新傳〉）的特點，做概略說明：

　　首先，王質博通經史，其文章氣節見重於世，曾著有《紹陶錄》一書，〈栗里譜〉即其中所載。王質奉祠山居時，有感於淵明等人棄官遺世之風，而作〈栗里譜〉。王〈譜〉對於淵明的居址考核甚詳，認為其家始居柴桑，從隆安四年（西元 400 年）起，家居京師六載，父仍留柴桑。至義熙元年（西元 405 年），彭澤歸來，復返回柴桑故里。後又曾住西廬，遷南村，又還西廬，終於柴桑故里。其論淵明居址，頗為翔實。這也是陶學史上首度有人論及這個問題。

　　其次，吳仁傑亦博洽經史，仕至國子學錄。其〈陶靖節先生年譜〉對於淵明的名字、甲子、出處等都下了很大的工夫，為後來諸家所本。如吳〈譜〉認為〈贈長沙公〉詩序「長沙公於余為族祖」句中「族祖」二字連讀，疑所贈乃延壽之子，從晉爵也。

4　鍾優民：《陶學史話》（臺北：允晨文化公司，1991 年），頁 40-42。

還認為詩題「贈長沙公」當云「贈長沙公孫」，詩序中云「族祖」者，乃俗本亂改致誤。除此之外，吳〈譜〉對於淵明名字做了一番梳理，進一步考證：

> 先生之名見於集中者三，其名潛見於本傳者一，集載〈孟府君傳〉及〈祭程氏妹文〉皆自名淵明。又按：蕭統所作傳及《晉書》、《南史》載先生對道濟之言，則自稱曰潛，〈孟傳〉不著歲月，〈祭妹文〉晉義熙三年所作，據此，即先生在晉名淵明可見也。此年對道濟實宋元嘉，則先生至是蓋更名潛矣。

另外，他還具體解釋顏〈誄〉所謂「有晉徵士陶淵明」之說的價值與意義，從而作出「陶淵明，字元亮，入宋更名潛，如此為其得實」的結論。

　　王〈譜〉早出，吳〈譜〉繼之，其徵引資料較豐，對於淵明的名字、甲子、出處皆多所履析。然而，王、吳二〈譜〉中也都雜有誤謬粗疏之處，張縯乃針對前說，作〈吳譜辨證〉。但原書已佚，目前僅見於李公煥《箋注陶淵明集》中所引四條。如其中一條駁吳〈譜〉六十三歲之說：「先生〈辛丑遊斜川〉詩言『開歲倏五十』，若以詩為正，則先生生於壬子歲，自壬子至辛丑，為年五十，迄丁卯考終，是得年七十六」。王、吳二〈譜〉均主六十三歲之說，乃根據顏〈誄〉所稱「春秋六十有三」，沈約〈陶傳〉：「潛元嘉四年卒，時年六十三」。張縯此說，是陶學史上第一次有關於年歲的質疑，然自成一說，後世信從者甚少。

　　一般說來，淵明年譜中可見的問題，大略有以下數端[5]：名字之異、年號甲子之說、論居址、論出處、論年歲、及論先祖世系等六項。名字及年號甲子之說，自《宋書・隱逸傳》以來即已有之；到了宋代，論年號名字較多，論名字較少。而論居址，則始於王、吳二〈譜〉。論出處，則始於吳〈譜〉。論年歲，則張縯自創新說，有開發之功。先祖世系，則後代較勤於察考。

　　然而，陶譜中的諸多問題，至今仍未有確定的說法，多為各家鉤稽詩文史事，強為牽合，自成一說。因此，宋人年譜之功，在於論居址、出處及年歲上的創見，啟發後世論述之基礎。

（二）陶集版本之校定

　　據郭紹虞所言，[6]陶集版本之學，可略分為若干時期。大抵梁以前為陶集之傳寫時期；梁以後，宋以前為補輯時期；至宋代則為校定時期；而南宋已開注釋之風，故入元遂為注釋時期；逮及明代當為評選時期；清代則為彙集與考訂時期。先後源流灼然可尋。因此，宋代的陶集版本之學，其特色就在版本校定上的成績。這與宋代發達的印刷術有相當密切的關係，許多手鈔書籍逐漸為雕刻版本所取代，書籍的流傳愈加方便，陶集的翻刻也大為增加，繼而版本校定及作品注釋也更有成績。

---

[5]　朱自清：〈陶淵明年譜中之問題〉，許逸民較輯《陶淵明年譜》（北京：中華書局，1986 年），頁 264。

[6]　郭紹虞：〈陶集考辨〉，《陶淵明研究》（臺北：九思出版社，1977 年），頁 698。

陶集版本，出現於宋代的，計有：1.北宋本：晁文元本、宋庠本、思悅本、東林寺本、陳述古本、張相國本、宣和王氏刊本（附宣和曾氏本）。2.南宋本：紹興本（附汲古閣刊本、魯銓刊本、何氏篤慶堂本、湘潭胡氏摹本、陶氏稷山樓本、廣州鎔經鑄史齋本、著易堂、及海左書局石印本）、江州本、曾集本（附光緒影刻本、民國影印本、續印續古逸叢書十二種本）、焦竑藏本（附焦氏影刻本）、蜀本、汲古閣藏十卷本（附縮刊袖珍本、咸豐翻刻本、光緒重翻本、李廷鈺重刻本）、韓子蒼本、費元輔注本、湯漢注本（附拜經樓叢書本、重雕拜經樓叢書本、丁良善重雕本、有正書局影印本）等十餘部。目前僅見南宋刊本。

　　以下據鍾優民整理，[7]對於陶集版本中諸多問題，略做一概觀式說明。首先，宋庠重新刊定的十卷本《陶潛集》，是目前所知的最早刊本，可惜早已散佚不傳。其後，僧思悅於治平三年將《陶集》重加整理付梓，並撰〈書集後〉云：

> 昭明太子舊所纂錄，且傳寫寖訛，復多脫落。後人雖綜輯，曾未見其完正。愚嘗採拾眾本，以事讎校，詩賦傳記贊述雜文，凡一百五十有一首，洎〈四八目〉上下兩篇，重條理編次為一十卷。近永嘉周仲章太守，枉駕東嶺，示以宋朝宋丞相刊定之本，於疑缺處甚有所補。其陽僕射序錄、宋丞相〈私記〉存於正集外，以見前後記錄之不同也。

7　鍾優民：《陶學史話》，頁 62-64。

可見，思悅是在宋庠刊本的基礎上，又一個重編《陶集》的重要版本家。其對於存真辨偽上雖尚有失誤，如〈四八目〉仍未除去，但在析疑補缺上還是下了不少工夫。對於陶學發展而言，這個版本確有相當的價值。

從南北朝至宋代，陶集的手鈔本、刊刻本非常的多，難免會有混雜錯亂之處，某些偽作亦攙入其中。如經由洪邁、嚴羽、湯漢等人考訂辨析，一致認定〈問來使〉一篇係託名之作而混入陶集：「此蓋晚唐人因太白〈感秋詩〉而偽之」（湯漢《陶靖節先生詩》卷四）；另外，許顗還指出〈四時〉詩係「顧長康詩，誤編入《陶彭澤集》中」（許顗《彥周詩話》），後世版本家多採以上的說法，不再將此二詩載入陶集。

當時著名的藏書家晁公武也曾提到陶集版本雜出紛呈，編排卷次互有差異，其《郡齋讀書志》中說道：

> 靖節先生集有數本：七卷者，梁蕭統編，以序、傳、顏延之誄載卷首；十卷者，北齊陽休之編，以〈五孝傳〉、〈聖賢群輔錄〉，序、傳、誄分三卷益之，詩篇次差異。按《隋·經籍志》，潛集九卷，又云梁有五卷，錄一卷；《唐·藝文志》，潛集五卷。今本皆不與二〈志〉同，獨吳氏《西齋書目》有潛集十卷，疑即休之本也。休之本出宋庠家，云江左名家舊書，其次第最有倫貫，獨〈四八目〉後〈八儒〉、〈三墨〉二條，似後人妄加。[8]

8　晁公武：《郡齋讀書志》（臺北：廣文書局，1967年），頁 984。

其梳理陶集版本源流，脈絡清晰，從「今本皆不與二〈志〉同」一句來看，自隋至宋，陶集版本歷經變遷，面目全非。但是，自宋至今，歷時雖更長，但流傳的各種版本大致皆從宋庠本輾轉翻刻而來。

　　陶集不僅版本卷次歧異，各本文字差別更是甚大，蔡啟就曾經指出：

> 《淵明集》世既多本，校之不勝其異，有一字而數十字不同者，不可概舉。若「隻雞招近局」，或以「局」為「屬」，雖於理似不通，然恐是當時語。「我土日已廣」，或以「土」為「志」，於義亦兩通，未甚相遠。若此等類，縱誤不過一字之失；如「見」與「望」，則併其全篇佳意敗之。此校書者不可不謹也。[9]

這方面的文字歧異，有的甚至成為千古疑案，至今未有確解。

　　綜合以上，歸納言之：陶集版本之校定，計有偽作混入、編排卷次各本有異、各本文字差異甚大等三大問題。這些問題，不只出現於宋代，即使到了千五百年之後的現代，一樣仍有許多纏夾不清，未得確解之處。宋代校定陶集版本之功，對於啟發後代的注釋、評選、考訂等陶集之研究，確有相當的貢獻。

9　蔡啟《蔡寬夫詩話》,《宋詩話輯佚》（臺北：華正書局，1981 年），頁 380。

（三）陶集作品之注釋

前引郭紹虞先生陶集研究分期之說法，到了南宋，開始進入了陶集作品的注釋階段。由傳記研究法出發，對於作家個人的年譜編寫，進而對作品進行注釋，對於以作家為單元的文學研究而言，這是很自然的一種發展。

一般說來，對某一作家之作品進行注釋，都是將字句名物訓詁、史實考訂、詩意解析等內容綜合在一起。其最大的特色即重視詩意的闡發並斷以己意。北宋黃庭堅曾表示：欲就杜詩「隨欣然會意處，箋以數語」（《豫章黃先生文集》卷十七〈大雅堂記〉）。宋代各家詩注不滿足於羅列典故字句出處，往往對詩意進行具體細致的解說，在總結前人的不同說法時，還需要作出抉擇。這樣一來，文學作品的注釋便逐漸與舊有經典的音義、訓詁、博物性質的注釋區別開來了。[10]據此，宋代最重要的兩部陶集注釋——湯漢《陶靖節詩註》及李公煥《箋注陶淵明集》，可說是成績極為卓著的陶學注釋本。

據鍾優民的說法可知，[11]除了唐代曾出現過《文選六臣注》對淵明的八詩一文做注釋之外，到宋代才開始對陶詩進行全面的、系統性的注釋工作。首先，湯漢注有《陶靖節詩集》四卷，其註不乏新解，如於〈詠二疏〉、〈詠三良〉、〈詠荊軻〉三詩註云：「二疏取其歸，三良與主同死，荊卿為主報仇，皆託古以自見云」。他認為三者皆係借古諷今、自抒懷抱之作。又如〈述酒〉

---

[10] 郭英德等著：《中國古典文學研究史》，頁 363。
[11] 鍾優民：《陶學史話》，頁 70-至 72。

詩，長期以來無人理解其本旨何在，直至黃庭堅，仍疑似陶公讀異書所作，義不可解；到韓駒方始察覺疑是義熙以後有所感而作，故有「流淚抱中歎，平王去舊京」之語，淵明忠義如此。到了南宋，經湯漢反復詳考，方才確證該詩係為廢恭帝靈陵王被弒而作，替淵明忠憤之說新增一有力的佐證。[12]

清代阮元對於湯注評價甚高，在《四庫未收書目提要》中稱許湯注：

> 清言微旨，抉出無遺。馬端臨《文獻通考》以為淵明異代之知己。其所稱說，多與世本不同。如〈擬古〉詩有『聞有田子泰』句，《魏志》「泰」，今本多偽為田子春，惟此與《魏志》無異，其他佳處，尤不勝指。[13]

其評不為虛言，後世多無異義。

李公煥所撰之《箋注陶淵明集》，以昭明〈序〉及〈傳〉冠首，次采集諸家評陶為總論，中分十卷，前四卷詩，五卷記、辭、傳、述，六卷賦，七卷五孝傳、書贊，八卷疏、祭文，十卷聖賢群輔錄，末附錄顏延之〈誄〉、陽休之〈序錄〉、宋庠〈私記〉、僧思悅〈書後〉及無名氏〈記〉。

---

[12] 淵明的「忠憤」這一特點，直至南宋才被時人所發掘；北宋以前的淵明，一直維持「隱逸詩人之宗」的形象。這是有宋一代對於淵明的認識的重大突破。關於這點，在下一章節中將有論述。

[13] 阮元：《四庫未收書目提要》（臺北：商務印書館，1971 年），頁 78。

李公煥注陶篇數遠遠超過湯注。他主要採用兩種注釋方法：一是斷以己意（如前文所稱，乃宋人注釋作品之重要特色），如〈怨詩楚調示龐主簿鄧治中〉詩注云：

> 今引子期知音事而命篇曰〈怨詩楚調〉，庸非度調為辭，欲被絃歌乎？[14]

揣摩陶公初衷，當緣幽憤不得志而作，剖析可謂細膩入微。又如於〈遊斜川〉詩注云：

> 辛丑歲靖節年三十七，詩曰「開歲倏五十」，乃義熙十年甲寅，以詩語證之，序為誤。今作「開歲倏五日」，則與序中正月五日語意相貫。[15]

考訂精審，自能探賾索隱，獨創新解，發前人之未見。

另一種注釋方式是徵引他人成說，如〈庚戌歲九月中於西田獲早稻〉詩下引思悅評語：

> 觀此詩知靖節既休居，惟躬耕是資，故蕭德施曰：「安道苦節，不以躬耕為恥」。[16]

又如〈飲酒〉之「秋菊有佳色」章下分別引述定齋、艮齋、韓子蒼三人評語。可見，李氏注釋確能實事求是。

---

[14] 李公煥：《箋注陶淵明集》（臺北：中央圖書館，1991 年），頁 74。
[15] 同前注，頁 69-70。
[16] 同前注，頁 110。

　　另據魏了翁所稱，尚有費元輔所作的注本。魏氏〈費元輔注陶靖節詩序〉稱：

> 同郡費君元輔，嗜公之詩，為之訓故，微辭奧義，毫分縷析。余昔過郡，未嘗不得見焉。今成書，而屬余冠篇，乃以所聞於師友者復之。[17]

惜費氏注本久已佚，無法一窺全貌，也無法加以論斷。

　　除此之外，有關於陶詩文字訓詁資料，還散見於宋詩話中。如對於〈讀山海經〉之「夸父誕宏志」詩中的「形天無千歲」和「刑天舞干戚」的考證，其時就展開過有趣的爭論。據周必大記載：

> 宣和六年，臨溪曾紘謂靖節〈讀山海經〉詩，其一篇云：「形天無千歲，猛志固常在」，疑上下文義不貫，遂按〈山海經〉有云：「刑天，獸名，口銜干戚而舞」，以此句為「刑天舞干戚」，因筆畫相近，五字皆訛。岑穰、晁詠之撫掌稱善。余謂紘說固善，然靖節此題十三篇，大概篇指一事。如前篇終始記夸父，則此篇恐專說精衛銜木填海，無千歲之壽，而猛志常在，化去不悔。若併指刑天，似不相續。又況末句云：「徒設在昔心，良晨詎可待」。何預干戚之猛耶？後見周紫芝《竹坡詩話》第一卷，復襲紘意以為己說，皆誤也。[18]

---

[17] 魏了翁：《鶴山先生大全文集》卷五十二（上海商務印書館，1965年），頁444。

[18] 周必大：〈陶淵明山海經詩〉，《二老堂詩話》，清・何文煥輯《歷代詩話》

當時，包括朱熹、曾季貍、刑凱等人，皆從曾紘的考證，而歷經時代的汰選，曾紘之說也逐漸成為共識了。

綜合上述，宋人對於陶集的注釋可謂不遺餘力，對於後代所出的各種注本而言，實有啟發之功。

關於淵明史料的整理，宋人在各方面都下了不少工夫，這是宋人將淵明典範化的具體表現。宋代是一個全面評陶、尊陶的時代，圍繞在淵明周身的各項史料都是值得研究的對象。從上述各項面貌看來，宋人的研究可謂舉舉大觀，陶學體系的奠定也正是由宋代開始的。

三、對陶詩的學習

到了宋代，對於陶詩的學習，不只是田園詩風的延續，更因為宋代逐漸形成以「平淡」觀念為重要的詩風取向，許多以「平淡」之風自恃的文人，大量創作學陶的作品。另一方面，不少文人在晚年退隱江湖之後，自然而然的追慕淵明的懷抱，常在意識上以淵明為師，隱然與淵明精神相通。從這裡看來，宋人對於陶詩的學習，不只是著重於詩風的類似，還有精神上的相通。這使得宋人在學習陶詩時，多是自覺的、理性的，以陶詩做為一種創作上的典範，以遂行他們「平淡」的創作觀。

（臺北：漢京文化，1973 年 1 月），頁 656。

　　以下就針對兩宋以來對陶詩的學習情形進行說明。列入討論的文人計有梅堯臣、邵庸、蘇軾、王安石、晁補之、黃庭堅、陳與義、陸游及范成大等數家。

（一）梅堯臣

　　梅堯臣在宋代詩壇的努力，取得相當高的地位。南宋劉克莊就說：「本朝詩惟宛陵為開山祖師。」（《後村詩話》）[19]，可見梅堯臣的重要性。梅堯臣對於詩歌創作，要求必有所激發而作，不無病呻吟；能夠上繼《詩》、《騷》的美刺傳統及《國風》「上以風化下，下以風刺上」的精神，力除晚唐體及西崑體末流的弊病。這對於宋詩主理風尚形成的過程而言，是很重要的一種理論反映。

　　然而，梅堯臣個人的創作理論及態度上，一方面固然高唱「不平而鳴」的復古理念。另一方面，他又首開「平淡」的宋詩風尚，而看似衝突的兩種觀念，事實上是一直並存的。到了晚年，其創作風格較為偏向平淡，其晚年所作〈讀邵不疑學士詩卷〉即說道：「作詩無古今，惟造平淡難。」可見，對於一生困窮的梅堯臣而言，「平淡」不僅是他詩歌理論的核心，更是他整個創作歷程的終極追求。

　　梅堯臣由「平淡」入手的創作特點，從他對於王維、韋應物等人的推崇可見一般。嚴羽即有「梅聖俞學唐人平淡處。」（《滄浪詩話》）之語。唐人之平淡處，以王、韋兩家的表現最為突出；

---

[19] 梅堯臣，宣州宣城人，宣城古名宛陵，世稱梅宛陵。故劉克莊以「宛陵」稱之。

王、韋兩家的平淡處，又與陶詩的平淡有上下繼承的關係。陳師道即有「右丞、蘇州，皆學於陶、王，得其自在。」(《後山詩話》)之語。由此可知，梅堯臣對於陶詩的傾慕，是很自然的發展。

梅堯臣是宋代詩人中第一個大力提倡陶詩的人。不僅「唯詩獨慕陶彭澤」(〈答新長老詩編〉)，而且還時常說道：「方聞理平淡，昏曉在淵明」(〈答中道小疾見寄〉)、「中作淵明詩，平淡可擬倫」等語，他隱然將自己的創作態度與淵明連繫在一起。試舉〈魯山山行〉一詩為例：

> 適與野情愜，千山高復低。好峰隨處改，幽徑獨行迷。霜落熊升樹，林空鹿飲溪。人家在何許？雲外一聲雞。[20]

這首詩的田園情趣非常典型，充滿山水田園之美及幽靜閒淡之情味。雖然，身處俗情世間，亦不為俗務所干擾，所謂「人家在何許？雲外一聲雞」，正是這種恬淡自適的情趣。從這首詩中，我們發現梅堯臣的平淡之趣與陶詩的平淡似有相通，實則其精神內蘊仍有相當的距離。他的平淡，近似韓愈的「艱宕怪變得，往往造平淡」，與淵明出之於自然的平淡實有出入。雖然如此，梅堯臣做為宋代第一個提倡陶詩的詩人，其首開風氣的意義仍然值得重視。

---

[20] 梅堯臣著、朱東潤選註：《梅堯臣詩選》(北京：人民文學出版社，1980年10月)，頁47。

（二）邵雍

宋代理學家所探究的是「窮理、盡性、至命」的義理之學，為文多強調「以文載道」，並以恢復儒家的政教文學觀為首要任務。詩、文於他們是一種「遺餘」，本不以為意。但是，理學家們處於詩文鼎盛的年代裡，一樣也喜歡作詩，以詩歌的形式闡述義理，並發表自己的見解。這些作品，大致可以分為言理之詩及吟詠性情之詩兩大部分，雖然成就參差不齊，但也形成了宋詩史上一個獨特的詩派：「理學詩派」。[21]

而身為宋代理學象數體系的開創者的邵雍，可說是這個詩派的創始人。其對於整個宋代的理學詩派的影響非常重大，甚至有所謂「邵康節體」（語出嚴羽《滄浪詩話》）之稱，並以此體做為理學詩派的代稱。而邵雍《伊川擊壤集》收錄詩作 1500 餘首，其份量之多即居於理學詩派諸家之首。邵雍做詩講究自然流出，率爾成章，不必苦吟得之。因此，平暢通達又深富義理，是他作品的最大特色，尤其是他那些自吟閒適生活的作品，最能將他的人生態度表達出來，這與陶詩所展現的風格有類似之處。如〈安樂窩前蒲柳吟〉一詩：

> 安樂窩前小曲江，新蒲細柳年年綠。眼前隨分好光陰，誰道人生多不足。[22]

及〈歡喜吟〉：

---

[21] 許總：《宋詩史》（重慶市：重慶出版社，1992 年），頁 237-250。
[22] 邵雍：《伊川擊壤集》（上海：商務印書館，1965 年），頁 99。

> 歡喜又歡喜，喜歡更喜歡。吉士為我友，好景為我觀。美
> 酒為我飲，美食為我餐。此身生長老，盡在太平間。[23]

在這些直抒胸臆的作品中，邵雍自我表白其樂天知命的人生觀，
與陶詩中質樸含有「真」意的作品隱然有所關連。這從邵雍〈讀
陶淵明「歸去來」〉詩所說的「可憐六百餘年外，復有閒人繼後
聖」（《伊川擊壤集》）可以看得出來。他以繼承淵明為己任，終
身隱居洛陽三十年，特別能體會淵明那種歸去來兮的心境。陶詩
的平淡與理學家所要求的直率、暢達有相當程度的契合，這是邵
雍直以淵明之繼聖自稱的重要原因。

　　然而，邵雍化深奧為淺俗的語言表達方式，卻是追蹤白居易
較多。以平淺的語言將深蘊的義理隨意的表達出來，嚴格說來，
其與白詩的淵源較深。整體而言，就學陶的表現而言，邵雍的詩
作並非十分突出。

（三）王安石

　　王安石早期的詩風與其政治企圖心有相當關係，大致以政治
經驗為詩作主要內容，並且喜歡在詩中使用散文句法大發議論，
形成類似韓愈的奇險詩風。然而，王安石後期開始半退隱的生活
之後，時常游冶於山水之間，對於自然景物的流連所激發的愉悅
之情也不時躍於紙上。王安石晚年的寫景抒情之作，完全將自己
的人生感慨寄託其中，逐漸形成一種精深簡淡的風格。

---

[23] 邵雍：《伊川擊壤集》，頁 74。

　　王安石在宋詩追求平靜、淡遠的傳統中，將晚年投身大化的愉悅，完全寄跡於山水田園情趣之中。如〈即事〉即是一例：

　　　　徑暖草如積，山晴花更繁。縱橫一川水，高下數家村。靜
　　　　憩雞鳴午，荒尋犬吠昏。歸來向人說，疑是武陵源。[24]

及〈題齊安壁〉：

　　　　日淨山如染，風暄草欲薰。梅殘數點雪，麥漲一溪雲。[25]

兩首詩的意境，呈現出與世無爭的自在悠閒。前詩顯然與淵明的〈桃花源記〉中的理想樂園有前後呼應的關連。詩人本身深刻的意緒，在明潔而簡淡的詩語中顯露無遺。其雅麗精絕，脫去流俗，可說是王安石詩作中的佳構。

　　從王安石這類清遠平淡的詩作中，可以看出陶詩的深遠影響，即使無意於刻意學陶，也不免為陶詩的風格所影響。這也說明了陶詩的魅力在宋代是全面而廣遠的，詩人或多或少都接受了此種平淡的詩風。

（四）蘇軾

　　東坡是宋代的大文學家，舉凡詩、詞、文章諸領域無一不是其中翹楚。就詩作而言，東坡也同樣展現了多樣化風格，各種題材皆可入詩。並且東坡的博學多聞，使他不免要在創作中展現其

---

[24] 王安石：《王臨川集》（臺北：世界書局，1977 年），頁 72。
[25] 王安石：《王臨川集》，頁 140。

才學，蘇詩議論化的傾向便隨之形成。不只如此，東坡豪邁的詩文風格，往往使其議論化的特質表現得特別奔放、自由，大有行雲流水之勢。不過，東坡雄肆的才情還展現在大量用典及和韻之作上。如此逞其才學，正是「以才學為詩，以議論為詩」（嚴羽《滄浪詩話》）的最佳表現。

和韻陶詩 109 篇，正是東坡和韻之作的上乘。東坡晚年貶居海南島時，正當身心受挫最為深刻之時，長年仕途不遂，一再遭貶，人生大部分的豪情壯志消磨殆盡。在海南島困頓的生活中，充分體嘗人生如寄的飄流之感。此時，對於陶詩中閒適恬淡的心境特別容易產生嚮往，在精神上也與淵明尋求自覺的認同：「我即淵明，淵明即我。」（〈書淵明「東方有一士」後〉），隱然以淵明為千古知己。正如東坡自言道：「古之詩人，有擬古之作矣，未有追和古人者也；追和古人，則始於吾。吾於詩人，無所甚好，獨好淵明之詩。」（〈與蘇轍書〉）可見東坡對於淵明情有獨鍾，並首創「追和古人」之作。向來和詩，只以同時代詩人之間相和而已，東坡和陶 109 首，開古今未有之局面。東坡之愛陶，可見一般。[26]

實際上，蘇軾這 109 首和陶之作，也是宋代陶學史上相當重要的一系列作品。陶詩的廣受愛戴，在宋代算是達到高峰期，東坡的遍和陶詩，實非一偶然現象。茲舉陶集篇首之〈停雲〉及東坡〈和停雲〉做為參照。淵明〈停雲〉：

---

[26] 東坡晚年逐首和陶詩，其弟子由又次韻東坡和陶之作，可見蘇軾兄弟之愛陶成癖。

> 靄靄停雲，濛濛時雨。八表同昏，平路伊阻。靜寄東軒，
> 春醪獨撫。良朋幽邈，搔首延佇。停雲靄靄，時雨濛濛。
> 八表同昏，平陸成江。有酒有酒，閒飲東窗。願言懷人，
> 舟車靡從。東園之樹，枝條再榮。競用新好，以招余情。
> 人亦有言，日月于征。安得促席，說彼平生。翩翩飛鳥，
> 息我庭柯。斂翮閒止，好聲相和。豈無他人，念子實多。
> 願言不獲，抱恨如何？[27]

及〈和停雲〉：

> 停雲在空，黯其將雨。嗟我懷人，道修且阻。眷此區區，
> 俯仰再撫。良辰過鳥，逝不我佇。颶作海渾，天水溟濛。
> 雲屯九河，雪立三江。我不出門，窬寐北窗。念彼海康，
> 神馳往從。凜然清臞，落其驕榮。餽奠化之，廓分忘情。
> 萬里遲子，晨興宵征。遠虎在側，以寧先生。對弈未終，
> 摧然斧柯。再遊蘭亭，默數永和。夢幻去來，誰少誰多？
> 彈指太息，浮雲幾何？[28]

兩詩在內容命意上都是與思念親友有關（東坡思念子由）。形式
上分章節，共四章，並且善用比、興之法。無論內容及形式都很
接近陶詩的風味。紀昀即評說：「此章頗有陶意。」（《紀昀評蘇
文忠公詩集》卷四十一，《蘇詩彙評》），可見東坡之學陶確有其

27　李公煥：《箋注陶淵明集》，頁 33-35。
28　蘇軾：《蘇東坡全集》續集卷三（臺北：河洛出版社，1975 年），頁 71。

佳處。無怪乎「至其得意，自謂不甚愧淵明。」（〈與蘇轍書〉），
東坡對於自己的和陶之作顯然頗為自負。

　　對於東坡之和陶、學陶，後代評論者卻有不同的意見。有大
加讚揚者，如黃庭堅〈跋子瞻和陶詩〉：

　　　　彭澤千載人，東坡百世士。出處雖不同，風味乃相似。[29]

有不以為然者，如洪亮吉《北江詩話》：

　　　　陶淵明以後，學陶者韋應物、柳宗元以迄蘇軾、陳無己等
　　　　若干人，而皆不及陶，亦以絕調難學也。[30]

有不予議論者，如王若虛《滹南詩話》：

　　　　東坡和陶詩，或謂其終不近，或以為實過之，是皆非所當
　　　　論也。渠亦因彼之意，以見吾意云爾，曷嘗心競而較其勝
　　　　劣耶？故但觀其眼目旨趣之何如，則可矣。[31]

綜合諸說，可說毀譽參半。其實，東坡並無意與淵明相較量，只
是喜愛淵明其人其詩，加以晚年心境又與淵明相近，故以陶自託
抒發心志罷了。因此，可不論其優劣為當。

　　審諸東坡之愛陶、學陶，或許為一偶發事件；但對於陶學史
而言卻是一件大事。由於東坡的發掘，淵明其人其詩的價值在宋

---

[29]　黃庭堅：《山谷全集》卷十七（臺北：中華書局，1970年），頁4。
[30]　洪亮吉：《北江詩話》（北京：人民文學出版社，1998年），頁94。
[31]　王若虛：《滹南詩話》，丁福保輯《歷代詩話續編》(臺北：木鐸出版社，
　　　1988年7月)，頁515。

代才享有推崇備至的地位。因此，東坡之創作和陶詩，其價值不言而喻。

（五）晁補之

做為「蘇門四學士」之一的晁補之，其文學成就以散文為最。其詩歌成就雖不及散文，但也得到東坡與山谷的激賞，而以雄健豪邁著稱。然而，其晚年的遭遇及心境與東坡有許多相似之處，其作品之精神風貌也大為相似。因此，晁補之的詩歌創作中也有一些深蘊溫婉的作品。而陶詩平和沖淡的境界，正是晁補之深心企慕的典型。

在晁補之的詩集中，不時可見「君如陶淵明」（〈同華公叔飲城東〉）、「可但知君愛彭澤」（〈澠池道中寄福昌張景良通直〉）等語；不只如此，其詩作亦有陶詩之遺風，如〈題四弟以道橫軸畫〉：

> 黃葉滿青山，枯蒲靜寒水。鳧雁下坡塍，牛羊散墟里。擔穫暮來歸，兒迎婦窺籬。虎頭無骨相，田野有餘思。[32]

從這首詩中，我們看到了田園山水之美及農家恬靜自在的情調，的確與陶詩的氣味相似。不過，這類作品並不太多，較難認定其學陶成就。

---

[32] 晁補之：〈題四弟以道橫軸畫〉，《全宋詩》卷 1124（北京：北京大學出版社，1993 年），頁 12776。

（六）黃庭堅

做為「蘇門四學士」之首的山谷，其詩學理論與創作上的成就影響深遠，以致形成一大宗派。如嚴羽《滄浪詩話》所云：

> 至東坡、山谷始自出己意以為詩，唐人之風變矣。山谷用工尤為深刻，其後法席盛行，海內稱為江西宗派。[33]

可見山谷的成就，早在宋代即為人所稱道。

據顧易生所言，山谷的詩歌創作態度，大約可概括為三點：

> 其一，黃庭堅論詩是強調「情性」的，不過他認為詩人性格應是正直而敦厚的，其感情的抒發應當從容不迫，而反對過於強烈的表露。其二，黃庭堅作詩是精于鍛鍊而用意深刻的，而其嚮慕的更高境界是自然渾成，「不煩繩削而自合」，「無意為文」。其三，黃庭堅十分重視並總結一套學習、借鑒古人的藝術經驗的方法，但目的在於超越前人、獨立創造。[34]

為了達到這種理想境界，山谷著重的是「句法」、「句眼」及「無一字無來處」等詩法。因此，山谷的自然渾成不是從直尋或直抒性靈而來，而是廣納前人豐富的詩歌精華，以轉益多師、兼容並

---

[33] 嚴羽：《滄浪詩話・詩辨》（郭紹虞校釋，臺北：里仁書局，1987 年），頁 26-27。

[34] 顧易生、蔣凡、劉名今：《宋金元文學批評史》（上海：上海古籍出版社，1996 年），頁 193-194。

蓄的方式，著意於學習模擬前人的創作，以達到因難見巧、生新獨特的境界。

在山谷這樣的創作理想中，他最為推崇的前代詩人，除了杜甫就是淵明了。其〈贈高子勉〉詩云：

> 拾遺句中有眼，彭澤意在無弦。願我今年六十，付公以二百年。[35]

山谷往往以陶（彭澤）、杜（拾遺）二人並舉，這也正好顯現他的詩學理想境界。「句中有眼」可說是山谷所堅持的詩歌創作實踐的範型，而「意在無弦」則是他所追求的自然渾成的境界。所謂杜詩「句中有眼」指的是一句詩或一首詩中最精鍊、最傳神而又最有意境的一個關鍵字，如人之眼神炯炯發光，足以映照全詩或全句。所謂彭澤「意在無弦」，正是以「無弦琴」形容陶詩的意象超妙，平淡自然而不事雕琢的風格。

在山谷的詩學理想中，淵明與杜甫無疑是他最高的學習典範。所謂自然渾成的詩歌境界，陶詩與杜甫晚年的作品都達到這種理想。因此，就學陶而言，山谷的用功處在於其對於陶詩渾融境界的追求。

（七）陳與義

做為「江西詩派」一員的陳與義，早期多直追黃庭堅、陳師道等人的詩學理想，注重生新見巧及用意鍛鍊的創作態度。並

---

[35] 黃庭堅：《山谷全集》卷十六，頁4。

且，同樣以杜甫為其詩學理想的典範人物。因此，陳與義的詩作
中，有很大一部分是關於政治上的憂國之作，多數篇章頗有老杜
遺風，顯然可見沉鬱渾重的氣勢。

除此之外，陳與義多樣化的詩歌創作中，還有一大類的作品
充滿對山水自然的嚮往，這類作品以清遠平淡的風格呈現出邃密
超絕的特色。陳與義自己也屢次表露出對淵明的傾心嚮往，如「靜
者樂山林，謂是義皇人」（〈汝州吳學士觀我齋分韻得真字〉）、「詩
成彭澤要歸田」（〈謹次十七叔去鄭詩韻〉）、「陶潛無酒對黃花」
（〈次韻周教授秋懷〉）等，可見其慕陶之情。因此，在他的作品
中，也逐漸形成了一類清遠平淡的詩風。茲舉〈道山宿直〉為例：

> 離離樹子鵲驚飛，獨椅枯筇無限時。千丈虛廊貯明月，十
> 分奇事更新詩。人間路絕窗扉語，天上雲空隔影移。遙想
> 王戎燭下算，百年辛苦一生痴。[36]

在這首詩中，詩人靜謐的心情與悠閒的情趣充分表露。其上下
陶、謝、韋、柳之間的風韻，深蘊宋詩清遠淡泊的趣味。陳與義
其他的詩篇中亦不時流露出這種風格。對於陶詩的平淡趣味的追
求，可說是整個宋代詩壇的共同趨向。

---

[36] 陳與義：〈道山宿直〉，《陳簡齋詩集合校彙注》（臺北：聯經出版社，1975
年），頁 101-102。

（八）陸游

　　身為著名的愛國詩人，其一生始終縈懷於社稷疆場，儒者用世的襟懷一刻未忘。然而仕途之不遂，使他不得不轉而借酒澆愁，放浪形骸。最後，閒居山林二十餘年，晚年詩風也有了很大轉變。

　　陸游晚年對於國事始終未曾忘懷，在對於田園景物的描寫中，也時常借景表意，將其憂國憂民的情懷寄託其中。除此之外，當然也有恬淡自適的時刻。其晚年之作大都不出這兩種心境的表現，結合了屈騷的悲憤幽怨與陶詩的平淡自然，兩者或並存或交織出現。無論如何，在他晚年的諸多平淡之作中，陶詩的影響也不可避免的出現其中，茲舉〈夜歸〉為例：

　　　疎鐘渡水來，素月依林上。煙火認茅廬，故倚孤蓬望。[37]

在這首詩中，予人與世無爭的印象，詩人的悠閒自適充分展露，這也正是陶詩特有的情調。陸游將陶詩的風格表露無遺。這與陸游晚年特別喜愛陶詩有很大的關係，如其〈讀陶詩〉一詩中所說的：「我詩慕淵明，恨不造其微。」也可以看出陸游對於陶詩平淡自然的追慕之情。

---

[37] 陸游：《劍南詩稿》卷三十二，《陸放翁全集》（臺北：世界書局，1990年），頁 502。

(九) 范成大

范成大早年仕途平步青雲,詩風顯得雍容平和。晚年隱歸故里之後,對於田園生活與風土節序,展現其細緻敏銳的觀察能力,並且創作大量而系統性的田園描繪之作。諸如〈初夏三絕〉、〈梅雨五絕〉、〈芒種後積雨驟冷三絕〉、〈臘月村田樂府〉。而其著名的〈四時田園雜興〉等組詩更是特別受到矚目,並由此獲得「田園詩人」的封號。

范成大的田園詩,其實乃直承淵明〈歸田園居〉的隱逸趣尚及農家描寫的融合。他在大量的田園組詩中多半體現出與農家哀樂相一致的情懷,往往以旁觀的角度展示田園圖景。然而,范成大晚年,純粹的憫農刺政的描寫少了許多,此時他開始將個人的隱逸趣尚與田園風光結合起來。不只如此,其早年長期漫游各地的經歷,對於自然風光的體會,也使他隨之創作出不少記游詩。茲舉〈高淳道中〉一詩為例:

> 路入高淳麥更深,草泥靄潤馬駸駸。雨歸隴首雲凝黛,日
> 漏山腰石滲金。老柳不春花自蔓,古祠無壁樹空陰。一簞
> 定屬前村店,裊裊炊煙起竹林。[38]

詩中安詳、寂靜的山水鄉野,展現了真淳的自然之美。詩人這種沉醉於自然景物中的閒適之趣,體現了其詩清新溫潤的風格特徵。很顯然地,范成大的詩風也或多或少受到了陶詩的影響。

---

[38] 范成大:〈高淳道中〉,《范石湖集》(上海古籍出版社,2006 年 4 月),頁 55。

綜合以上，我們發現：

一、宋代詩人學習陶詩的風氣非常盛行，幾乎是全面性的以陶詩做為創作典範。特別是重要的詩家們，都有意選擇陶詩做為範本。

二、各詩家或多或少承接陶詩的影響。相同的是，多在晚年退隱田野之後，才隱然與淵明的精神相接。此時，陶詩平淡自然的風格，更特別能為宋代詩人所深心體會。

三、各詩家所展現的平淡詩風並不一定完全與陶詩相同。這顯示了宋代詩壇在理性抉擇的過程中，為適應時代審美的要求，也發展出屬於宋代詩壇特有的平淡風貌。

基於以上三點，宋人對於陶詩的學習，無疑的是宋代全面尊陶的一個重要進程。透過對於陶詩的學習，宋人進一步發展出對於陶詩的深入評論以及對淵明的人格所進行的評價。

四、對陶詩的評論

宋人對於陶詩的學習，直接反映在其個人的創作上，以陶詩平淡有思致的風格為創作的學習範本，形成一股平淡詩風。不只如此，對於陶詩風格的評論文字也是洋洋大觀。以「平淡」觀點為例，與之相關的「自然」、「平淡出於自然」、「似淡而實美」等觀念隨之而出，其精深的程度已超軼前代。同時，也提出「韻」的觀念來解析陶詩。

　　除此之外，北宋之前讀者的目光都將淵明定位在「隱逸詩人」
的地位上，全力注意他隱逸方面的篇章。南宋開始，陶詩帶有豪
放味道的篇章如〈詠荊軻〉、〈詠三良〉等，也開始引起宋人的注
意。對於陶詩的風格評述，已不再僅限於「平淡」、「自然」之類
的印象了。

　　在陶詩的語言風格方面，宋人普遍意識到其「造語精到」的
一面。相對而言，貶抑陶詩「質直」的聲音便少了許多。大致而
言，多數的評論文字都能切中陶詩的優點。

　　更重要的是，陶詩在宋代已提升至經典的地位。如真德秀將
陶詩比附於《詩》、《騷》。顯然宋人已將陶詩視為一部「經典」，
其典範化的成果在此顯現。

　　以下，就目前所見的史料針對幾個面相進行解析：（一）、詩
文風格：1.人格風格 2.語言風格；（二）、文學地位。

（一）詩文風格

　　在此，我們所探討的詩文風格，將從「人格風格」與「語言
風格」兩類立論。宋人對於淵明的平淡自然，有自其人格立論者，
謂因其人格平淡自然，不慕名利，故其詩風平淡自然；亦有自其
語言立論者，謂其不事雕琢，或已雕已琢後復返於樸。因此，宋
人論淵明的詩文風格，大致以這兩個方向為主。

1.人格風格：

(1)「清淡」、「沖澹」（「沖淡」）：
  a. 淵明意趣真古，<u>清淡之宗。</u>詩家視淵明，猶孔門視伯
     夷也。[39]
  b. 陶潛、阮籍之詩長於沖澹。[40]
  c. 作詩須從陶、柳門中來乃佳。不如是，無以<u>發蕭散沖</u>
     <u>淡之趣</u>，不免於侷促塵埃，無由到古人佳處。[41]

　　對於宋人而言，淵明「清淡之宗」的地位已不可動搖；這同
時也是歷來讀者所接受的淵明形象。宋人所謂的「清淡」、「沖澹」
（「沖淡」）等觀念大致相似，統稱在「平淡」觀念之下。平淡詩
觀，做為一種文藝審美標準而且自覺的確立其理論，應該是自宋
代開始。雖然宋代詩觀並非只有「平淡」一說，但「平淡」卻是
宋代詩觀中最為重要者。

　　因此，在這一重要的「平淡」詩觀籠罩下，陶詩的「平淡」
旨趣正好與宋人之趣味相投，遂理所當然的成為宋代詩人追摹的
對象。所以，學詩當「從陶、柳門中來」最佳，只有從陶、柳詩
中學，才能將「平淡」的特殊內蘊表達出來，此即「蕭散沖淡之

---

[39] 蔡絛：《西清詩話》，蔡正孫《詩林廣記》卷一引（臺北：廣文書局，1973
年），頁 32。
[40] 秦觀：〈韓愈論〉，徐培均箋注：《淮海集箋注》（上海：上海古籍出版社，
1994 年）卷二十二，頁 751。
[41] 朱熹，清•陶澍集注《靖節先生集》（臺北：中華書局，1988 年）諸本
評陶彙集，頁 1。

趣」。朱熹身為理學大師，其論詩求「真淡」，並曾評李、杜詩「自有蕭散之趣」，而所謂「蕭散」即蕭閒淡泊而恬適放逸之意。蕭散沖淡之趣，是由宋儒的性命之學注重性情修養的觀念所決定。但詩學畢竟不是理學，只是性命之學的精神，最終亦將影響到吟詠性情的詩歌創作和理論。[42]因此，在宋人特有的義理之學下，「平淡」的深層內涵才得以被掘發出來。

 (2)「自然」(「渾成」)：
  a. 為詩欲詞格清美，當看鮑照、謝靈運；欲<u>渾成</u>而有正始以來風氣，當看淵明。[43]
  b. 淵明詩所以為高，正在不待安排，胸中<u>自然</u>流出。[44]

 「自然」一詞含義甚夥，又經常與「渾成」一詞連用。在此，宋人評陶詩所指的「自然」，只是「用以描述文學主體心靈情性之不假造作」及「用以描述文學語言形式之不假雕飾或雕飾而復歸自然」之意。[45]無論是主體心靈情性或語言形式上，陶詩的「自然」之境都為宋人所極力稱許。
 就淵明這個文學主體而言，朱熹所說的「不待安排，胸中自然流出」，正是淵明性情自然不造作的表現所致。而所謂「渾成」

---

[42] 韓經太：〈論宋人平淡詩觀的特殊指向與內蘊〉，《宋詩綜論叢編》(高雄：麗文文化公司，1993 年)，頁 392--393。
[43] 佚名：《雪浪齋日記》，李公煥《箋注陶淵明集》總論，頁 17。
[44] 朱熹，清·陶澍集注《靖節先生集》諸本評陶彙集，頁 11。
[45] 顏崑陽：〈中國古典文學批評術語疏解十則：2.自然〉，《六朝文學觀念叢論》(臺北：正中書局，1993 年)，頁 337。

和「質而自然」，則指的是語言形式上的自然。在此，「自然」往往又和「質」連用。言語雖有經營，卻不過度修飾，而復歸於自然，終至「渾成」之境。

　　陶詩的「自然渾成」，主要就是由主體之性情與語言形式的自然所達成的。而「自然」這個觀念，在宋人的認知中，亦常與「平淡」同時出現，形成所謂「平淡出於自然」這一觀點。

(3)「平淡出於自然」：
　　a. 陶淵明詩所不可及者，<u>沖澹深粹，出於自然</u>。若曾用力學，然後知淵明詩非著力之所能成。[46]
　　b. 淵明詩<u>平淡，出於自然</u>，後人學他平淡，便相去遠矣。[47]

　　宋人對於「平淡」之美在藝術表現上，常要求出於自然天成，避免斧鑿及過度藻飾，正如葛立方所說：「李白云：『清水出芙蓉，天然去雕飾』，平淡而到天然處，則善矣。」（《韻語陽秋》卷一），從語言風格而言，平淡之作應有不事雕琢的質樸表現，自然而不費力卻能顯出生機及意味，如「池塘生春草」般自然天成。楊時及朱熹對於陶詩的評論正是著眼於其藝術表現上的特點而言。

---

[46] 楊時：《龜山先生語錄》，《詩林廣記》卷一引，頁 21。
[47] 朱熹：《朱子語類・論文》（臺北：文津出版社，1986 年）卷 140，頁 3324。

(4)「韻」:

　　a. 文章以氣韻為主，氣韻不足，雖有辭藻，要非佳作也。
　　　　乍讀淵明詩，頗似枯淡，久久有味。東坡晚年酷好之，
　　　　謂李、杜不及也。此無他，<u>韻勝而已</u>。[48]

　　b. 予每論詩，以陶淵明、韓、杜諸公，皆為韻勝。[49]

　　北宋時期，以「韻」論詩者不乏其人。司空圖之前，韻在詩論中，其內涵主要屬於風格的範圍。自司空圖之後，「韻」的另一內涵──「言外有餘意」被詩論家提倡並日益重視。尤其是宋代詩論強調含蓄蘊藉，詩人們所嚮往的藝術境界是「狀難寫之景如在目前，含不盡之意見於言外」（歐陽修《六一詩話》）。所以范溫有「餘意之謂韻」（《潛溪詩眼》）的說法。韻的含義不重風致，而重在意味。在他看來，陶詩的發纖穠於簡古，行至味於淡泊，表現得充裕有餘是最有「韻」的：

　　……自曹、劉、沈、謝、徐、庾諸人，割據一奇，臻於極
　　致，盡發其美，無復餘蘊，皆難以韻與之。唯陶彭澤體兼
　　眾妙，不露鋒芒，故曰：質而實綺，癯而實腴，初若散
　　緩不收，反覆觀之，乃得其奇處；夫綺而腴，與其奇處，
　　韻之所從生，行乎質與餘，而又若散緩不收者，韻於是
　　乎成。……是以古今詩人，惟淵明最高，所謂出於有餘者
　　如此。[50]

---

[48] 陳善：《捫蝨新話》，《說郛》（臺北：新興書局，1972 年），頁 165。

[49] 陳善：《捫蝨新話》（臺北：藝文印書館，1965 年），頁 3。

[50] 皮朝剛：〈宋元文藝美學〉，《宋詩綜論叢編》（高雄：麗文文化公司，1993

在這段話中，范溫認為「有餘意才有韻」。韻的根本就是要有餘意。而魏晉以來作家，卻「無復餘蘊，皆難以韻與之」，獨淵明能以韻與之。范溫所謂的「韻」，也就是東坡所說的「質而實綺，臞而實腴」之意。陶詩「似澹而實美」的風格，正呈現了所謂的「不盡之意」或「餘味」。

陳善的陶詩以「韻勝」為高之說，其實也正是整個宋代對於「韻」這一觀念的具體實踐。然而，以「韻」論詩，特別是論陶詩，不僅展現了宋代的詩歌審美概念，更發掘了陶詩的重要價值。是以，「韻」這一概念與前引諸說，如「平淡」、「自然」、「似淡而實美」等觀念，應結合成一個完整的觀念來看待陶詩的價值。因此，陳善之以陶詩「韻勝」為高，自是此一觀念下所影響的一種說法。

(5)「無意為詩」（「不待安排」）：

    a. 淵明<u>不為詩</u>，寫其胸中之妙耳。[51]

    b. <u>天下事有意為之，輒不能盡妙，而文章尤然；文章之間，詩尤然。……所謂「盡日覓不得，有時還自來」者，使所見果到此，則「采菊東籬下，悠然見南山」之句，有何不可為？</u>惟徒能言之，此禪家所謂語到而實無見處也。[52]

年），頁 496。

[51] 陳師道：《後山詩話》卷二十三，《歷代詩話》，頁 340。

[52] 蔡啟：《蔡寬夫詩話》，郭紹虞輯《宋詩話輯佚》（臺北：華正書局，1981年），頁 383。

c. 詩本觸物寓興，吟詠情性，但能抒寫胸中所欲言，無
有不佳。……陶淵明直是傾倒所有，借書於手，<u>初不
自知為語言文字也</u>，此其所不可及。[53]

d. 正夫嘗論杜子美、陶淵明詩云：……淵明隨其所見，指
點成詩，見花即道花，遇竹即說竹，<u>更無一毫作為</u>。[54]

e. 淵明詩所以為高，正在<u>不待安排</u>，胸中自然流出。[55]

此「無意為詩」與上所論略有相關之處。指的是淵明的創作
態度，正因無意為詩，胸中心思自然流出點化成詩，自有渾然天
成之佳作。而這種解讀角度的產生，實與宋代所要求的平淡自然
的詩歌審美觀念大有關係。唯其如此，宋人在閱讀淵明詩時，才
能在感受到其自然天成的詩風時做出如此之推論。總而言之，宋
人對於淵明「無意為詩」的自然天成，始終保持很高的評價。

(6)豪放：

a. 陶淵明詩，<u>人皆說是平淡，據某看他自豪放，但豪放
得來不覺耳</u>。其露出本相者，是〈詠荊軻〉一篇，平
淡底人，如何說得這樣言語出來。[56]

---

[53] 葉夢得：《玉澗雜書》，《說郛》，頁 152。
[54] 施德操：《北窗炙輠錄》卷下，《宋代筆記小說》（河北教育出版社，1995年）第九冊，頁 33。
[55] 清陶澍集注：《靖節先生集》諸本評陶彙集「朱熹」條下，頁 11。
[56] 朱熹：《朱子語類·論文》，頁 3325。

> b. ……問：「比陶如何？」曰：陶卻是有力，但語健而意
> 閒。隱者多是帶氣負性之人為之。<u>陶欲有為而不能者</u>
> <u>也，又好名</u>。[57]

　　這裡所提到的「豪放」風格，明顯的與前面的「平淡」說有
很大的差別。朱熹認為淵明是「欲有為而不能」，故其平淡詩中
有豪放的精神。一般人皆以陶詩平淡論斷之，朱子也不例外，如
前引「淵明詩所以為高，正在不待安排，胸中自然流出」等，可
見淵明的平淡是宋人的共識。然而，除了平淡風格之外，朱子發
現淵明還有豪放詩作，其中以〈詠荊軻〉一類的詠史詩為其豪放
的表現所在。除此之外，黃庭堅及辛棄疾也注意到淵明的豪放之
氣，如「潛魚願深渺，淵明無由逃。彭澤當此時，沉溟一世豪。」
（黃庭堅〈宿舊彭澤懷陶令〉）以及「把酒長亭說。看淵明風流，
酷似臥龍諸葛。」（辛棄疾〈賀新郎〉），凡此都能夠深透淵明的
平淡之外的雄奇之處。

　　就這個觀點看來，陶詩實不只平淡一格，其多樣風格逐步被
發掘出來。長久被冷落在一旁的詠史詩，終於得到宋人的注目，
如此一來，陶詩中所呈顯的詩人形象也逐漸豐富起來了。

　　綜合以上，對於「人格風格」方面的探討，不論是「平淡」
或「豪放」，基本上都是對於作品風格的判斷。宋人透過對陶詩
的鑑賞，從中發現其人格之「真」，所以作品也表現出「真」的

---

[57] 朱熹：《朱子語類・論文》，頁 3327。

人格風格。因此，此人格風格的概念，並非從現實世界中淵明的人格表現上去論斷，而是直接從作品中去體會其人格表現，並將此一人格表現看作是他的作品風格。也就是作品風格出自於人格，人與文至此合而為一。是以我們只要經由閱讀文學作品，即可「想見其人」，這純然是一種道德精神生命的感發。綜觀以上宋人對於陶詩「人格風格」的肯定，很顯然地陶詩在宋代的整體評價已達到顛峰狀態。

　　2.語言風格：

　　　(1)「詞采精拔」：

　　　　a. 然則淵明趨向不群，<u>詞采精拔</u>，晉、宋之間，一人而已。[58]

　　　　b. 東坡嘗曰：淵明詩<u>初看若散緩、熟看有奇句</u>。……大率才高意遠，則所寓得其妙，<u>造語精到之至</u>，遂能如此，似大匠運斤，不見斧鑿之痕，不知者困疲精力，至死之不悟，而俗人亦謂之佳。[59]

　　　　c. 唐人有詩云：「山僧不解數甲子，一葉落知天下秋」及觀陶元亮詩云：「雖無紀歷誌，四時自成歲」便覺唐人費力。如〈桃花源記〉言「尚不知有漢，無論魏晉」可見<u>造語之簡妙</u>。<u>蓋晉人工造語，而淵明其尤也</u>。[60]

---

[58] 陳正敏：《遯齋閒覽》，《詩林廣記》卷一引，頁26。
[59] 惠洪：《冷齋夜話》（北京：中華書局，1988年），頁13。
[60] 唐庚：《文錄》（臺北：藝文印書館，1965年），頁1。

　　d. 淵明、退之詩，<u>句法分明</u>，卓然異眾。[61]

　　e. 淵明「狗吠深巷中，雞鳴桑樹顛」，本以郊居閒適之趣，
　　　非以詠田園，<u>而後人詠田園之句，雖極其工巧，終莫
　　　能及</u>。[62]

　　陶詩的語言表現，就宋人的眼光看來，以「造語精到」為要。
大抵言之，陶詩的語言較為質樸簡約，而這種看似平凡無奇的語
言，在宋人看來必須經過深厚的學識涵養展現出來的。所以，愈
是平淡的語言，愈是具有言外餘意。其語言之美，必須吟詠再三
而久久有味，此亦「外枯而中膏，似澹而實美」的可貴之處。因
此，宋人從這個角度來看待陶詩，認為陶詩之淡不是全無鑿刻，
而是鑿刻得恰到好處；不見平淡之跡，只見平淡之妙。整體言之，
陶詩的造語巧妙，使其文字雖質樸卻蘊蓄深厚的詩意在內。就宋
人「不工何能淡」的平淡詩觀而言，在評價陶詩的平淡時，必然
也會注意到陶詩「工造語」的特色。唯其如此，其平淡才不致淪
於平庸枯燥之境。

(2)「似澹（淡）而實美」：

　　a. 所貴於枯澹者，謂其<u>外枯而中膏，似澹而實美</u>，淵明、
　　　子厚之流是也。[63]

---

[61]　呂本中：《童蒙詩訓》，《宋詩話輯佚》，頁 588。
[62]　張戒：《歲寒堂詩話》，《歷代詩話續編》，頁 452。
[63]　蘇軾：〈評韓柳詩〉，李公煥《箋注陶淵明集》總論引，頁 20。

b. 淵明作詩不多，然其詩<u>質而實綺，癯而實腴</u>，自曹、劉、鮑、謝、李、杜諸人，皆莫及也。[64]

c. 余嘗評陶公詩造語平淡而寓意深遠，<u>外若枯槁，中實敷腴</u>，真詩人之冠冕也。[65]

d. 文章以氣韻為主，氣韻不足，雖有辭藻，要非佳作也。乍讀淵明詩，<u>頗似枯淡</u>，<u>久久有味</u>。東坡晚年酷好之，謂李、杜不及也。此無他，韻勝而已。[66]

e. 人之為詩要有野意。蓋詩<u>非文不腴，非質不枯</u>，能始<u>腴而終枯，無中邊之殊</u>，<u>意味自長</u>，風人以來得野意者，惟淵明耳。[67]

f. 五言古詩句<u>雅淡而味深長者</u>，陶淵明、柳子厚也。[68]

g. 陶淵明天資既高，趣詣又遠，故其詩<u>散而莊，澹而腴</u>，斷不容作邯鄲步也。[69]

h. 淵明則皮毛落盡，唯有真實。<u>雖是枯槁而實至腴</u>，非用功之深，鮮能真有其好。[70]

i. 陶潛、謝朓詩，皆<u>平淡有思致</u>，非後來詩人怵心劌目琱琢者所為也。……大抵<u>欲造平淡，當自組麗中來，落其華芬，然後可造平淡之境</u>。[71]

---

[64] 蘇軾：〈與蘇轍書〉，李公煥《箋注陶淵明集》總論引，頁 10。
[65] 曾紘：〈評陶淵明「讀山海經」〉，李公煥《箋注陶淵明集》卷四引，頁 194。
[66] 陳善：《捫蝨新話》，《說郛》，頁 165。
[67] 陳知柔：《休齋詩話》，《宋詩話輯佚》，頁 484。
[68] 楊萬里：《誠齋詩話》，《歷代詩話續編》，頁 142。
[69] 姜夔：《白石道人詩說》，《白石道人詩集》附（臺北：藝文印書館，1965年），頁 2。
[70] 陳模：《懷古錄》卷上（北京：中華書局，1993 年），頁 30。

　　就「平淡」之美的內在意蘊而言，平淡並不等同於平庸或淡而無味。真正的平淡之美，是建立在豐富的生活歷練及深厚的學識涵養上。通過語言的提鍊，以簡單的形式，表現出最雋永的內涵，所謂「平淡有思致」就是這個意思。同樣的，「外枯而中膏，似澹而實美」等都具有相似的意義。

　　在「外枯而中膏，似澹（淡）而實美」這種看似矛盾的說法中，透露出宋人的平淡詩觀，其實有著相當深刻的內涵，這與宋人所謂的「詩法」有很大的關係，尤其是江西詩派「句法尤高」的黃庭堅可為代表。山谷學杜，主要在於不滿西崑體的華靡柔弱，而欲救之以拙樸瘦硬，才提倡「老杜句法」，且特指「老杜夔州以後詩」，江西詩派所欣賞並學習的正是「蒼莽歷落中自成音節」的拗體，這與江西詩派所標榜的別創生新拗澀的創作要求正好相合。[72]

　　然而，這種獨特的句法，又被稱為「簡易句法」，並且被確認為無違於平淡詩觀。山谷說：「但觀杜子美到夔州後古律詩，便得句法簡易，而大巧出焉。平淡而山高水深，似欲不可企及，文章成就，更無斧鑿痕，乃為佳作耳。」（〈與觀復書〉）。山谷之所以「平淡」來形容「句法簡易」，原是基於平淡詩觀其句必簡樸平易的認識。至於以「山高水深」來形容「平淡」，應是山谷強調涵養深厚所致；另一方面則是命意曲折、章法頓挫之法度的

---

[71] 葛立方：《韻語陽秋》，《歷代詩話》，頁 483。
[72] 韓經太：〈論宋人平淡詩觀的特殊指向與內蘊〉，《宋詩綜論叢編》，頁399-405。

精嚴善變。兩者相結合，正是江西詩派所謂「平淡」的真正意蘊所在。[73]

因此，宋人對陶詩「平淡」意義的發掘，著眼在奇峭方面。其用意在於明辨「非大巧不能到拙樸，非奇崛不能到平淡」的道理。唯其如此，我們才能明白宋人評陶詩所採取的角度。此所以不斷出現「外枯而中膏，似澹而實美」這類說法的重要原因。總而言之，宋人對於陶詩的唯造平淡，絕非著眼其淺近平易之境，而以其寓意深遠為真正價值所在。

(3)「不見斧鑿痕」：

　　a. 至於淵明，則所謂<u>不煩繩削而自合</u>者。雖然，巧於斧斤者多疑其拙，窘於簡括者輒病其放。……淵明之拙與放，豈可為不知者道哉？[74]

　　b. 東坡嘗曰：淵明詩初看若散緩、熟看有奇句。……大率才高意遠，則所寓得其妙，造語精到之至，遂能如此，似大匠運斤，<u>不見斧鑿之痕</u>，不知者困疲精力，至死之不悟，而俗人亦謂之佳。[75]

　　c. 李格非善論文章，嘗曰：諸葛孔明《出師表》、劉伶《酒德頌》、陶淵明《歸去來辭》、李令伯《陳情表》，皆沛然從肺腑中流出，<u>殊不見斧鑿痕</u>。[76]

---

[73] 韓經太：〈論宋人平淡詩觀的特殊指向與內蘊〉，《宋詩綜論叢編》，頁399-405。
[74] 黃庭堅：〈題意可詩後〉，《豫章黃先生文集》卷二十六（上海商務印書館，1965年），頁295-296。
[75] 惠洪：《冷齋夜話》，頁13。
[76] 同前注，頁26。

d. 山谷晚年草字高出古人，余嘗收得草書陶淵明「結廬
在人境」一篇，……又「衰榮無定在」一篇跋云：「陶
淵明此詩，乃知阮嗣宗當斂衽，何況鮑、謝諸人？詩
中不見斧斤，而磊落清壯，惟陶能之。」[77]

　　在這裡所出現的「不煩繩削而自合」與「不見斧鑿之痕」，
是諸家對於陶詩的創作規律的最高評價。這表示淵明對於創作規
律的掌握，表現出自然而然、無刻意為之的造作。在宋人的眼光
看來，陶詩的平淡與杜甫夔州以後詩的平淡，是屬於同一類型
的，即「簡易平淡」。（此「簡易平淡」的詩美理想，前已論述。）

　　綜合以上所論之「語言風格」的評述，我們發現陶詩的語言
表現，雖平淡而有味。愈是平淡無奇的語言，愈有言外之意。而
此言外之深意，在宋代文人看來，它必須經由深厚的學識涵養做
為根基，才能展現出「似淡而實美」的語言風格。基本上，宋代
文人對於陶詩的語言風格，抱持極高的評價。

（二）文學地位

　　關於陶詩在文學史上的地位，隨著宋人對淵明地位的推崇備
至，使得淵明的文學地位達到巔峰的狀態。在此，就其在詩史上
的地位、陶謝高下之爭、陶詩的經化等三個部分，論述宋人眼中
陶詩的文學地位。

---

[77] 佚名：《漫叟詩話》，《宋詩話輯佚》，頁 363-364。

1.詩史上的地位：

(1)淵明作詩不多，……自曹、劉、鮑、謝、李、杜諸人，皆莫及也。[78]

(2)陶彭澤詩，顏、謝、潘、陸皆不及者，以其平昔所行之事，賦之於詩，無一點愧詞，所以能爾。[79]

(3)四言自曹氏父子、王仲宣、陸士衡後，惟陶公最高，〈停雲〉、〈榮木〉等篇，殆突過建安矣。[80]

(4)山谷云：「淵明此詩，乃知阮嗣宗當斂衽，何況鮑、謝諸子耶？詩中不見斧斤，而磊落清壯，惟陶能之。」[81]

(5)孔子刪詩，取其「思無邪」者而已。自建安七子、六朝、有唐及近世諸人，「思無邪」者，惟杜子美、陶淵明耳，餘皆不免落邪思也。[82]

(6)至陶淵明、謝康樂、王摩詰之徒，始窮極探討，盡山水之趣，納萬境於胸中，凡林霏空翠之過乎目，泉聲鳥弄之屬乎耳，風雲霧雨，縱橫合散於沖融杳靄之間，而有感於吾心者，皆取之以為詩酒之用。[83]

　　從蘇軾等人對陶詩的讚美，可以發現一項事實，大多數宋代文人對陶詩的創作成就已推許為古今詩家第一。陶淵明不僅超過

[78] 蘇軾：〈與蘇轍書〉，李公煥《箋注陶淵明集》總論引，頁 10。
[79] 許顗：《彥周詩話》，《歷代詩話》，頁 383。
[80] 劉克莊《後村詩話》，頁 3。
[81] 何汶：《竹莊詩話》（北京：中華書局，1984 年），頁 80。
[82] 張戒：《歲寒堂詩話》，《歷代詩話續編》，頁 465。
[83] 汪藻：〈翠微堂記〉，《浮溪集》（上海商務印書館，1965 年），頁 138-139。

南北朝時代的大部分詩人，也超過唐代詩人許多，甚至超軼宋代許多詩人的成就。將陶詩的地位推到古今第一的地位，顯然並非個別現象，而是宋代文人的普遍共識。

　　不只如此，汪藻還推崇陶詩為山水詩派的開山之作，非常明確地從山水田園詩人的視角稱讚陶詩。如此肯定陶詩地位的言說，應是陶學史上首出的。相較於鍾嶸「隱逸詩人之宗」的稱許，顯然地，宋代文人對於陶詩的認識，不只是肯定淵明的詩人地位，對其文學成就更是推崇備至。

　2.陶謝高下之爭：

　　(1)陶、謝皆世臣，君世地色言俱避，而靈運為武帝秉任，最後乃欲詭忠義，雜江海。遠師送君過虎溪，而卻靈運不入蓮社，素心皆所鑒知。[84]

　　(2)世以陶、謝相配，謝用功尤深，其詩極天下之工。然其品故在五柳之下，以其太工也。優游栗里，僇死廣市，即是陶、謝優劣，惟詩亦然。[85]

　　(3)謝之所以不及陶者，康樂之詩精工，淵明之詩質而自然耳。[86]

---

[84] 王質：〈栗里譜〉，《陶淵明年譜》（北京：中華書局，1986年），頁1。
[85] 劉克莊：〈戊子答真侍郎論選詩〉，《後村先生大全集》卷128（臺北：商務印書館，1965年），頁1139。
[86] 嚴羽：《滄浪詩話‧詩評》，頁151。

　　陶謝高下之爭，在唐代仍然沿襲南北朝以來的看法，多認為謝高於陶，如楊炯、韓愈。稍有不同的則是，將陶、謝相提並論，藉由謝的地位來抬高陶的價值，如杜甫、白居易等。然而，到了宋代風氣大變，多數認為陶高於謝，一反歷代慣有的看法，如王質〈栗里譜〉認為陶、謝兩人的節操高下有別，於新朝徵召，一個堅辭不就，一個趨之若鶩，自然以陶為高。

　　另外，劉克莊及嚴羽眼中的陶、謝，在語言風格方面，陶的自然顯然已超越謝的精工。在南北朝時，曾以芙蓉出水般自然之美為詩壇所讚譽的謝詩，到了宋代文人眼中，卻得到「精工」二字，反不及陶詩的「自然」。相較於南北朝時代，鍾嶸《詩品》將謝詩置上品、陶詩置中品，正好大相逕庭。這與宋人平淡詩觀的確立有相當密切的關係，對於「自然」之美的看法當然也大為不同。

　　總之在宋代文人眼中，不論人品或詩品，謝都在陶之下。這是陶、謝高下之爭中，陶首度拔得頭籌。

3.陶詩的經化：

(1)淵明〈閒情賦〉所謂〈國風〉好色而不淫，正使不及〈周南〉，與屈、宋所陳何異？[87]

(2)孔子刪詩，取其「思無邪」者而已。自建安七子、六朝、有唐及近世諸人，「思無邪」者，惟杜子美、陶淵明耳，餘皆不免落邪思也。[88]

87　蘇軾：〈評韓柳詩〉，李公煥《箋注陶淵明集》卷六引，頁 251。
88　張戒：《歲寒堂詩話》，《歷代詩話續編》，頁 465。

(3)淵明之作，宜自為一編，以附於《三百篇》、《楚詞》之後，
　　為詩之根本準則。[89]

　　在宋人尊陶達到聖化的地步時，其接受陶詩的廣度、深度，
使得宋人幾乎將陶詩「經化」。所謂「經化」是將陶詩視同儒家
的「經」。在文化傳統上，必須是記載聖賢之常道的典籍，方稱
為「經」；一般的文學作品，不得稱為「經」。而宋人卻將陶詩的
地位提升至經典的高度。六經之教，以詩教為先，楚騷在漢代也
被尊為〈離騷經〉。如蘇軾、張戒、真德秀等人，將陶詩附麗於
《詩》、《騷》之列，可見其尊陶之一般。總之，宋人對於陶詩的
推尊，已幾近「經化」的地步，而這也是由於淵明的人格已為宋
人所「典範化」的效應所致。顏崑陽先生在〈漢代「楚辭學」在
中國文學批評史上的意義〉一文曾論述《離騷》的「經化」及「典
範化」的意義，我們也可以援用它論述陶詩的經化：

> 「經」為聖賢之著述，而聖賢乃是人格的典範。因此，《離
> 騷》被經化，其作者當然也被「典範化」。甚且，屈原人
> 格的「典範化」比《離騷》之「經化」還要早，因為西漢
> 初期，淮南王、司馬遷等人尚未稱《離騷》為「經」，卻
> 已推尊屈原的人格，以為「雖與日月爭光可也」。這樣的
> 人格，當然足為「典範」了。因此，我們可以說，漢人由
> 於推尊屈原，視其人格為「典範」，進而推尊其作品，而
> 視《離騷》為「經」。[90]

89　真德秀，宋李公煥《箋注陶淵明集》總論引，頁8。
90　顏崑陽：〈漢代「楚辭學」在中國文學批評史上的意義〉，《第二屆中國詩

由此可知，陶詩亦可借用《離騷》的經化歷程做為參照系統。考諸淵明人格的被「典範化」過程，顯然也是先於陶詩的。經過南北朝、唐代以迄宋代的不斷發展，宋代文人經由對陶詩的經化，提升陶詩的文學價值，從此奠定了陶詩在中國文學史上的經典地位。

從以上就「詩文風格」及「文學地位」的分類來看，宋人接受陶詩，不只是深入探討其風格的內涵，對於陶詩的文學地位也給予相當高的評價。可見，宋人接受陶詩全面而深入。至此，陶詩已成為中國文學中的經典之作，這是宋人對於陶詩的最大肯定。

五、對淵明的評論

對於淵明的各項評論中，最常討論到的就是他的歸隱問題，宋人也不例外。惟宋人特別注意到淵明少年時的志向，對此另有一番新的認識。淵明早年，如同一般讀書人擁有慷慨大志，於民生社稷之業，也曾有過嚮往。「猛志逸四海」的淵明，也有儒家用世的觀念。一般讀者常以他中年之後的歸隱，做為他一生的寫照，其實只是片面的印象。士人的出處進退往往因時制宜，其間的變化轉折實有複雜的歷程。宋人即深刻地體會到這一點。

此外，宋代文人不只注意到淵明的文學成就而已，也將大部分的注意力放在淵明的道德人格上。較諸唐代以前，宋人對淵明

學會議論文集──先秦兩漢詩學》（彰化師範大學國文系，1994 年）。

人格的認知已經有了轉變。宋人特別注意他在政治上的「名節」。這是宋代有別於唐代以前的新觀點。

　　另外，宋人並讚許淵明為一「知道」之士。陶詩中出現許多有關「道」的文字，證諸淵明之能超脫「生死流」，其「知道」昭然可見。從「知道」論述淵明的思想，也自宋人開始。對於淵明的接受層面，總算不再侷限於其歸隱的風姿、高遠的人格等純然欣賞的美感判斷。

　　因此，茲分為（一）、「任真」；（二）、「守節」；（三）、「知道」三部分進行解析。

（一）任真

1.歸隱：

(1)<u>陶彭澤古之逸民也，猶曰：「聊欲絃歌以為三徑之資。」</u>是知清真之才，高尚其事，唯安民利物可以易其志，仁之業也。[91]

(2)正夫云：人言陶淵明隱，<u>淵明何嘗隱，正是出耳。</u>[92]

(3)<u>世人論淵明，皆以其專事肥遯，初無康濟之念，能知其心者寡矣。……士之出處，</u>未易為世俗言也。[93]

(4)淵明昔抱道，為貧仕茲邑。<u>幡然復謝去，肯受一官縶？</u>[94]

---

[91] 徐鉉：〈送刁桐廬序〉，《徐公文集》卷二十四（上海商務印書館，1965年），頁165。

[92] 施德操：《北窗炙輠錄》，頁33。

[93] 黃徹：《䂬溪詩話》卷八，《歷代詩話續編》，頁387-388。

[94] 曾鞏：〈過彭澤〉，《元豐類稿》卷三（臺北：世界書局，1963年），頁9。

　　淵明的出處，一直是個經常為人所談論的議題。在宋代之
前，對於淵明的出處大多抱持一種肯定其隱逸之姿的態度，認為
淵明歸隱田園就是他一生的寫照。「人言陶淵明隱」、「以其專事
肥遯」，這是南北朝以來一般對淵明的刻板印象。

　　其實，淵明並非一開始即有歸隱田園的想法，年少時也一樣
深受儒家傳統的觀點影響。其歸隱的原則，在很大程度上得自「邦
有道則仕，邦無道，則可卷而懷之。」（《論語‧衛靈公》）的出
處觀念所影響。因此，其歸隱的心理動機有跡可循。同時，淵明
少年時即「游好在六經」（〈飲酒二十首〉之十六），大量閱讀儒
家經典，其主要的思想也是植根於儒家。特別是，淵明同一般儒
家洗禮下的士人一樣有仕進求達的觀念，將個人的抱負展現於經
世濟民的大業中。所以也就產生了「憶我少壯時，無樂自欣豫。
猛志逸四海，騫翮思遠翥。」（〈雜詩八首〉之八）的情懷，這種
雄心壯志，充分體現了淵明積善立名的用世思想。因此，宋人以
嶄新的角度，發掘了淵明的「康濟之念」，可見淵明入世濟世的
初衷早已有之。

　2.知其不可而不為：

　　(1)夫惟無心於為者，為能為天下，張良、四皓所以成也；知
　　　其不可而不為，則若林宗、淵明可矣。[95]

---

[95] 晁補之：〈釋求志〉，《濟北晁先生雞肋集》（臺北：商務印書館，1965 年）
　　卷一，頁 6。

(2) 淵明如「歷覽千載書，時時見遺烈，高操非所攀，深得固窮節。」不與物競，不強所不能，自然守節。[96]

前文說道，淵明憂國憂時之心，深受儒家用世思想之影響，初時亦有濟世之念。然而，淵明在歷代讀者的眼中，清淡隱者的形象卻深植人心。就淵明來說，出處、窮達、進退、取捨之間，都能「自然守節」，不違己以強求。因此，在朱熹等宋人看來，淵明的「清高」才是真正的清高。

但是，淵明在用世與出世之間，似乎沒有引起強烈的掙扎，也沒有一般晉宋人物的毛病，其最大的原因，就在於淵明質性自然這一點上。如魯迅所言：

> 陶潛之在晉末，是和孔融於漢末與嵇康於魏末略同，又是將近易代的時後。但他沒有什麼慷慨激昂的表示，於是便博得「田園詩人」的名聲。但陶集裡有〈述酒〉一篇，是說當時政治的。這樣看來，可見他於世事也沒有遺忘和冷淡，不過他的態度比嵇康、阮籍自然得多，不至於招人注意罷了。[97]

可見淵明並非毫無用世之心，否則也就不會有〈感士不遇賦〉這樣的作品的產生。淵明「大濟於蒼生」（〈感士不遇賦〉）的慷慨之情，在他「寧固窮以濟意，不委曲而累己」（〈感士不遇賦〉）

---

[96] 晁說之：《晁氏客語》（臺北：商務印書館，1965 年），頁 15。

[97] 魯迅：〈魏晉風度及文章與藥及酒之關係〉，黃繼持編《魯迅著作選》（臺北：商務印書館，1994 年 12 月），頁 389。

的心境之下，以清淡的隱居之舉，隱藏了他熾熱的用世之心。淵明只表現出自然不虛矯的行止，這是他所以高於晉宋間人物的最重要原因了。

    3.隨所欲而適：

    (1)<u>陶淵明欲仕則仕，不以求之為嫌；欲飲則飲，不以去之為高</u>；飢則扣門而乞食，飽則雞黍以延客。古今賢之，<u>貴其真也</u>。[98]

    (2)淵明得一食，至欲以冥謝主人，此大類丐者口頰也，哀哉！哀哉！非獨余哀之，舉世莫不哀之也。<u>飢寒常在身前，聲名常在身後，二者不相待，此士之所以窮也</u>。[99]

    (3)惟淵明則不然。觀其《貧士》、《責子》與其他所作，<u>當憂則憂，遇喜則喜，忽然憂樂兩忘，則隨所欲而皆適，未嘗有擇於其間</u>，所謂超世遺物者，要當如是而後可也。[100]

    (4)<u>故淵明之方出也，不以田園將蕪為憂；其既歸也，不以松菊猶存為喜</u>；視物聚散，如浮雲之過前，<u>初未嘗往來於胸中，蓋知夫物我之皆寓也</u>。此其所以為淵明，而為吾固道之欣慕歟。[101]

    (5)<u>陶淵明無志於世，其寄於世也，悠然而澹</u>。[102]

---

[98] 蘇軾：〈書李簡夫詩集後〉，李公煥《箋注陶淵明集》總論引，頁10。
[99] 蘇軾：〈書淵明乞食詩後〉，李公煥《箋注陶淵明集》卷二引，頁72。
[100] 蔡啟：《蔡寬夫詩話》，《宋詩話輯佚》，頁393。
[101] 汪藻：〈信州鄭固道侍郎寓屋記〉，《浮溪集》卷十九，頁148。
[102] 黃震：〈張史院詩跋〉，《黃氏日鈔》卷九十一跋，頁911。

　　對於「弱不好弄，長實素心」（顏延之〈陶徵士誄〉）的淵明來說，其不造作、不虛偽的純真性格，置諸矯厲非常的官場中，顯得扞格不入。不論淵明歸隱的真正理由為何，只質性自然一項，即足以使他不得不飄然遠走，這是他性格「任真」的表現。因此，為了個人的精神自由及獨立，淵明選擇全性保真。所以，「欲仕則仕，不以求之為嫌；欲飲則飲，不以去之為高」，而且「當憂則憂，遇喜則喜」，一切「隨所欲而皆適」，所以淵明可以「飢則扣門而乞食，飽則雞黍以延客」，完全隨性之所至，憂樂、富貴、進退，都不以為意。

　　歷代讀者皆以淵明無意於世的態度為高。到了宋代，蘇軾認為淵明在仕與不仕之間的任其自然，是淵明人格的最高價值所在。只有破棄仕與隱之間的對峙，才能進入真正自由的境界，淵明做為宋人一個完美的人格理想，不拘限於仕隱之間，而追求主體內在的精神自由與獨立，表現出寓意於物而不留意於物的情趣，既悠游於世又不耽溺於世的澹然，特別適合宋代士人的心理需要。因此，有宋一代的士人莫不與淵明惺惺相惜。

　　而蘇軾等人重新審視淵明的人格價值，不純然以其退隱田園之為高，正如范溫所言：「非如昔人稱淵明以退為高耳。」（胡仔《苕溪漁隱叢話》引），這是宋人對於淵明人格價值的新評價。從讚揚淵明的隱逸，到肯定淵明在仕隱之間的「隨所欲而皆適」，可見宋人「進不為喜，退不為懼」（歐陽修）的意識，直接決定了他們對典範形象的選擇。而淵明這個典範人物，也就這樣得到宋人的認同。

（二）守節（恥事二姓）

1. 淵明忠義如此。今人或謂淵明所題甲子，不必皆義熙後，此亦豈足論淵明哉。惟其高舉遠蹈，不受世紛，而至於躬耕乞食，其忠義亦足見矣。[103]

2. 觀〈淵明讀史九章〉，其間皆有深意。其尤章章者，如〈夷齊〉、〈箕子〉、〈魯二儒〉三篇。〈夷齊〉曰：「天人革命，絕景窮居，正風美俗，爰感懦夫。」〈箕子〉曰：「去鄉之感，猶有遲遲，矧引代謝，觸物皆非。」〈魯二儒〉曰：「易代隨時，迷變則愚，介介若人，特為貞夫。」由是觀之，則淵明委身窮巷，甘黔婁之貧而不悔者，豈非以恥事二姓而然耶？[104]

　　宋人的文化思想意識，基本上呈現了兩種面貌。在專主情感性靈的省思、品味及感悟中之外，宋代士風其實也展現了另一種明道、用世的襟懷。這看似衝突而矛盾的現象，構成了一種入世而出世的超越模式。[105]因此，我們不能遽以悠遠閒淡的文化品格，做為宋代的唯一精神風貌。

　　在此，宋人對於淵明的名節之重視，即說明了宋代士人憂國憂民的濟世熱情，使得他們明顯的感受到外在社會政治的動蕩，所加諸於士人心中的磨難及負擔，從而產生一種知其不可為而為

---

[103] 韓駒，胡仔《苕溪漁隱叢話》（臺北：長安出版社，1978 年）前集卷三引，頁 19。

[104] 葛立方：《韻語陽秋》，《歷代詩話》，頁 530。

[105] 宋代的文化思想意識，在下一節將有較詳盡之論述。

之的悲涼感。因此,身處東晉晦暗政局中的淵明,其進退之間的
曲折宛轉,便特別得到了宋人的理解。所以,在宋人的認知中,
淵明的恥事二姓、義熙後不著甲子,表現的正是一個忠於晉室的
名節之士。其高風亮節,在宋人看來,真足以展現他們所標舉的
政治操守。不只如此,淵明的躬耕、窮苦、乞食,在宋人看來亦
足見其忠義所在。

可見,在重視氣節的宋人看來,淵明這種因恥事二姓所帶來
的貧窮困頓是一種「守節」的表現,完全符合宋人「餓死事小,
失節事大」的道德標準。因此,淵明的面貌,在宋人的接受視域
中展現極鮮明的特色。

(三)知道

1. 陶淵明〈神釋形影〉詩曰……末云:「縱浪大化中,不喜
   亦不懼,應盡便須盡,無復獨多慮。」乃是不以死生禍福
   動其心,泰然委順養神之道也。<u>淵明可謂知道之士矣</u>。[106]

2. 陶彭澤〈歸去來辭〉云:「既自以心為形役,奚惆悵而獨
   悲?」是<u>此老悟道處</u>。[107]

3. 淵明避俗未聞道,此是東坡居士云。身似枯株心似水,<u>此
   非聞道更誰聞</u>。[108]

---

[106] 羅大經:《鶴林玉露》(北京:中華書局,1983 年)卷之五,頁 92。
[107] 許顗:《彥周詩話》,《歷代詩話》,頁 401。
[108] 辛棄疾:〈書淵明詩後〉,鄧廣銘《辛稼軒詩文鈔存》(臺北:華正書局,
1979 年),頁 75。

4.〈飲酒〉詩云:「客養千金軀,臨化消其寶。」寶不過軀,
軀化則亡矣。<u>人言靖節不知道,吾不信也</u>。[109]

自宋代開始,以「知道」稱許淵明,不僅是對淵明思想的肯
定,也充分說明淵明在宋人心目中的地位之崇高。宋人以「道」
稱許淵明,充分說明淵明的聲價崇隆,宋人是不輕易以「道」字
許人的;同時,這種讚美也不見宋人用在其他詩人身上。可見宋
人尊陶,已達聖化的地步。

所謂「道」,指的就是淵明的思想歸向的問題。儒、道、釋
三家的「道」,一直左右著千古以來中國士人的心靈,淵明究竟
屬於那一家?成為千古聚訟的議題。如蘇軾、葛立方、施德操等
人,認為淵明屬佛家,如蘇軾的「奇文出續息,豈復生死流。」
(〈和淵明讀山海經〉),葛立方的「其〈形影神〉三篇,皆寓意
高遠,蓋第一達摩也。」(《韻語陽秋》),施德操也有「淵明詩云:
『山色日夕佳,非鳥相語還,此中有真意,欲辨已忘言。』時達
摩未西來,淵明早會禪。」(《北窗炙輠錄》卷下),「生死流」與
「第一達摩」、「達摩」都是佛家語。而朱熹則認為「淵明所說者
莊、老。」(《朱子語類》),以淵明之學為道家中來;與此相似的
說法,還有汪藻「淵明作〈歸去來〉,託興超然,《莊》、《騷》不
能過矣。」(〈信州鄭固道侍郎寓屋記〉,《浮溪集》卷十九)。

除此之外,一般認為淵明之學自儒家而來的說法最多。如真
德秀「淵明之學,正自經術中來,故形之於詩,有不可掩。〈榮

---

[109] 蘇軾:〈書淵明飲酒詩後〉,李公煥《箋注陶淵明集》卷三引,頁 126。

木〉之憂，逝川之歎也；〈貧士〉之詠，簞瓢之樂也。〈飲酒〉末章有云：『羲農去我久，舉世少復真。汲汲魯中叟，彌縫使其淳。』淵明之智及此，是豈玄虛之士所可望耶？雖其遺寵辱，一得喪，真有曠達之風。細玩其詞，亦悲涼感慨，非無意世事者。」（〈跋黃瀛甫擬陶詩〉，《真文忠公文集》卷三十六），羅大經也有「況其言曰：『得知千載外，上賴古人書。』又曰：『羲農去我久，舉世少復真。汲汲魯中叟，彌縫使其淳。』則其於六經、孔、孟之書，固已探其微矣，於了死生乎何有？」（《鶴林玉露》卷十二），陸九淵更直陳「李白、杜甫、陶淵明，皆有志於吾道。」（《象山全集》）以淵明之學自儒家而來的說法最為盛行。

　　綜合上述，以為淵明之學自儒家經術中得來者最多，以歸於釋、道二家者為少見。然而，淵明之學究屬何家並無定論。只能說淵明以儒家之學為主要的思想根柢，復以釋、道二家融合之，而形成淵明自己的「道」。

　　就「知道」稱許淵明，正是因為淵明體現了千古以來士人所共同追求的目標：「道」。「道」在士人的生活態度上呈現，特別是注重文人風姿的宋代，對於所謂道的體現，表現了相當高的理想與要求，淵明正是他們所追摩的典範人物。

　　究竟淵明體現了什麼樣的生活態度呢？其實，整個中國的學問就是一種實踐之學罷了。淵明在詩中不斷呈現其「道」的風姿：「先師有遺訓，憂道不憂貧。」（〈癸卯始春懷古田園〉）、「道喪向千載，人人惜其情。」（〈飲酒〉之三）、「豈不知有極，非道故吾憂。」（〈詠貧士〉之四）、「貧富常交戰，道勝無戚顏。」（〈詠貧士〉之五）等，淵明所展現的「知道」，使他能夠了卻死生，

能夠「縱浪大化中，不喜亦不懼。」，也能夠「簞瓢屢空，晏如也。」。淵明所實踐的道，正是宋代士人普遍欣賞的一種價值取向，也就是文化的理想。無論儒、釋、道那一家，都以「道」為最高的理想所在，要能表現這一文化取向的詩人，才能以「道」稱許之。淵明則正好提供了良好的實踐範型，既出世又入世，既能康濟天下，又能全性保真，在物我往來之間，體現了聖賢流亞的有道。淵明個人的瀟灑風姿，既表現其個殊性的人格價值，更展現了普遍性的文化價值。

　　因此，宋人以「知道」稱許淵明，主要就文化思想上的價值著眼，淵明所實踐的生活態度及價值取向，為既理性又感性的宋人提供一個生命依歸的目標，宋人也將自己的文化理想範型落實到淵明身上。是以，宋人將淵明典範化，其意義就在此一層面上。

　　綜合以上，宋人對於淵明的了解較諸唐代以前，又更深一層。特別是觀照整個宋代的文化思想脈落之後，我們更能從較為宏觀的角度，來看待宋人所接受的淵明。大致而言，淵明在宋人眼中的地位已達到巔峰狀態。對於淵明的道德人格充滿讚許之聲，並以全幅生命感知淵明的心境，從而發現淵明成為時代文化系統典範的必要性。所以「知道之士」的淵明，正好呈顯了宋代的文化價值取向。

六、小結

　　以上「史料方面的整理」、「對陶詩的學習」、「對陶詩的評論」、「對淵明的評論」等四小節所討論的內容，正好呈現了宋代接受淵明其人其詩的概況。從這四個面相中，大致可以窺得淵明在宋代所展現的形象。這種更為精進的接受情形，較諸唐代之前，特別顯示出宋代確為陶學的巔峰期。

　　論述至此，我們可以對於宋人所接受的淵明做一個簡要的結語：

　　第一、宋代兼具知性與感性的時代文化，相對於晚唐不僅面臨了詩學觀念的重大改變，同時平淡詩風的提倡，也形成詩歌創作理念上相當重大的轉化。在此一兼融並蓄的文化氛圍中，宋人急需尋找一個典範人物以落實他們的理念。淵明正好符合大多數宋人的品味，而成為宋人的創作典範，甚至文化價值上的範型人物。

　　第二、因此，我們首先觀察宋人接受淵明的概況。以「史料方面的整理」而言，宋人編寫淵明的年譜，並採取傳記研究的方式以詩證史，企圖使得此一作家研究的成果更為翔實可信。另外，對於陶集版本的校定及作品注釋，則展現了宋人整理文獻的工夫，這也是從事作家研究的重要工作之一。這是宋人促使淵明其人其詩典範化的具體成果。

　　第三、「對陶詩的學習」。宋代不只是延續唐代以來的田園詩風，更由於平淡詩風佔詩壇主導地位，使得這些以平淡自許的文人，紛紛以陶詩為其追慕的對象，不時產生與陶詩風味相似的平

淡之作。不只如此，東坡更進而遍和陶詩。可見宋代文人的創作典範，已落實於陶詩。

第四、「對陶詩的評論」。宋代因為文人自覺的選取陶詩做為他們的創作典範，在詩文的評論上，成果豐碩。而且能深透陶詩中「人格風格」的特色，從「平淡」或「豪放」的詩文風格中，想見其人，莫不惺惺相惜。除此之外，其「語言風格」也為宋人所極力讚賞，陶詩工造語的特色，得到相當高的肯定。「文學地位」的肯定，使陶詩幾近「經化」，提升至與儒家經典相近的高度，而比之於《詩》、《騷》。綜合言之，陶詩在宋人眼中，已列入經典之林。

第五、「對淵明的評論」，對淵明的「任真」，宋人肯定他初有康濟之念，不以其專事肥遯而稱許淵明，對於淵明的歸隱有比較不一樣的看法。而對於淵明的任真自得，如同歷代以來，給予高度讚美。「守節」方面，淵明的名節，特別為宋人所重視，淵明恥事二姓的忠義，更是宋人深心企慕的典範。至於淵明的思想，宋人特別注意到其「知道」的一面，宋人以自身的文化價值，依歸於淵明這個文化範型上。整體而言，對於淵明，宋人是以一個價值系統為其定位的，正好宋人的生命精神，需要這樣一位「知道之士」。

第六、通過以上四個面相，我們看到了宋人心目中的淵明形象。淵明被宋人全面性的接受，具體呈現其重要而深遠的影響。然而，置諸宋代的文化思想中，我們應該如何解析這樣一種接受效果呢？這樣的接受效果又突顯出什麼意義？就接受美學而言，我們還有許多待解決的問題。

第二節　宋代陶學轉變的原因及其意義

一、小引

　　從上一節的討論中，我們看到了宋人接受淵明其人其詩的概況。對於淵明的年譜及陶集的版本，注釋等史料的整理，到各項針對淵明其人其詩的評論，以及對於陶詩的學習摩擬等面相。宋人無不竭盡心力，為他們心目中完美的文學典範，構築一個整體而全面的接受視域。

　　在宋人全面的讚揚聲中，淵明其人其詩的地位是南北朝以來所達到的最高峰。就淵明其人而言，高風亮節的人格典範，置諸宋代文人所處的時代環境中，特別顯出其名節及忠義的可貴，宋代文人因此找到了一個進不喜、退亦不憂的理想典範。同時，就宋代的文學發展而言，在提倡復古的呼聲中，極需尋找一個可供學習的典範，加以平淡詩風的逐漸形成，以至於宋代文人自然而然的選擇陶詩做為他們文學創作的模範。

　　綜合言之，淵明其人其詩在宋人心目中所呈顯的典範意義，一是文化思想上的，一是文學上的。就文化思想上的意義而言，我們發現宋代的知性理想，在儒、釋、道三家思想匯流及理學興起之後更形鮮明。宋代文人置身如此大環境，開展出一種風流儒雅的文人生活。而「平淡」的審美理想，更是宋代文人在超越榮辱窮達之後所開出的精神境界。另一方面，就文學上的意義而言，宋代的文學觀念發展，逐漸形成以「平淡」為主的審美理想。

平淡自然而山高水深的理想創作境界，是宋代文人自文化思想中
所孕育出來的審美意識，呈現在他們的創作中，特別展現出淡泊
瀟灑而豐盈寬厚的風韻。因此，「平淡」觀念的理想典範，很自
然的便落在淵明的身上了；同時，「平淡」這一觀念也正好突顯
了陶詩在人格風格上的特點。

　　除了時代的普遍觀念影響宋人對淵明這個典範的抉擇之
外，個人的偶然發現也往往成了歷史上的必然現象。如東坡的愛
陶，甚至和遍 109 首陶詩，晚年生活中視淵明為其文學偶像，「獨
好淵明詩」並且深慕其為人。以東坡在宋代詩壇的地位之高，追
慕淵明情有獨鍾，雖然只是個人一時的發現及愛好，一旦形諸文
字，發為議論，卻很難不引起同時代文人注意，使得學習陶詩並
重視陶詩的藝術價值成為普遍的風氣。因此，東坡的提倡陶詩，
就宋代陶學史而言，其意義非常重大。

　　透過以上陶學轉變原因的省察，我們發現宋代陶學轉變的最
大意義，就在於一個新典範的建立及陶詩文學史地位的提高這兩
方面。就新典範的建立而言，所謂的「陶體」，是指作品本身的
藝術性已達到人格風格與語言風格的統一，進而成為一種風格典
範。陶集也在宋人的心目中列入經典之林，享有儒家經典般崇高
的地位。就其文學史地位的提高而言，可以證明的確很多人學
陶。就文學史的進程而言，學陶的風氣，到了宋代不僅蔚為一股
風尚，更出現許多精闢的評論文字，足見陶詩對於宋詩風格變遷
的影響，充分呈顯出淵明其人其詩在文學史上的地位，較諸前代
已有更高的評價。

在這一節中，我們將依循以上的思考脈絡，對於宋代陶學轉變的原因及其意義進行探討。

二、宋代陶學轉變的原因

宋代陶學轉變的原因，與宋代的文藝美學觀念有相當密切的關係。換句話說，淵明其人其詩之所以如此受到宋人的重視，乃是宋人在其美學理想之下對於典範抉擇的結果。這裡所謂的美學理想，指的是以文人為主體所建立的美學觀念──「平淡」這一理想。淵明其人其詩就是在這一美學理想的抉擇之下，所形成的一個典範。問題在於：宋人「平淡」的美學理想，究竟如何形成？在這個美學理想中，又如何建立了平淡詩觀？以致宋人自然而然的以淵明為其「平淡」美學理想的典範？這些都是我們所要探討的問題。

因此，對於宋代陶學的轉變，我們可以從文人所處的兩個局面來探討。就時代的普遍觀念而言，包括文學史上的發展以及文化思想上的轉變兩大部分。前者從文學史發展的角度論述宋代詩學觀念的進程，從西崑體到文學復古運動，平淡詩觀的出現是文學史發展進程中的反動。其次再論及宋代文人於此反動中，如何積極的推舉心目中的文學典範，其中以東坡的和陶及提倡陶詩為主要的論點，並藉以探討同時代其他文人的慕陶情形。後者就文化史的角度，論述宋代文人清新淡遠的生活雅趣，其背後的成因可能是來自文化思想上的各種轉變所致，包括融合釋道的理學精

神，以及書畫藝術的注重寫意等因素所形成的文人生活雅趣。宋
代文人處於這樣的局面當中，乃逐漸陶養出平淡的美學理想，進
而積極的將典範落實於淵明身上。

（一）就文學史的發展而言

　　一個時代所形成的共同美學理想，絕非個人自然氣質性所
致，而是整個時代的文化性格。而這個文化性格是如何型塑出來
的？主要是來自於文化觀念的共同接受，一群人以實踐的方式接
受同一觀念，形成一種共同的文化性格。那麼，我們必需去追溯
提倡平淡詩風的這一群人，他們所共同接受的觀念是什麼。因
此，就文學史的發展而言，以北宋的歐陽修、梅堯臣及蘇東坡為
主的詩人，他們共同的理想詩學觀念，就是以「平淡」為詩之上
乘。這與整個文學史的演變有相當密切的關係。

　　在北宋初年，以歐陽修等文壇領袖為主的詩文革新運動，對
於晚唐以來雕琢華麗或險怪苦澀的文風產生一種消極性的反
動。在這種極化現象之下，文學發展必然要求回到自然。因此，
他們在這樣的極化現象之下，除了消極反對雕琢與險怪之外，還
必須積極的提出一個理想，即詩要平淡自然。既如此，中國人又
特別喜歡自過去的文學作品中尋求典範；而平淡自然的詩風，恰
好就在陶詩中體現了。因此，我們在論述宋代陶學的轉變時，必
須就 1.對於晚唐宋初文學發展的消極反動；2.積極尋求文學創作
典範這兩個方面來觀察。而對於文學創作典範的尋求，又必須注
意到(1)觀念性的說明；(2)典範人物的標示。

1.對於晚唐宋初文學發展的消極反動：

　　北宋初年的詩壇，大致承襲中晚唐以來的詩風，當時盛行「白體」、「晚唐體」以及「西崑體」。[110]就文學史的進程來看，並不因為改朝換代而使文學風格瞬間轉變。基本上，唐風籠罩的宋初詩壇，正在一個因習舊章的階段中。從上述三派所師承的對象來看，分別是白居易、賈島及李商隱三者皆為唐代的重要詩人，足見中晚唐詩風對於宋代初年詩壇的影響。宋末詩論家方回在〈送羅壽可詩序〉中即明確說明：

> 宋劉五代舊習，詩有白體、崑體、晚唐體。白體如李文正、徐常侍昆仲、王元之、王漢謀；崑體則有楊、劉《西崑集》傳世，二宋、張乖崖、錢僖公、丁崖州皆是；晚唐體則九僧最逼真，寇萊公、魯三交、林和靖、魏仲先父子、潘消遙、趙清獻之父。凡數十家，深涵茂育，氣極勢盛。[111]

這三個派別的共同特點是多為唱和酬答之作，而且一脈相承，綿延七十餘年，直到下一階段的詩文革新運動開始。其浮艷之風與屏弱之作，延襲晚唐五代以來的積習。宋初詩壇就在因襲的風氣之下，形成了這三個詩派。

---

[110] 以下論述參考程千帆、吳新雷《兩宋文學史》（上海：上海古籍出版社，1991 年）、許總《宋詩史》（重慶：重慶出版社，1992 年）及張毅《宋代文學思想史》（北京：中華書局，1995 年）等論著。

[111] 方回：〈送羅壽可詩序〉，《桐江續集》（臺北：商務印書館，1970 年）卷三十二，頁 13-14。

　　首先，白體的的重要特徵就是以「唱和」為主。起因於宋初重文輕武的修文策略，趙宋王朝有意提倡應酬贈答的詩賦，在上者舞文弄墨、附庸風雅，在下者便群起逢迎，大加唱和。以文人為主的宋代士大夫無不竭力於此。因此，白居易的元和體便成了宋初詩人的仿效對象。不只白體詩人如此，西崑體詩人更是唱酬不絕，即連以在野士僧為主的晚唐體詩人，也經常與官場中人相互酬答。這種唱和之風瀰漫整個宋初詩壇。除此之外，宋初詩人多隨意撿拾唐人詩語，其語言意象多為對前代詩歌的重新組合。白體詩人即有所謂「常慕白樂天體，故其語言多得於容易。」（歐陽修《六一詩話》）因此，白體詩人就在酬唱之風大盛下，學習白居易的元和體。元和體詩的風格影響及於宋初白體詩，形成以流連光景的小碎篇章互相唱和的特色。其中以徐鉉[112]、李昉[113]、王禹偁[114]為主要詩人。

---

[112] 徐鉉（917-992），字鼎臣，祖籍東海，出生於廣陵（今揚州市），與弟鍇皆精于小學，仕南唐為翰林學士。徐鉉隨李後主歸宋後，曾任右散騎常侍，世稱徐騎省，有《騎省集》三十卷，前二十卷是南唐時期的作品，後十卷系歸宋後所作。他的詩初學李白，後學白居易，其中唱和酬答之作占四分之三，如文集第二十一卷「應制詩」類有〈奉和御制打毬〉等十九首，「寄送詩」類有〈送阮監丞赴餘杭〉等四十九首，其詩如〈送明德道人懷東林〉：「每憶曾游處，東林惠遠房。老來情更重，師去興何長？澗曲泉聲咽，松深露氣香。題詩寄楚老，惆悵不成章。」。

[113] 李昉（925-996），字明遠，諡文正，深州饒陽（在今河北省）人，五代後漢時中進士，後周世宗時為翰林學士。入宋後得太祖、太宗器重，兩度拜相，主編《太平御覽》、《太平廣記》和《文苑英華》等書。《宋史》本傳說他「為文章慕白居易，尤淺近易曉」，文集五十卷已不傳，惟其與李至酬唱合集《二李唱和集》尚存，其詩如〈小園獨坐偶賦所懷寄秘閣侍郎〉：「煙光澹澹思悠悠，朝退還家懶出游。靜坐最憐紅日永，新晴更助小園幽。砌苔點點青錢小，窗竹森森綠玉稠。賓友不來春已晚，眼看辜負一年休。」。

[114] 王禹偁（954-1001），字元之，濟州鉅野（在今山東省）人，晚年曾知黃

　　即使在流連光景的詩風中，仍有能夠出於白體而又能突破這種局面的人，王禹偁就是一個表現出詩風改革契機的白體詩人。王禹偁學習白居易的諷喻詩，並且著意學杜。雖然勢單力薄，淹沒在頹靡詩風中，但是清人吳之振仍強調：「元之（王禹偁）獨開有宋風氣，於是歐陽文忠得以承流接響。」（《宋詩鈔》）可見在宋代詩歌發展史上，王禹偁的表現雖不顯眼，卻有大開詩文革新濫觴的意義。

　　其次，在白體盛行一段時間之後，又出現了「晚唐體」及「西崑體」兩個不同的流派。其中推崇賈島的稱為「晚唐體」，主張師法李商隱的號為「西崑體」。前者以在野的隱士僧人為主，後者以在朝的達官貴人為主。他們依舊處在唱和詩風的潮流中。

　　晚唐體詩人著意於改變白體平易淺俗的詩風，而要求深刻的詩思，因此他們追慕賈島的詩風是很自然的發展。蔡啟即說道：

> 唐末五代，流俗以詩自名者，多好妄立格法。……大抵皆宗賈島輩，謂之賈島格，而於李、杜特不少假借。[115]

晚唐體詩人即以這種風尚為主，其代表作家有潘閬[116]、魏野[117]、林逋[118]、寇準[119]和九僧等人，其詩多偏重構思，意精詞巧，詩風

州，故後世又稱王黃州。詩文集有《小畜集》三十卷、《小畜外集》二十卷（殘存卷七至十三）傳世，其詩如〈杏花〉：「紅花紫蕚怯春寒，蓓蕾黏枝密作團。記得觀燈鳳樓上，百條銀燭淚闌干。」
[115] 蔡啟：《蔡寬夫詩話》，《宋詩話輯佚》，頁410。
[116] 潘閬，大名（在今河北）人，或說是揚州人，自號消遙子。早歲於京師賣藥維生，因宦官王繼恩的推薦，得到太宗的召見，賜進士及第，授四門國子博士。後遁入中條山，寓居錢塘，卒於泗上，有《消遙集》一卷。其詩如〈望湖樓上作〉：「望湖樓上立，竟日懶思還。聽水分他浦，看雲

大抵以清奇僻苦為主。其中，學晚唐體最逼真的是九僧。所謂九
詩僧者為劍南希晝、金華保暹、南越文兆、天台行肇、沃州簡長、
青城惟鳳、淮南惠崇、江東宇昭、峨眉懷古，有《九僧詩集》傳
世。九僧與魏野、林逋、寇準等人都有詩酬往來，專寫山寺野趣，
內容不沉厚，詩境狹窄。其中以惠崇的成就較為突出，如〈池上
鷺分賦得明字〉：

> 雨絕方塘溢，遲徊不復驚。曝翎沙日暖，引步島風清。照
> 水千尋迥，棲煙一點明。主人池上鳳，見爾憶蓬瀛。[120]

這首詩功在推敲字句，充分展現九僧詩的特點，以精鍊的字句描
繪山水景物。歐陽修曾經如此評說：

過別山。孤舟依岸靜，獨鳥向人閒。回首重門閉，蛙聲夕照間。」。

[117] 魏野（960-1019），字仲先，號草堂居士，先世蜀人，遷居陝州（今河南
陝縣），世代務農，不求聞達。早年學白體，晚年轉宗晚唐，現存《東觀
集》十卷，其詩如〈題崇勝院河亭〉：「陝郡衙中寺，亭臨翠靄間。幾聲
離岸櫓，數點別州山。野客猶思住，江鷗亦忘還。隔牆歌舞地，喧靜不
相關。」。

[118] 林逋（967-1028），字君復，錢塘（今杭州市）人，卒諡和靖先生。現存
《和靖詩集》四卷，其詩如〈秋日西湖閒泛〉：「水氣并山影，蒼茫已作
秋。林深喜見寺，岸靜惜移舟。疏葦先寒折，殘紅帶夕收。吾廬在何處？
歸興起漁謳。」。

[119] 寇準（961-1023），字平仲，華州下邽（在今陝西渭南縣東北）人，歷參
知證事、尚書工部侍郎，封萊國公。現存《寇忠愍公詩集》三卷，其詩
如〈春日登樓懷歸〉：「高樓聊引望，杳杳一川平。野水無人渡，孤舟盡
日寒。荒村生斷靄，古寺語流鶯。舊業遙清渭，沉思忽自驚。」。

[120] 惠崇：〈池上鷺分賦得明字〉，《聖宋九僧詩》（臺北：新文豐出版社，1988
年），頁589。

其一曰惠崇，餘八人者忘其名字也。余亦略記其詩，有云：
「馬放降來地，雕盤戰後雲。」又云：「春生桂嶺外，人
在海門西。」其佳句多類此。[121]

由此可見，他們的推敲字句與賈島的風格類似。狹小的詩境，清
寂的風格與寒苦的心態，構成了晚唐體的主要風格。

　　最後，與晚唐體同時並行的另一個詩派是西崑體，以楊億編
輯的《西崑酬唱集》而得名。歐陽修《六一詩話》提及此派：

蓋自楊、劉唱和，《西崑集》行，後進學者爭效之，風雅
一變，謂「西崑體」。[122]

這個詩派是宋初唱和詩風發展至極致的必然產物。酬唱發展至
此，已不只是一種詩歌創作的方式而已。《西崑酬唱集》的誕生，
也幾乎使「酬唱」與「西崑體」的涵義相同。其代表作家為楊
億[123]、劉筠[124]、錢惟演[125]等三人。他們的創作目的仍沿襲了宋初

---

[121] 歐陽修：《六一詩話》，《歷代詩話》，頁 266。
[122] 同前注。
[123] 楊億（974-1020），字大年，建寧州浦城（在今福建省）人，七歲能文，淳化三年（992）賜進士及第，真宗時為翰林學士、戶部郎中，知制誥，文格雄健，才思敏捷。
[124] 劉筠（970-1030），字子儀，大名人，咸平元年（998）舉進士，以大理評事為秘閣校理。
[125] 錢惟演（977-1034），字希聖，真宗時授太僕少卿，命直秘閣，知制誥，預修《冊府元龜》，官至樞密使。大都崇尚精麗繁縟的詩風，追求用典的貼切，屬對的工巧，音節的和婉，以李商隱為師，茲舉楊億〈淚〉為例：「錦字停梭掩夜機，白頭吟苦怨新知。誰聞隴水回腸後，更聽巴猿拭袂時。漢殿微涼金屋閉，魏宮清曉玉壺敧。多情不待悲秋氣，只是傷春鬢已絲。」，極見鎔鑄之功。

以來的唱和消遣，寫作的方式則從歷代的文籍中「挹其芳潤」為能事。

　　與晚唐體一樣，西崑體因不滿於白體的平易淺俗而極思改革。西崑體詩人以李商隱做為他們的詩學榜樣，致力於學習義山詩中組織華麗的藝術成就，而「頗傷於雕摘」（田況《儒林公議》卷上）的詩風也正是西崑的流弊所在。然而，也因此使得白體詩平易淺俗的詩風完全改觀，一掃五代以來的衰颯之氣。同時，西崑體詩人的創作量驚人，而且詩作的品質也得到重視，使得西崑體幾乎成為宋初詩壇的代表詩派。

　　就詩歌發展歷程來看，西崑體的重用事、尚雕藻，並戮力於改革詩風是很自然的一種發展。不只是白體，對於同時代晚唐體的忌用事、貴精巧的風格，西崑體也有著意改變的企圖。做為宋初一個重要的詩歌流派，西崑體的作用，標示著宋初詩風的最大變革，方回即指出：

> 組織華麗，蓋一變晚唐詩體、香山詩體而效李義山，自楊文公、劉子儀始。[126]

可見西崑體的出現，是宋詩發展上的重要現象。然而，西崑體末流發展到了雕琢太過、漸失本真的境地時，也提供後來詩文革新運動的發展契機。

　　總而言之，宋初七十餘年唐風籠罩下的詩壇，呈現了三種不同風格的詩歌流派。首先是白體詩人以平易淺俗為主的詩風，

---

[126] 方回：《瀛奎律髓》卷三「懷古類」（北京：中國書店，1990 年），頁 9。

繼而是晚唐體的清奇僻苦，以及西崑體的華麗雕藻、用事工巧。做為宋初的最大詩派，西崑體不只以高度的審美趣味，表達對於白體詩平易淺俗的不滿，對於同時代的晚唐體詩人，也企圖打破他們狹小的詩歌格局，對於宋初詩風而言，這正好是一次重要的變革。

　　僅管西崑體取得宋初詩壇的霸主地位，其豔麗詩風亦曾風行一時。然而，一種文體一旦成為強勢的主導流派之後，其創作必然走向極端的局面；終至無路可通時，便有另一種反動的力量產生，文風的轉變，乃不得不然的趨向。西崑體就在這樣的極化現象之下，必然得回到較為自然樸質的風格上。這種回環往復的發展模式，一向是中國文學史的必然規則。

　　因此，北宋中葉之後所興起的詩文革新運動就是一次相當重要的文學發展了。以歐陽修為主的詩文革新運動，旨在掃除宋初以來唐風籠罩的現象，致力於恢復儒家傳統政教詩觀與風騷精神。然而宋人的文學復古並非只是復古，相對於目前的詩壇現狀而言，表現出強烈的復古意識；但相對於過去的詩學傳統而言，又表現出創新的態勢。就在這種既復古又創新的衝突與融合之中，孕育出了屬於宋詩的特殊風貌。因此，詩文革新運動的展開正好是宋詩形成的開始。

　　歐陽修為北宋前期的文壇領袖，宋代的詩文革新運動便以歐陽修為首。圍繞歐陽修周遭或經由歐陽修提拔的文人，如蘇舜欽、梅堯臣、王安石等人形成一種文學團體。詩文革新運動經由這一批文人的努力，展現了迥異於宋初三詩派的風格面貌。詩文革新運動的影響層面不限於古文，對於宋代詩風的發展尤其具有

關鍵性的意義。特別是歐陽修，他在宋詩形成的過程中，扮演極為重要的角色與地位。

歐陽修在古文方面的成就樹立文壇領袖的地位。當西崑體尚在盛行時，石介等人為拋棄浮華巧麗，而走向生澀怪僻的「太學體」。[127]對歐陽修而言，他所要面對的不只是西崑體，還有當時出現的太學體。首先，歐陽修推崇韓愈的文學成就，著重在韓愈所提倡的古文傳統，並非如石介等人一味的尊從韓愈的儒家道統。他曾與尹洙等人一起補綴校定《昌黎集》，認為「其言深厚而雄博」且「學者當至於是而止爾」（〈記舊本韓文後〉），由此可見，歐陽修學韓重在古文傳統。此外，歐陽修在〈本論〉一文中，反駁了韓愈〈原道〉的某些論點。總之，歐陽修學韓，主要在文學創作上，尤其是學習韓愈文從字順的一面，並吸取韓詩「以文為詩」的特點，強調為文要自然平順，明白曉暢，如〈與張秀才第二書〉所言：「其道易知而可法，其言易明而可行。」（《歐陽修全集》）可見他盡可能的提鍊平易自然的詞語以行文。

此外，歐陽修在〈尹師魯墓誌銘〉中提出了敘事「簡而有法」的主張。其追求簡古的手法，乃是針對駢文繁縟堆砌的去弊革新，

---

[127] 所謂「太學體」，與道學家石介有相當密切的關係。仁宗時，石介寫了〈怪說〉上中下三篇，其中篇針對西崑體的弊病，發動猛烈的批評，他認為只有符合六經精神的才能算是文學，因此他認為西崑體的文章不能明道致用，足以戕害人們的身心。但他是從衛道者的立場，要求文學為儒家之道服務，並非從文學立場出發的。仁宗時曾三次下詔申誡淫文，指出「文章所宗，必以理實為要」、「務明先王之道」，時石介為國子監直講（自仁宗慶曆二年（1042）起），威望頗高，他所提出的文學主張，便成了太學生改革文風的理論依據。但由於他只能講理論，卻不懂得如何實踐，結果就使得一般士子，在拋棄浮華巧麗之風後，竟無所適從，而走上險怪奇澀的道路，使得太學體的作品不可卒讀，稱為「太學體」。

這種特點在歐陽修的傳記文和記事文中，表現得特別明顯，如他在〈與杜訢論祁公墓誌書〉所說的：「所記事皆錄實有稽據，皆大節與人之所難者。止記大節，期於久遠。」(《歐陽修全集》)這種簡而有法的理論，對於改革宋初詩風的確起了相當大的作用。

就在以上這種衡文標準之下，歐陽修在執掌貢舉大權時，便一概不取文風怪僻不正的文章。嘉祐二年（1057）歐陽修知禮部貢舉時，便運用了仁宗任命他為主考官的職權，推行他自己於慶歷年間就已提出的革新文風的主張。果然，在這次的考試中，一時以怪僻知名的士子都被黜落，而曾鞏、蘇軾、蘇轍等人則被錄取。一時之間，文風大變，一般士子紛紛學習韓柳古文。在歐陽修的銳力革新之下，宋代文風呈現一次關鍵性的改變。

宋代的詩文革新運動，對於詩風的改革有相當明顯的成效。歐陽修以韓愈的「以文為詩」的特點，使宋詩趨向散文化、議論化，逐漸建立起屬於自己的特徵，形成了與唐詩完全不同的風格。誠如許總所言：

> 事實上，宋詩的一個主要特徵，就是對韓愈「以文為詩」的繼承與發展，趙翼《甌北詩話》所謂「以文為詩，自昌黎始，至東坡亦大放厥詞，別開生面，成一代之大觀。」，正是著眼於由此促使「一代之大觀」的宋代詩風整體特徵的形成。固然，宋詩至蘇軾，才達到最為成熟的體現和最富創造性的高峰，但是宋詩以文為詩、以議論為詩的基本特徵在歐陽修詩中已全然具備，仍是不可抹煞的事實。[128]

---

[128] 許總：《宋詩史》第二編第一章「歐陽修與宋詩特徵的形成」(重慶：重

可見，歐陽修對宋詩特徵的形成的確有相當的貢獻。首先，歐陽修結合了他和蘇舜欽、梅堯臣等門生故舊的共同努力，專以革除西崑弊病為首要目標。如葉夢得所言：

> 歐陽文忠公詩始矯「崑體」，專以氣格為主，故言多平易疏暢。[129]

可見在歐陽修的帶領之下，宋詩開始以氣格為重。[130]除此之外，宋詩的內容型態也逐漸擴大，歐陽修在《六一詩話》中談到韓愈詩歌內容：「資談笑，助諧謔，敘人情，狀物態，一寓于詩而曲盡其妙。」故特別針對韓詩此項特點而學習之。綜合言之，以歐

慶出版社，1992年），頁123。

[129] 葉夢得：《石林詩話》，《歷代詩話》，頁407。

[130] 所謂「氣格」，指的是由於追求雄豪，從景祐年間開始，歐、梅等人跳脫西崑體的蕃籬，變唐詩的重情韻為重氣格。以氣格為詩，便於抒寫詩人的豪放縱橫之情，一掃西崑體的柔靡，使得詩歌傾向散文化與議論化，較無一唱三嘆之音。而以氣格為詩，又多與詩人的才性識見有相當的關係，非奇才難以逞能。所以，拋開宋初三體（白體、晚唐體、西崑體）所追摩的對象不說，唐代的李白、杜甫、韓愈都是宋人學習的對象，然李白的天才自放是學不來的，杜甫歷經磨難的沉鬱頓挫，以及韓愈的浩蕩變怪和散文化的傾向，很容易便成為歐、梅一派詩人所學習的對象。宋詩不同於唐詩的主氣格，其意義在此。另外，根據程杰《北宋詩文革新研究》「第十六章　宋詩『氣格』美的理論與實踐」中所論：「宋詩的特質是在變革晚唐五代詩風的過程中逐步現現出來的，作為這一過程的首要標誌，便是『氣格』之詩的出現。……也許以『氣格』二字來概括仁宗以來宋詩變格期的詩美特徵更為確切。因為在傳統的詩學範疇中，「氣」指慷慨陳志，怊悵怵情所帶來的感發人意的力量。作為政治和思想領域的復古革新之士登上歷史舞臺的新一代詩人，把入世的歷鍊和抱負帶向詩歌，變帶來了詩歌氣局的開展和激揚。……相對於宋初詩人的豫適酬唱和蕭散苦吟顯示了人格精神上的挺健，體現了新進改革之士的奮發意氣。這種奮激意態反映在風格上，便是對『豪放之格』的推賞和追求。」（頁479-480）

陽修為首的文學趨勢，使得宋詩初步展現了自己的風貌，即平易曉暢的散文化風格。

　　然而，歐陽修本身的詩風因體而異。他的近體詩寫得清新自然，明顯擺脫西崑體的雕琢之弊；其古體詩則受到韓愈、李白以及梅堯臣的部分影響（後人以「蘇梅」並稱）。此外，歐詩中以議論入詩的作品深受韓詩所影響；而較為自由豪放的作品，顯然深受李白影響。整體而言，歐陽修的成就主要在於古文方面，詩歌創作部分的表現，則有待蘇舜欽、梅堯臣來完成。

　　蘇舜欽與歐陽修同為宋代詩文革新運動中的健將，少年時代即與穆修等人推動復古革新，其學習古文更在歐陽修之前。蘇舜欽的詩文同歐陽修一樣也有學習韓愈的痕跡。不同的是，蘇詩的憤激、豪邁與歐、梅等人詩風有相當不一樣的表現，特別是在進奏院事件以前的作品中，[131]尤其展現了明快豪邁的風格，所以《宋史》本傳中有「時發憤懣於歌詩，其體豪放，往往驚人。」的評語，可見蘇詩的風格向以豪邁著稱。

　　與蘇舜欽的雄放風格相對，而以平淡幽遠著稱的梅堯臣，可說是宋詩的開山祖師。劉克莊即說道：

---

[131] 蘇舜欽在景祐元年（1034）中進士，慷慨有大志，歷任蒙城、長垣縣令和大理評事。政治上積極追隨范仲淹、歐陽修，力主改革，以范氏之薦，授集賢殿校理、監進奏院。慶曆新政失敗後，遭到保守派的打擊，御史中丞王拱辰等借進奏院出賣廢紙以供飲宴的事件，誣陷他「監主自盜」，因而於慶曆四年（1044）十一月被削職為民。次年四月，他退居蘇州，「作滄浪亭，日益讀書，大涵肆於六經，而時發其憤悶於歌詩」（歐陽修〈湖州長史蘇君墓志銘〉）。此為「進奏院事件」。

> 本朝詩惟宛陵為開山祖師！宛陵出，然後桑濮之哇淫稍
> 息，風雅之氣脈復續，其功不在歐、尹下。[132]

梅詩與歐、蘇等人一樣，對於發揚詩歌的教化作用同樣投注不少
心力，主張學習《詩經》的美刺與《春秋》的褒貶，[133]這是詩文
革新運動中諸家的共同追求。因此梅堯臣在詩歌創作上，力求興
於怨刺，與韓愈的「不平則鳴」有極為相似的心境。基本上，梅
堯臣屬於文窮而後工的詩人；由此，他創作了大量的反映現實
的詩作，以平淡的風格呈現出來。從根本上革除西崑浮靡之習，
而以平淡為創作精神，更是開宋代諸家風氣之先。如龔嘯所言：

> 去浮靡之習，于崑體積弊之際；存古淡之道，于諸家未起
> 之先。[134]

就這個意義上來說，梅堯臣不只是宋詩的開山祖師，更是宋詩平
淡風格的始祖。換句話說，梅堯臣的詩歌創作主要在針對西崑體
「邇來道頗喪，有作皆言空」，又著力於提倡新的詩風，以達到
「變盡崑体，獨創生新」（葉燮《原詩》外篇下）的目的。由此
可知，梅堯臣在掃除崑體積弊的同時，也著力於開創新的詩風，
即以平淡美的追求，體現於其大量的抒情、感懷及贈答詩中，使
詩歌呈現平淡而真摯的情感表現，與宋初以來白體之淺俗與崑體
之矯飾，不啻有天壤之別。

---

[132] 劉克莊：《後村詩話》，頁 22。
[133] 梅堯臣的詩歌主張，略見於〈寄滁州歐陽永叔〉及〈答韓三子華、韓五
持國、韓六玉汝見贈述詩〉諸篇。
[134] 吳之振：《宋詩鈔》〈宛陵詩鈔序〉引（臺北：世界書局，1969 年），頁 1。

　　梅堯臣從「愈窮而愈工」的創作主張出發，努力追求簡樸淡拙的詩風。他也是第一個提出「平淡」口號的人，在許多的詩論中，不斷表現他對於平淡的追求，如：「因吟適情性，稍欲到平淡。」（〈依韻和晏相公〉）、「作詩無古今，惟造平淡難。」（〈讀邵不疑學士詩卷〉）。此外，歐陽修《六一詩話》亦曾引梅堯臣的詩論：

　　　　詩家雖率意，而造語亦難。若意新語工，得前人所未道者，
　　　　斯為善也。必能狀難寫之景，如在目前，含不盡之意，見
　　　　於言外，然後為至矣。」[135]

由此可知「平淡」一詞的使用，已是梅堯臣詩論中的重要觀念。

　　然而，梅堯臣的「平淡」詩觀，在追求簡樸詩風的同時，也注意鍛鍊的問題，不只鍊詞也鍊意。梅詩的平淡全從苦吟中得來，其所謂平淡，與王安石「看似尋常最奇崛，成如容易卻艱辛」（〈題張司業詩〉）最為接近。從苦吟中得來的平淡，往往具有深遠的韻味。同時，也正因為詩成於窮搜力索之際，多少脫不去刻意的痕跡，其平淡的追求顯然是以並不平淡的過程去追求得來的，所以梅堯臣有「苦辭未圓熟，刺口劇菱芡。」（〈依韻和晏相公〉）之語，經過語言藝術的琢刻鍛鍊所達到的平淡，才是真正有深意的平淡。誠如朱自清所言：

---

[135] 歐陽修：《六一詩話》引，《歷代詩話》，頁 267。

> 平淡有二，韓詩云：「艱窘怪變得，往往造平淡」，梅平
> 淡是此種。朱子謂「陶淵明詩平淡出以自然」，此又是一
> 種。[136]

可見梅詩的平淡，於容易中卻透出艱辛，屬於韓愈一派的，與陶
詩的平淡迥然有異。因此，梅堯臣雖然大開宋詩平淡風格的先
驅，其創作意識上並沒有師法陶詩的平淡，其所表現出來的平淡
也與陶詩相去甚遠。

　　整體而言，梅堯臣的平淡主張，主要是針對晚唐宋初以來文
風所產生的一種反動力量，並非以陶詩的平淡為其主要的創作模
範，故其平淡的詩學觀念，置諸詩文革新運動中，特別顯示出改
革詩風的意義。雖然如此，梅堯臣以「平淡」做為其詩歌創作的
終極追求，對於宋詩的形成，仍有相當大的意義。

　　綜觀宋初以來三派詩風，以及隨後產生的詩文革新運動，就
整個文學史的脈絡而言，宋初的詩風上承中晚唐而來，加以酬唱
之風的盛行，柔弱靡麗的詩風大盛於宋初詩壇，並未建立起屬於
宋詩自己的風格。其間已開始有零星的復古改革之聲，但真正的
詩文革新仍有待歐陽修的出現，扭轉宋代文風的發展，並影響宋
代詩風的變革。至此，自然而平淡的詩風，成為文學史發展上必
然的一種要求。因此，除了消極的對文學發展的反動之外，宋人
還積極提出一個理想的創作典範，以實踐他們的平淡觀念。從過
去的歷史中發現，平淡而自然的創作典範，恰好就在陶淵明及其
詩文落實了這個理想。

---

[136] 朱自清：《宋五家詩鈔》（上海古籍出版社，1981 年），頁 1。

2.積極的尋求文學創作典範：

　　關於平淡詩觀的確立，要到蘇軾及黃庭堅才算真正完成。蘇軾為歐陽修之後北宋的另一個文壇領袖，經由他的提拔或與他結為同好的文友也形成一個集團，黃庭堅就是其中之一。蘇軾身為北宋文壇的另一領袖，其意義在於他以豐富的創作實踐成果，完成了詩文革新運動，並且以理論陳述影響當時的文壇發展，進而扭轉北宋以來的文風，尤其是詩風的轉變，擴大了以文為詩的創作內涵。除此之外，蘇軾在詩學觀念上，最重要的是確立了平淡詩觀的內涵，黃庭堅繼之，使平淡詩觀更加具體化。經過蘇、黃兩人的自覺所建立起來的平淡詩觀，才成為足以籠罩兩宋的重要詩學觀念。

　　「平淡」成為兩宋的重要詩學觀念，不只是詩文革新運動中的重要成就；由於蘇軾的大力提倡，更使得陶詩成為平淡詩觀中重要的學習典範。通過對歷史上陶詩這個典範的尊崇，蘇、黃二人的平淡詩觀便不只是觀念性的理論說明而已，還積極的尋求創作典範，以落實其詩學觀念，更使得平淡詩觀愈加壯大。因此，通過北宋初年以來的文學發展脈絡來看，平淡詩觀的產生是不得不然的一種發展，對於陶淵明這個典範的尋求更是理所當然的發展了。

　　追求平淡清遠的傾向並非無中生有，從宋初以來盛行白體、晚唐體及西崑體的同時，一方面呈現華靡的詩風，另一方面也有一批隱逸山林的文人，在詩作中展現平淡的追求，如陳摶[137]、潘

---

[137] 陳摶，宋初隱居華山的著名道士，其思想融合了道教重養氣鍊神的內丹

閬及魏野等人，這些深受道家思想所影響的詩人，大多擁有沖淡
的人生情趣，表現在詩風上則是一種追求自然平淡的嚮往。除此
之外，由於禪悅之風的盛行，文人學士參禪的風氣也很普遍，許
多出家人的詩歌作品，也逐漸展現一種追求平淡清遠的境界，是
為「九僧詩」。此外，以梅妻鶴子著稱的隱士林逋以及梅堯臣的
提出平淡口號。凡此種種，皆可為平淡理想的建立找到清楚的脈
絡。同時，可知一個時代的思想不是固定只出現一種類型，它很
可能同時有兩種以上思潮在進行著，如華麗與平淡。問題在於一
方呈現主導的態勢，則另一方便潛伏著。因此，平淡理想並非憑
空出現的，當北宋詩文革新趨於完成之際，它也漸漸取得文壇上
的主導地位。

平淡理想到了蘇軾及黃庭堅開啟了理論自覺的階段。大致說
來，蘇軾的平淡詩觀是以「平淡」為漸老漸熟的一種自然表現，
黃庭堅的平淡詩觀則注重法則與學問功力，「平淡」是經過鍛鍊
之後所表現的山高水深。兩人從不同的角度切入平淡，各執一
隅；所建構出來的平淡詩觀，對於宋詩的發展有相當重大的影響。

首先，蘇軾的詩風大致有豪放與平淡兩種類型。對蘇軾而
言，創作風格的多樣化是他詩學成就上的一大特色。大抵而言，
蘇軾的詩歌創作，前期以豪放風格為主，多清雄之氣；後期則趨
於平淡自然，表達情遠曠達之韻味。尤其是貶謫黃州之後，是蘇

與道家養生理論中自然無為的一面而加以發展，形成一種虛靜玄遠的人
生境界，其文學創作中所呈現的平淡清遠的山林精神，正是此一人生境
界的昇華。其詩如〈辭上歸進詩〉：「三峰千載客，四海一閒人。世態從
來薄，詩情自得真。」最能展現其避世的自得情懷。

軾創作平淡作品的正式開始。[138]其黃州時期的代表作〈東坡八首〉正是一例，如其一：

> 廢壘無人顧，頹垣滿蓬蒿。誰能捐筋力，歲晚不償勞。獨有孤旅人，天窮無所逃。端來拾瓦礫，歲旱土不膏。崎嶇草棘中，欲刮一寸毛。喟焉釋耒歎，我廩何時高。[139]

瓊州時期的代表作則是一系列〈和陶詩〉，其中〈和酬劉柴桑〉也是一例：

> 紅薯與紫芋，遠插墻四周。且放幽蘭春，莫爭霜菊秋。窮冬出甕盎，磊落勝農疇。淇上白玉延，能復過此不。一飽忘故山，不思馬少游。[140]

這些作品的質量之高不可言喻，可說是蘇軾平淡詩風的代表。尤其是〈和酬劉柴桑〉，淵明一向是平淡詩風的代表人物，東坡有意識的以淵明為師，並以淵明無意於詩、直抒胸懷的精神做為終極追求的理想，進而遍和陶詩。蘇軾這一舉動，將平淡理想充分加以實踐，一個偶然的發現，卻從此成為文學史發展上的必然現象。即淵明及其詩的地位，在流風所及之下，為同時代的文人士子所企慕的文學典範。

---

[138] 蕭錞華：《北宋「平淡」文學觀之研究》第四章「『平淡』觀念的盛行階段第一節『蘇軾』」（臺北：政治大學中文研究所碩士論文，1991 年），頁 77。

[139] 蘇軾：〈東坡八首〉之一，《蘇東坡全集》前集卷十二，頁 175。

[140] 蘇軾：〈和酬劉柴桑〉，《蘇東坡全集》續集卷三，頁 72-73。

　　蘇軾除了〈和陶詩〉之外，對於平淡觀念的看法，大多展現在他的詩文評論中。蘇軾對於平淡的見解有「外枯而中膏，似淡而實美」以及「其實不是平淡，絢爛之極也」兩種主要看法。其中又以「外枯而中膏，似淡而實美」為其平淡觀念的主要部分，其資料散見於蘇軾對詩人的評論中，如〈評韓柳詩〉：「柳子厚詩在陶淵明下，韋蘇州上。退之豪放奇險則過之，而溫麗精深不及也。所貴乎枯淡者，謂其外枯而中膏，似淡而實美，淵明、子厚之流是也。若中邊皆枯淡，亦何足道！佛云：『如人食蜜，中邊皆甜。』人食五味，知其甘苦者皆是，能分別其中邊者，百無一二。」以及〈與子由書〉：「吾於詩人，無所甚好，獨好淵明之詩。淵明作詩不多，然其詩質而實綺，癯而實腴，自曹、劉、鮑、謝、李、杜諸人，皆莫及也。」蘇軾這兩段評論，主要是對陶、柳而發的，陶、柳兩家也正好是平淡詩風的大家，尤其是〈與子由書〉所言。蘇軾對於平淡詩觀的主要看法，即來自對淵明的企慕及摩習經歷。

　　蘇軾在此所提出的「外枯而中膏，似淡而實美」及「質而實綺，癯而實腴」是極為相似的看法。從「枯」、「淡」、「質」、「癯」及「膏」、「美」、「綺」、「腴」這兩組看似對反的概念中，可以發現平淡的上乘，不只是外在語言形式的枯淡質樸，更重要的是枯淡質樸中所透顯出來的膏美豐腴的韻味。「外枯而中膏，似淡而實美」是對陶、柳詩的看法，也是蘇軾對於平淡的看法。所以將平淡與韓愈的「豪放奇險」相較之下，更顯出平淡風格「溫麗精深」的特色。因此，溫麗中含有精深，與「外枯而中膏，似淡而

實美」，其意義是相同的。此所以蘇軾又有「其詩質而實綺，臞
而實腴」的說法出現，也是極為類似的論證結果。

而蘇軾這種「外枯而中膏，似淡而實美」的說法，顯然也受
到司空圖詩論的影響，如〈書黃子思詩集後〉中提到：

> ……李杜以後，詩人繼作，雖間有遠韻，而才不逮意，獨
> 韋應物、柳宗元發纖穠於簡古，寄至味於淡泊，非餘子所
> 及也。唐末司空圖崎嶇兵亂之間，而詩文高雅，獨有承平
> 之遺風。其論詩曰：『梅止於酸，鹽止於鹹，飲食不可無
> 鹽梅，而其美常在酸鹹之外。』蓋自列其詩之有得於文字
> 之表者二十四韻，恨當時不識其妙，予三復其言而悲之。
> 閩人黃子思，慶曆、皇祐間號能文者，予嘗聞前輩誦其詩，
> 每得佳句妙語，反覆數四，乃識其所謂，信乎表聖之言，
> 美在鹹酸之外，可以一唱而三歎也。[141]

平淡的內涵一定要在看似平淡實則不平淡中呈現，所謂「發纖穠
於簡古，寄至味於淡泊」，否則「若中邊皆枯淡」，便令人有食之
無味之感。顯然地，蘇軾也認為詩歌的韻味，如同梅、鹽一般，
「其美常在鹹酸之外」，看似平淡無奇的外在，往往能透出咀嚼
不盡的韻味。這就是蘇軾對於平淡詩觀的主要看法。

除此之外，蘇軾所謂「外枯而中膏，似淡而實美」更重要的
是指在詩句的安排中傳達出一種意境。而詩句的順暢自然，是它
最為重要的一個條件，陶詩的語言風格便是如此。但是，字面的

---

[141] 蘇軾：〈書黃子思詩集後〉，《蘇東坡全集》後集卷九，頁 559。

簡單明瞭，容易學習；字面下的深層意蘊則悠遠精深，是刻意學習不來的。這就牽涉到所謂意境問題。據蕭鐏華的論證，蘇軾在評論淵明的時候即透露出這一點。[142]如蘇軾〈題淵明飲酒詩後〉：

> 「采菊東籬下，悠然見南山」，因採菊而見山，境與意會，此句最有妙處。近歲俗本皆作「望南山」，則此一篇神氣都索然。古人用意深微，而俗士率然妄以意改，此最可疾。近所新開韓柳集，多所刊定，失真者多矣。[143]

以及〈書諸集改字〉：

> ……陶潛詩「采菊東籬下，悠然見南山」，採菊之次，偶然見山，初不用意而境與意會，故可喜也。今皆作望南山。……二詩改此兩字，覺一篇神氣索然也。[144]

這兩段話都是評論淵明〈飲酒詩〉第五首，而且只討論第五、六句，認為「見」與「望」雖僅一字之差，卻造成詩中意境上的分別，他喜歡的是「見」字。據蕭鐏華的說法，「望」與「見」的分別在於，「望」字是有目的的觀看，而「見」則是無目的性的，蘇軾說它出於「自然」和「不用意」。因出於無目的性，所以「初不用意而境與意會，故可喜也」。境與意的會合，或說是吻合，在於舉首看見南山的那一剎那。眼前的南山是視覺上的境，而意

---

[142] 蕭鐏華：《北宋「平淡」文學觀之研究》，頁 80-81。
[143] 蘇軾：〈題淵明飲酒詩後〉，《東坡題跋》（臺北：藝文印書館，1966 年）卷二，頁 4-5。
[144] 蘇軾：〈書諸集改字〉，《東坡題跋》卷二，頁 11。

則是見南山以前那份悠然的姿態。悠然的姿態與南山在情調上是和諧的配合。同時也將自己感受到的悠然向外界延伸，造成更大的共鳴。讀者的情緒更因此受到感染，所以是妙處所在。若用「望」字，則悠然的感受將受到限制而消失，因此「見」比「望」字更為適合。從「采菊東籬下，悠然見南山」一句看來，無任何難懂之字，句義也很容易讓人明白。然而，就在這一層看似淺顯的意義背後，還寄託了另一層更深的意義，特別是透過「見」與「望」兩字表現出來。因此，所謂「外枯而中膏，似淡而實美」的深層意蘊即在此。

不只如此，對蘇軾來說，平淡美進一步的意義，便是「絢爛歸於平淡」；漸老漸熟之後的平淡，才是真正有深意的平淡美。因此，蘇軾對於平淡的第二個看法便是「其實不是平淡，絢爛之極也」，其說見於〈與二郎姪〉：

> 凡文字，少小時須令氣象崢嶸，彩色絢爛，漸老漸熟，乃造平淡。其實不是平淡，絢爛之極也。汝只見爺伯而今平淡，一向只是此樣。何不取舊時應舉時文字看，高下抑揚，如龍蛇捉不住，當且學此。只書學亦言，善思吾言。[145]

蘇軾晚年學陶，之所以沒有老年人的衰颯之氣，乃由於他天分極高，少年時有「氣象崢嶸，彩色絢爛」的創作才情，到了老年，平淡自然得來，若是起於平淡又止於平淡，終歸是平淡至極而顯得質樸無味。所以蘇軾勸其後輩，不要學習老人家如今的平淡詩

---

[145] 蘇軾：〈與二郎姪〉，《蘇軾佚文彙編》卷四，《蘇軾文集》（北京：中華書局，1986年），頁2523。

風，青年人仍當學習「高下抑揚，如龍蛇捉不住」的創作風格，一旦飽經人生風霜之後，由於情感冷靜，創作風格趨於平淡，不再激越昂揚，所表現出來的自然平易，是絢爛之極的結果。這種心境上的自然流露，並非刻意為之的。就這點而言，蘇軾「漸老漸熟，乃造平淡」表現了一個文人藝術技巧的成熟階段，在到達平淡之前，必須經過一番陶洗冶練的工夫。因此，「氣象崢嶸，彩色絢爛」並不是指文采的華麗，它與「高下抑揚，如龍蛇捉不住」的意思是一樣的。如蕭鏡華所言：

> ……前文所說「彩色絢爛」並不是形容詞藻的華麗，它是用來形容文章結構的曲折與議論的精妙的另一種繁富之美。……蘇軾又說：「夫言止於達意，則疑若不文，大不然也。」，並認為：「辭至於能達，則文不可勝用矣。」……而辭達所追求的目的，實超出文采以外。蘇軾要求少時「須令氣象崢嶸，彩色絢爛」，「高下抑揚，如龍蛇捉不住」，實在是教導後輩如何做到辭達，它所達到的藝術效果是我們在前面所說的繁富之美。[146]

因此，蕭鏡華還認為：

> 一篇平淡的作品，在語句修辭上縱然並不華麗，但在文章結構和表達豐富意義上，卻可做到另一種繁富之美，當辭達的創作技巧日趨成熟，它所表現出來的繁富之美便愈加

---

[146] 蕭鏡華：《北宋「平淡」文學觀之研究》第四章，頁 84-85。

　　精妙，甚至可以達到完美的地步，為何不是平淡，反而是
　　絢爛之極的表現，它所肯定的便是這種意思。[147]

由此可知，蘇軾的「平淡」所指涉的真正內涵在此。

　　然而，蘇軾所謂「漸老漸熟」的平淡，並不只是由於文字上
的不斷鍛鍊所致，它還是蘇軾個人在綿歷人生之後能超然物外所
達致的。蘇軾大量的和陶詩創作於其晚年便可見一般。蘇軾在政
治上失意的遭遇，迫使他平生大部分的歲月，處於偃蹇困頓之
中，不斷的貶謫，來往大江南北，這使得蘇軾不得不順應自然，
以淡泊的胸懷自處。尤其是他五十七歲至六十五歲前後九年間，
對淵明的愛好達到癡迷狀態。此時的他，正面臨了生命中最大的
顛沛困頓，身繫冗職，處於廣東、海南的瘴癘之地，遠隔親友，
集老病貧疾於一身，可謂滯悶之極。但蘇軾處於如此絕境中，反
能體會淵明的任真自得，以讀陶詩、和陶詩為生命困頓的解脫之
途。因此，蘇軾在綿歷世事的晚年，逐漸不為物累、不為情牽而
超然物外。這時，方能領略其中的無味之味而不覺得平淡。這也
就是蘇軾所謂「漸老漸熟，乃造平淡」的深層意蘊。誠如程杰
所言：

　　蘇軾之大量讚陶和陶，提倡「平淡」，是在帶罪出貶黃州
　　之後，「平淡」之與生命歷程的逆折密切有關，因而包含
　　著人生境況和人生態度轉變的深刻內涵。蘇軾曾這樣分析
　　自己貶竄之際的生活：「僕行年五十，知作活大要是慳爾，

而文以美名，謂之儉素。然吾輩為之，則不類俗人，真可謂淡而有味者。」(〈與李公擇書〉) 這種面對人生困境冷靜樂觀、任真自適的態度，賦予「平淡」以特殊的人格品味和哲理深意。蘇軾自稱稱「淵明形神似我」。考諸整個宋代，求與淵明風調相續，同道相契，屈指便屬蘇軾。正是品格妙識上的高度吻合，使蘇軾多「與淵明詩意，不謀而合」，而其學陶和陶也最為會「意」得「真」。把「平淡」詩風與陶淵明緊密相聯，標誌了「平淡」詩觀的成熟。[148]

通過以上的詮解，蘇軾的平淡觀念與他對淵明的喜愛，正好構成相當緊密的關聯。這也是平淡觀念深化的重要表現。

蘇軾與黃庭堅所堅持的平淡觀念有相當程度的關連，也有許多相互影響的部分。

黃庭堅平淡詩觀的主要見解強調的是創作法則，擴大了蘇軾的「漸老漸熟，乃造平淡」的深層內蘊，以多讀書、多學古人等修養過程充實詩人的創作內涵，如此才有開始創作的可能性。因此，博學是第一步，多讀書充實自已的學問，累積雄厚的基礎，仔細閱讀求得透悟的工夫，是創作的準備階段。此外，博學而轉益多師，進而學習古人的創作，也是一種修養的工夫，透過對於前人的學習，個人的創作才能達到博覽貫通的地步。經過一番修練陶冶的過程，才能逐漸擺脫規律的束縛，個人的創作才能揮灑自如。此即黃庭堅所說的「學工夫已多，讀書貫穿，自當造平淡。」

---

[148] 程杰：《北宋詩文革新研究》第十七章「宋詩『平淡』美的理論和實踐」（臺北：文津出版社，1996 年），頁 497-498。

（〈與洪駒父書〉）。通過鍛鍊的過程所造的平淡，更具內省的特質，更具有深厚的功力。而這與黃庭堅的江西詩派之注重句法也有相當深厚的關連。

　　身為江西詩派的重要人物，黃庭堅所謂江西句法與平淡美的內蘊有相當密切的關連。江西詩派所謂的句法，即「老杜句法」，尤其特指「老杜夔州以後詩」。[149]杜甫夔州以後詩，愈來愈重視句法的鍛鍊，老杜即自言「晚節漸於詩律細」不管是為晚唐皮、陸所摹仿的所謂「吳體」，[150]或是運樂府歌行之句法入律的所謂

---

[149] 關於黃庭堅與平淡美的關係，參考韓經太〈論宋人平淡詩觀的特殊指向與內蘊〉，《宋詩綜論叢編》。

[150] 「吳體」，根據張夢機先生《讀杜新箋——律髓批杜詮評》（臺北：漢光文化公司，1987年，頁150至154）所論，「吳體」之名始見杜集。杜詩中有一首〈愁〉，原註云：「強戲為吳體」，是為標舉吳體之始。吳體二字，自來解說紛紜，方回、紀昀二人，即有不同的看法，而近人郭紹虞與陳文華也曾詳為論列（郭氏之說見《照隅室古典文學論集》下篇「論吳體」，陳氏之說見《杜甫詩律探微》第二章「審音辨律」），綜合方、紀二氏的看法，在七言拗律中，必須全用古調而同時兼拗對或拗黏者，才稱吳體。陳氏認為拗律分為（一）句式：1.古調2.拗調；（二）體式：1.拗對2.拗粘，統稱為「律詩變格」。合句式與體式，即為「拗體變格」，就是「吳體」。唐人拗句約有兩種：一是律體未定以前之拗，即所謂古調；一是律體既定以後之拗，即所謂拗調。王士禎說：「唐人拗體律詩有兩種：其一，蒼莽歷落中自成音節，如老杜『城小徑仄旌旆愁，獨立縹渺之飛樓』諸篇是也。其二，單句拗第幾字，則偶句亦拗第幾字，抑揚抗墜，讀之如一片宮商，如許渾之『湘潭雲盡暮山出，巴蜀雪消春水來』是也。」（《分甘餘話》）王氏所論，前者為古調；後者乃拗調。吳體大抵運用古調，不止換一二字平仄，所以拗而不必救，後人讀之，遂覺其縱橫變化，不可端倪。拗黏拗對，乃律體的變格，一聯中出句與對句之平仄不相對，謂之拗對，如杜詩〈卜居〉的首二句；下聯出句與上聯對句之平仄不相同，謂之拗黏，如杜詩〈城西陂泛舟〉的首次聯。這些都屬於體式之拗。拗體詩必合古調與體拗者，才成所謂「吳體」。因此，老杜七律中可稱為吳體者，大約有十八首，其篇目為：〈題省中院壁〉、〈九日〉、〈曉發公安〉、〈晝夢〉、〈暮歸〉、〈題柏學士茅屋〉、〈七月一日題終明府水樓〉、〈白帝城最高樓〉、〈江南

「拗體」，[151]杜甫的創作在音節上已達到精工的地步了。然而，以黃庭堅為首的江西詩派所學習的不在「細」字上，而是「蒼莽歷落中自成音節」（王士禎〈居易錄〉）的拗體，其特點在於律細而奇，法精而拗，江西詩派所學的正是這點。江西詩派初始「用崑體工夫而造老杜渾全之地」（朱弁《風月堂詩話》），其後又自覺跳脫崑體的規模，而上追老杜，正由於不滿西崑而欲救之以樸拙瘦硬，即可看出江西詩派所謂的老杜句法的特定指向。因此，江西詩派對於老杜晚年不麗不工、瘦硬枯靜的作品特別加以讚賞。而這種格調獨特的句法，又被稱為簡易句法，黃庭堅所謂的平淡美，也正是建立在這個基礎上的。其說見於〈與王觀復書〉：

有懷鄭典設〉、〈崔氏東山草堂〉、〈望岳〉、〈早秋苦熱堆案相仍〉、〈鄭附馬宅宴洞中〉、〈立春〉、〈十二月一日三首之二〉、〈愁〉、〈灩澦〉、〈至後〉等。而吳體的來源，一般認為，是杜甫仿效南方吳地（今蘇浙地區）民歌聲調而作的，那是當時的俚俗體。杜公早年嘗遊吳越，應熟知「吳詠」的聲調，因此偶效歌謠之聲，以解聲律之縛，也是極有可能的。

[151] 「拗體」，根據張夢機先生〈杜甫變體七絕的特色〉（《思齋說詩》，臺北：華正書局，1977 年）所說，近體詩中凡平仄未依譜式規定者，便是「拗體」。拗體實分兩類，有的拗而能救，也算合律；另一種則「不止句中拗一字」（方回《瀛奎律髓》），且「全不入律」（紀曉嵐語），無一定規式。唐人之有拗體，不始於杜，然而莫盛於杜，杜甫之好以拗體入絕，恐怕是受著巴蜀民歌的影響。杜甫的絕詩，除了早期贈李白〈秋來相顧尚飄蓬〉一首，與創作時地猶待考定的三五首外，絕大部分作於入蜀以後。蜀中是竹枝的發源地，劉禹錫、白居易的竹枝詞都用巴蜀民間歌謠的聲調。民歌的特色，是感情真摯，語言樸素，聲調上不嚴守字聲，不協於詩家所謂的平仄。老杜居蜀十載，詩中既用許多巴蜀俚語，那麼以民謠聲調作絕句，也是意中之事。然而，杜甫精於詩律，入蜀以後，並曾自詡過「晚節漸於詩律細」，但何以又不顧聲律，喜用拗體呢？這一方面固然是受了當地民歌的影響，另一方面也因他不主故常的創作態度所使然。何況拗體的聲調，往往自發奇響，能在波峭奇崛中，得到律呂以外的韻味，同時，拗體生澀，格古骨峻，有時也可藥石流滑之病，杜甫以此成詠，遂造成他七絕聲調上特殊的音響。

> 但熟觀杜子美到夔州後古律詩，便得句法簡易而大巧出
> 焉，平淡而山高水深，似欲不可企及，文章成就，更無斧
> 鑿痕，乃為佳作耳。[152]

從這段話中，可以看出黃庭堅所謂的「平淡」，還必須連接「山
高水深」而論，透過簡易句法呈現最上乘的藝術技巧。換言之，
平淡詩美的先決條件，必須是先有簡樸的句法，注重句法的簡
易，其最終目的仍在達到所謂「平淡」的理想。「平淡而山高水
深」指的就是能夠寓壯闊於閒淡之中，以簡古制御繁富。除了讀
書以窮盡物理之外，另一方面便是以簡易句法達到命意曲折的瘦
硬風格，兩者結合之下，正好構成「平淡而山高水深」的意涵。
這就是黃庭堅對於平淡美的主要觀點。

　　從黃庭堅對於平淡觀念的看法，雖與老杜有相當密切的關
係，但黃庭堅對於淵明的看法，才是我們所要探究的重點。對於
淵明，黃庭堅在〈題意可詩後〉說道：

> 寧律不諧而不使句弱，用字不工不使語俗，此庾開府之所
> 長也，然有意於為詩也。至於淵明，則所謂不煩繩削而自
> 合者。雖然巧於斧斤者，多疑其拙，窘於簡括者，輒病其
> 放。孔子曰：「寧武子其智可及也，其愚不可及也。」淵
> 明之拙與放，豈可為不知者道哉。[153]

---

[152] 黃庭堅：〈與王觀復書〉，《豫章黃先生文集》（上海商務印書館，1965 年）
卷十九，頁 202。
[153] 黃庭堅：〈題意可詩後〉，《豫章黃先生文集》卷二十六，頁 295-296。

淵明是黃庭堅所師法的重要對象，這段對於淵明的評論，其重點在於「不煩繩削而自合者」，闡述淵明能夠自然而然的掌握創作規律，無意為文的特點相當明顯。因無意於為文，而顯出其佳妙處。所以，黃庭堅認為創作上的自然而然，不刻意為之，才能達到真正的平淡。其次，黃庭堅還認為陶詩的「拙與放」是一個相對的問題，端看衡文的標準如何。黃庭堅認為陶詩的語言風格，是「巧於斧斤者，疑其拙；窘於簡括者，輒病其放」，可見衡文標準的不同對於詩歌的評價實有天壤之別。

不過，黃庭堅還認為陶詩的平淡與老杜稍有不同。黃庭堅認為只有嫻熟於創作規律，才能做到無意為文，才能自然而然的達到簡易平淡，老杜即屬於此類已雕已琢後歸於平淡的類型。但淵明的平淡非由雕琢反樸而來，而是本於自然如此，與老杜的平淡是不一樣的。然而，淵明非由雕琢反樸而來的平淡，又如何合於江西之法呢？黃庭堅的詩學固然強調學問功力與豐富的鍛鍊，然而其詩學理想實踐的最終目的，乃在於「詩成後境界」，所以黃庭堅有「拾遺句中有眼，彭澤意在無絃」（〈贈高子勉〉）之語，正說明詩家次第由「法度」以至於「自由」的兩個不同階段。而陶詩「不煩繩削而自合」的平淡自然，正是黃庭堅所謂詩成後的自由境界了，也就是以直尋為主的詩風。於此，陶詩的平淡才顯出它特有的價值。

因此，黃庭堅對於陶詩直尋的風格相當讚賞。如〈論詩〉中也提到：

> 謝康樂、庾義成之於詩，爐錘之功不遺力也。然陶彭澤之
> 牆數仞，謝、庾未能窺者，何哉？蓋二子有意於俗人贊毀
> 其工拙，淵明直寄焉耳。[154]

在此，黃庭堅肯定了淵明「直寄」的特點，可見黃庭堅在強調句
法規律之外，也特別注意自然而然的創作表現。謝、庾二人因有
感於他人的讚毀，於字句的雕琢特別不遺餘力。相較於淵明的「直
寄」，更可以看出黃庭堅對於創作的自由精神亦相當重視，淵明
的直寄，因為是真性情的流露而顯得珍貴。不只如此，平淡除了
展現真性情之外，更指向修養境界的高遠。如黃庭堅在〈書陶淵
明詩後寄王吉老〉中所說的：

> 血氣方剛時讀此詩，如嚼枯木。及綿歷世事，知決定無所
> 用智。每觀此篇，如渴飲水，如欲寐得啜茗，如飢啖湯餅。
> 今人亦有能同味者手，但恐嚼不破耳。[155]

黃庭堅提到閱讀陶詩的感受，他認為少年讀陶詩不覺其好，只有
到了老年時讀陶詩，才能體會其詩平淡的好處。此時「觀此篇如
渴飲水，如欲寐得啜茗，如飢啖湯餅」，乃平淡而有味。這裡所
展現的正是人生境界的曲折變化及修養境界的高低，若無深刻的
人生經驗，僅管陶詩中的文字簡單明白也很難理解。因此，「血
氣方剛時」，「如嚼枯木」；只有等到「綿歷世事」，「無所用智」

---

[154] 黃庭堅：〈論詩〉，《山谷外集》卷二十四，《黃庭堅全集》（成都：四川大
　　學出版社，2001 年 5 月），頁 1428。
[155] 黃庭堅：〈書陶淵明詩後寄王吉老〉，《山谷外集》卷二十三，《黃庭堅全
　　集》，頁 1404。

之時，有了豐富的人生經驗，才能體會陶詩中雖簡單而含意深刻的道理。因此，個人修養境界的高遠，對於理解黃庭堅的「平淡而山高水深」非常重要。其與蘇軾看法相同的正在於此處。所謂平淡美，在趨於成熟的老境時，其最終的理想才算完成。這種人情練達之後所到達的透脫境界，正是宋人心目中平淡美的極致。

平淡詩觀經過蘇、黃的理論深化之後，代表了平淡美的最高成就，同時也影響了當時文人。平淡不但是宋人普遍的詩境理想，「陶淵明」也成了宋人平淡理想的模範。非只蘇、黃二人以淵明為師，同時代其他文人，如王安石、晁補之、陳與義、陸游、范成大等人[156]，皆以陶詩為學習對象，詩作的平淡風格或多或少受到淵明的影響。與蘇軾一樣，詩人大多於生命逆轉的困頓中，從淵明的淡泊寧靜找到自己的心靈歸宿，而陶詩正好是陶淵明人格的載體，自然而然地陶淵明與陶詩便成為宋人所追摩的典範。換言之，平淡詩觀的盛行，促使淵明其人其詩成為宋人的學習典範。同時，由於淵明其人其詩的經典化，也使得平淡詩風愈加深化於宋人心目中。

（二）文化思想上的轉變

宋代陶學的轉變，另外一個重要原因就是文化實踐上的問題。以歐陽修為首的一批文人，雖不能隱逸卻對田園山林一直非常嚮往，所以歐陽修曾有置田潁州的打算，期待終有歸隱的一

---

[156] 參見本論文第三章第二節「對陶詩的學習」的論述。

日。[157]蘇東坡更是一輩子心嚮往之。[158]這些詩人都有一個共同的歸隱之夢，此乃名利爭逐之外所反射出來的另外一種嚮往。中國文人多有兩重性格，一重即所謂「文化性格」，一重即所謂「自然性格」。就文化性格而言，中國文人在文化教養下被型塑出一種觀念，即治國平天下、淑世濟民以實現自己的功名，這是中國文人積極的一面。另一方面，則又希望能夠得到個人的自由閒逸。這兩重性格經常在心裡形成衝突，當他們得意為官時，自然有聲有色；不順遂時，隱逸夢想自然就浮現出來。這就是文人的兩個主要面相。換言之，儒家文化所代表的是知識分子積極進取的一面，道家所代表的是嚮往自由的一面。所以，廟堂與山林是文人的兩個夢的世界，一個是廟堂中實現功名的夢，一個是退回山林自由自在的夢。

　　循此，我們可以觀察宋代文人在這樣的文化實踐中，是否與淵明有著相同的嚮往？而宋代講究平淡詩風的一群詩人，他們在文化實踐上，是否不斷突顯其歸隱的心願？這是我們面對平淡理想所要探究的重要議題。

　　據此，我們以某一群士大夫文人為主要的考察對象。對這一群人之出身、階層及思想觀念的來源進行探討，將有助於我們理解平淡理想的形成。

---

157 皇祐二年（1050），歐陽修四十四歲時，與好友梅堯臣相約買田潁上，作為將來的退隱之地。

158 蘇軾〈次韻送張山人歸彭城〉高唱隱逸之歌：「何日五湖從范蠡，種魚萬尾桔千頭。」。

1.宋代文人的出處行藏：

宋代文人普遍地以歸隱為人生實現自我的表現方式，從文壇領袖到一般士人，對於出處行藏的趨向，不約而同的以林泉山壑為依歸。在此，所謂的平淡生活得以實現，對於淵明的愛慕則更是有增無減。淵明所代表的平淡風格，與宋人所希求的平淡生活正好聲息相通，淵明因此成為宋人心目中的典範。在宋人的文化實踐中，平淡美的形成，與士人的嚮往平淡生活的心願，著實有相當密切的關係。

據此，宋代文人對於隱逸的夢想，多於仕途不遂之際所產生。一旦存有歸隱的念頭，即使不一定成為真正的隱士，他們在詩歌創作中，也會不自覺的流露出平淡自適的韻味。「隱士」的「士」，即有文人（詩人）的含義在內。同時，宋代的隱士也大都是文人；文人一旦退隱，不只繼續創作，更將全副心力從事於創作。許多文人質量均優的作品多產生於退隱時期。循此脈絡，我們發現宋代文人於退隱山林時，其創作風格多傾向於清遠平淡一路，如王安石晚年的清麗小品、辛棄疾廢居時的閒適詩作等。此時，淵明便很自然的成為宋代文人心理依託的對象。

宋代文人正如同一般的中國文人一樣，也有仕與隱的兩個人生大夢，並深受此理想的影響。宋代重文輕武的國策，使得絕大多數的文人，都有出仕的機會，懷抱著「致君堯舜上，再使風俗淳」的理想踏上仕途。一旦厭倦官場的勾心鬥角，或是政治理想受挫時，幾經波折浮沉，「隱」的念頭便不期然的躍上心頭。於是，梅堯臣便有如是的夢想產生：「我心雖有羨，未遂平生欲。

更期畢婚嫁，方可事岩麓。買山須買泉，種樹須種竹。泉可濯吾
纓，竹可慕賢蠋。此志應不忘，他日同隱錄。」(〈寄光化退居李
晉卿〉) 而歐陽修的買田穎上，也是一種忐忑不安的思歸之心所
致。同樣的，蘇軾也曾暗問自己：

> 幾時歸去，作個閒人。對一張琴、一壺酒、一溪雲。[159]

有時也不免否定用世的意義：

> 蝸角虛名，蠅頭微利，算來著甚干忙！[160]

可見，為官思隱的心情，對於身處廟堂之上的文人，永遠是心靈
自由的最重要追求。他們在出仕前後或仕宦中，都曾有一段閒居
的日子。即使並未真正隱居，心中對於閒居隱逸的生活同樣充滿
想望，其實與隱士的情調也相去不遠。陸游就曾經在心中鉤勒過
隱逸生活的藍圖：

> 舍北有魚磯，下臨清溪流。柳陰出朱橋，蓮浦橫蘭舟。蓴
> 絲二三畝，采掇供晨羞。魚蝦雖瑣細，亦足贍吾州。人生
> 常如此，安用萬戶侯？綠簑幸可買，金印非所求。[161]

楊萬里也曾在仕途中，因為畏懼，油然生起退藏的念頭：「深居
金馬玉堂之近，而有雲嶠春臨之想；職在獻納論思之地，而有瀟

---

[159] 蘇軾：〈行香子──清夜無塵〉，《東坡樂府編年校注》(臺北：華正書局，
 1993 年 8 月)，頁 494。
[160] 蘇軾：〈滿庭芳──蝸角虛名〉，《東坡樂府編年校注》，頁 191。
[161] 陸游：〈讀蘇叔黨汝州北山雜詩次其韻〉，《劍南詩稿》卷四十四，《陸放
 翁全集》，頁 654。

橋吟哦之色。」(〈萬居記〉)僅管信奉儒家的文人視經濟致用為人生正途，但難以把握的政壇風雲，卻常令他們憾恨不已，亟思退隱的心願從來沒有停歇。

宋代仕途風波險惡，使得官吏飽嘗宦海沉浮、遷謫流離之苦。如宋代激烈的黨爭，使得一些失利的官吏不得不走入隱者之列。在此起彼伏的殘酷鬥爭之下，大部分為官的宋代文人，或遭貶謫，或被流放。如歐陽修一生以風節自持，卻數度遭遇誣篾，直到治平三年（1066）六十歲時，受到政敵的攻擊，真正領略到仕途的兇險，便上書求退，終於回歸潁上，過著「六一居士」的退隱生活。蘇軾於仕途的顛危，更是幾度遭貶，一在黃州（元豐三年至元豐七年（1080－1084））、二在惠州、儋州（紹聖元年至元符三年（1094－1100）），愈來愈遠離京師，終至瘴癘之地，前後達十多年。徽宗時，黃庭堅與執政趙挺之發生衝突，趙挺之便指使彈劾黃庭堅的〈荊州承天院塔記〉有「幸災謗國」之意，撤銷黃庭堅的一切職務，遷謫宜州編管。辛棄疾亦於淳熙八年（1181）冬，遭諫官王藺誣告他「用錢如泥沙，殺人如草莽」（《宋史‧本傳》），使他遭到罷官的處分，退居上饒帶湖（淳熙九年至慶元二年（1182－1196））及鉛山瓢泉（慶元二年至開禧三年（1196－1207）），前後長達二十年。

除了牢騷與憾恨之外，當無情的宦途已消磨掉大半的雄心壯志時，他們便猛然醒悟，還是歸田好。於是，一代名相王安石回到鍾山腳下的半山園，過著「數間茅屋閒臨水，窄衫短帽垂楊裡」（〈菩薩蠻〉）的閒淡生活，找尋心靈上的歸宿。曾經氣吞胡虜的陸游打消「萬里覓封侯」的壯志，投去戎策，在湖山間當一位無

名漁父。辛棄疾也收拾起整頓乾坤的豪情，與白鷗訂盟，「只消山水光中，無事過這一夏」（〈醜奴兒近〉），將自己諸多心事，付與高山流水。可見，大部分士人面對功名挫敗之後，無不走向林泉溝壑之中，以求保有身心的自由。

除了身體力行之外，宋代部分文人雖未完成其歸隱心願，也都曾心嚮往之。如陽陽修、黃庭堅、蘇軾等人仕途浮沉，幾番遭貶，一再困頓，最後雖未達成歸隱的心願，但仍然相當嚮往田園山水的生活，這從他們的言行中即可窺知。

宋代這一批文人，在飽嘗遷謫流離之苦時，大都持續創作；而長期退居的生活中，文學作品的質量也大幅增長，許多文人的創作風格，多在此時形成一特有的傾向，即沖淡清遠的詩風。如蘇軾後期的平淡詩風，王安石晚年的清麗小品，辛棄疾中年以後的閒適作品，都是在謫遷之後的閒居生活中所成就的。職是，我們發現這一批失意文人，都有一個共同蘄向，即對淵明的認同與推崇。透過對淵明的認同，使他們找到心靈的慰藉。另一方面，則是落實平淡的詩學理想。因此，遷謫時期的文人，平淡清遠的詩風與對淵明的認同之間有著密不可分的關連。

循此，歐陽修貶謫滁州時，自號「醉翁」，晚年歸居潁上時，又自號「六一居士」，可見他不只愛酒，也有隱士的心態，對於淵明的喜愛，也成了他晚年生活中一個重要的精神依託。因此，他說：

　　　　幽閒靖節性。[162]

　　　　吾見陶靖節，愛酒又愛閒。[163]

由此可充分看出歐陽修對淵明的響慕。除此之外，晚年的歐陽
修和淵明一樣有琴隨身，並從琴聲中得其雅趣，正如他所說的：

　　　　吾愛陶靖節，有琴常自隨。[164]

由此可見，歐陽修深慕淵明的人格風範。他對陶詩雖無評論，但
對於平淡詩風的讚揚仍不遺餘力。[165]

　　對蘇軾而言，無論在惠州或是儋州，淵明都是他最為企慕的
精神導師。早在通判杭州時，他就寫下了對淵明的企慕：

　　　　不獨江天解空闊，地偏心遠似陶潛。[166]

貶謫黃州時，蘇軾更加欣賞淵明，其作品中即有大量詠陶讚陶
之作：

　　　　夢中了了醉中醒。只淵明，是前生。走遍人間，依舊卻躬
　　　　耕。[167]

---

[162] 歐陽修：〈鶴聯句（范仲淹、滕宗諒慶曆三年）〉，《歐陽修全集》（北京：
　　中華書局，2001年）卷五十四‧居士外集卷四，頁774。
[163] 歐陽修：〈偶書〉，《歐陽修全集》卷五十四‧居士外集卷四，頁776。
[164] 歐陽修：〈夜坐彈琴有感二首呈聖俞〉，《歐陽修全集》卷八‧居士集卷八，
　　頁129。
[165] 如歐陽修對梅堯臣的平淡詩風即有佳評：「聖俞覃思精微，以深遠閒淡為
　　意。」（《六一詩話》），對於平淡詩風的推動，歐陽修也有貢獻。
[166] 蘇軾：〈監洞宵宮俞康直郎中所居四詠──遠樓〉，《蘇東坡全集》前集卷
　　六，頁99。

當他離開黃州前往汝州時，他說：

> 淵明吾所師。[168]

總之，蘇軾對淵明讚不絕口。當他謫知揚州時開始追和陶詩，〈和飲酒〉二十首即在此時完成，這也是他最早追和的陶詩，如其一：

> 我不如陶生，世事纏綿之。云何得一適，亦有如生時。寸田無荊棘，佳處正在茲。從心與事往，所過無復疑。偶得酒中趣，空杯亦常持。[169]

謫知定州時，蘇軾與李之儀等論陶詩，為「種豆南山下，草盛豆苗稀，晨興理荒廢，帶月荷鋤歸。」（〈歸園田居〉）的生活而相與嘆息。總之，政治上的失意，「一生凡九遷」的生活經歷，內心動盪不安，使得東坡與淵明產生共鳴。南遷時，他只隨身攜帶陶、柳文集，視為南行「二友」（〈與程全父書〉）。不只如此，蘇軾還實現了他謫知揚州時的心願，在儋州大和陶詩，不僅每篇皆和，還有一篇和兩次的（〈東方有一士〉、〈連雨獨飲〉），乃至三次（〈歸去來辭〉），總共完成〈和陶詩〉109 首。在〈和東方有一士〉詩後自注，他甚至說道：

> 我即淵明，淵明即我也。[170]

---

[167] 蘇軾：〈江城子——夢中了老醉中醒〉，《東坡樂府編年校注》，頁 188。

[168] 蘇軾：〈陶驥子駿佚老堂二首〉，《蘇東坡全集》前集卷十三，頁 194。

[169] 蘇軾：〈和飲酒〉其一，《蘇東坡全集》續集卷三，頁 78。

[170] 蘇軾：〈和東方有一士〉詩後自注，《蘇東坡全集》續集卷三，頁 85。

由此可見，蘇軾對於淵明愛慕之甚。此時所完成的 109 首〈和陶詩〉，也是蘇軾後期平淡詩風的代表作品。[171]

　　辛棄疾對於淵明的認同，也是出現於其閒居時期。這同時也是他一生創作最旺盛的時期。他也如蘇軾一般讚美淵明，引為師友：

　　　　陶縣令，是吾師。[172]

　　　　傾白酒、繞東籬，只於陶令有心期。[173]

　　　　老來曾識淵明，夢中一見參差是。[174]

對淵明的尊仰取法可見一般。總計辛棄疾的作品中，淵明是出現次數最多的人物，直接涉及淵明其人其事的達四十五處之多。[175]可見他對於淵明的鍾情程度。除此之外，辛棄疾對於陶集也愛不釋手：

　　　　讀淵明詩不能去手。[176]

並且曾經追和陶詩：

---

[171] 蘇軾平淡詩作的介紹，參見本論文第三章第一節「對陶詩的學習」。

[172] 辛棄疾：〈最高樓——吾衰矣，須富貴何時〉，《稼軒詞編年校注》（臺北：華正書局，1989 年 3 月），頁 279。

[173] 辛棄疾：〈鷓鴣天——戲馬臺前秋雁飛〉，《稼軒詞編年校注》，頁 472。

[174] 辛棄疾：〈水龍吟——老來曾識淵明〉，《稼軒詞編年校注》，頁 461。

[175] 張海鷗：《兩宋雅韻》（臺北：雲龍出版社，1996 年），頁 188-191 的統計結果所示。

[176] 辛棄疾：〈鷓鴣天——晚歲躬耕不怨貧〉序，《稼軒詞編年校注》，頁 476。

　　暮年不賦短長詞，和得淵明數首詩。[177]

　　更擬停雲君去，細和陶詩。[178]

然而其和詩並未傳世。除此之外，辛棄疾晚年所從事的文學創作中開始出現一些蕭散閒遠之作，描繪閒居生活的種種，頗有陶詩恬淡雋永的風格，愈到晚期愈為明顯。[179]

　　證諸史實，宋代文人除了在隱逸心願中，找到淵明這個典範，在學陶的共同蘄向上，還有飲酒一項。飲酒可說是歷代文人的最愛，宋代文人也不例外。懷抱儒家用世理想的文人，一旦懷才不遇，大多選擇歸隱山林。士人從茫然不知所措到退避遁世，經過相當漫長的心理歷程。飲酒不僅只是尋求感官的刺激，享受暫時忘世的陶然之樂，更是心理上極大的安慰，藉此營造幻境，寄託自己的懷抱。陶淵明就是這樣一個飲酒的典型人物，更是酒與詩的完滿結合體。因此，飲酒的意義對於山居田園的文人來說相當重要。詩、酒、田園是怡然於歸隱生活的必要條件，不如是，很難活得瀟灑淡然。宋代文人的飲酒情趣，也就是建立在這個心理基礎上。

　　歐陽修也是愛酒之人。仁宗慶歷年間，新政失敗後，歐陽修謫守滁州，在琅琊幽谷修築醉翁、醒心兩亭，晚年即自號「醉翁」。從貶謫滁州開始，歐陽修與酒結下不解之緣，「醉」字正表達了歐陽修縱情山水詩酒間的放逸之情。歐陽修嘗自述道：

---

[177] 辛棄疾：〈瑞鷓鴣──暮年不賦長短詞〉，《稼軒詞編年校注》，頁 530。

[178] 辛棄疾：〈婆羅門引──綠陰啼鳥〉，《稼軒詞編年校注》，頁 370。

[179] 辛棄疾平淡詩作的介紹，參見本論文第三章第一節「對陶詩的學習」。

四十未為老，醉翁偶題篇。醉中遺萬物，豈復記吾年。[180]

對歐陽修來說，酒是排遣憂悶之物，同時也是他放懷塵外、通向山水之樂的寄託，其傳世名作〈醉翁亭記〉便充分道出其愛酒之心實在酒外：

醉翁之意不在酒，在乎山水之間也；山水之樂，得之心而寓之酒也。[181]

可見他這一時期的詩酒吟放，主要是為了彌合心靈的創傷。在他來到滁州之後的作品中即反覆出現這樣的心情：

使翁之來，獸見而深伏，鳥見而高飛。翁醒而往兮醉而歸，朝醒暮醉兮無有四時。鳥鳴樂其林，獸出遊其蹊。伊嚶嚘唧唭於翁前兮醉而不知。[182]

因此，歐陽修之融於山水有一個過程，那就是必須能做到「忘爾榮與利，脫爾冠與緌。」（〈竹間亭〉），才能與鳥獸相諧而同樂，而酒正是致人遺忘之物，歐陽修在此突出的是「忘」字。歐陽修的走向山水，必須借助酒的力量，以自己的頹然忘我與鳥獸的自然無知相諧合，從而把握其心靈的自由。這樣的情景也在他的作品中一再出現，如：

---

[180] 歐陽修：〈題滁州醉翁亭〉，《歐陽修全集》卷五十三・居士外集卷三，頁756。

[181] 歐陽修：〈醉翁亭記〉，《歐陽修全集》卷三十九・居士集卷三十九，頁576。

[182] 歐陽修：〈醉翁並序〉，《歐陽修全集》卷十五・居士集卷十五，頁260。

　　野鳥窺我醉，溪雲留我眠。日暮山風來，吹我還醒然。[183]

　　在滁州這段日子的體驗中，「醉翁」二字正是歐陽修對自己綿歷世事之後的了悟。其後，熙寧三年歐陽修更自號「六一居士」，其〈六一居士傳〉中，提到自稱「六一」的內容，其中即包括「酒」：「吾家藏書一萬卷，集錄三代以來金石遺文一千卷，有琴一張，有棋一局，而常置酒一壺。」由此可見，歐陽修對於「酒」一物的確非常鍾情。酒在他晚年，成為精神生活的重要活動，正如淵明在他歸隱田園的晚年生活中，酒一直是不可或缺的良伴一樣。[184]

　　蘇軾對於酒更是格外鍾情，其酒名之盛為宋代文人之最。他寫了許多有關酒的詩詞，如：「明月幾時有，把酒問青天」（〈水調歌頭〉）、「人間如夢，一樽還酹江月」（〈念奴嬌〉）、「酒酣肝膽尚開張」（〈江城子〉）、「夜飲東坡醒復醉。歸來彷彿三更」（〈江城子〉）等，可見東坡的愛酒。除此之外，東坡對於酒中逸趣也很能掌握，雖然他並不善飲，但只要一盞在手，也能夠自得其樂，如：「我雖不解飲，把盞歡意足。」（〈與臨安令宗人同年劇飲〉）。此外，其〈和飲酒〉二十首自序也說道：

　　　　吾飲酒至少，常以把盞為樂。往往頹然坐睡，人見其醉，
　　　　而吾中了然。蓋莫能名其為醉為醒也。在揚州，飲酒過午
　　　　輒罷，客去，解衣盤礴終日，歡不足而適有餘。[185]

---

[183] 歐陽修：〈會峰亭〉，《歐陽修全集》卷五十四・居士外集卷四，頁 767。
[184] 歐陽修與酒的關係，參考程杰：《北宋詩文革新研究》（臺北：文津出版社，1996 年），頁 192 至 193。
[185] 蘇軾：〈和飲酒〉，《蘇東坡全集》續集卷三，頁 77。

可見，東坡認為即使「把盞」，也可以領略到飲酒的樂趣，不一定非要能飲，可見自得自適的境界亦在酒外。此正如歐陽修所謂「醉翁之意不在酒」，飲酒重在得到精神的自由境界。此外，其〈飲酒說〉兩篇中也有類似說法，其一曰：

> 予雖飲酒不多，然而日欲把盞為樂，殆不可一日無此君。[186]

其二曰：

> 飲酒雖不多，然未嘗一日不把盞。[187]

可見，東坡於飲酒一事所領略的完全是酒中深味，以自我的情趣為主。因此，東坡的飲酒正顯出其個人精神境界的開展，不拘形跡，無所掛礙，即瀟灑達觀的人格風範。

辛棄疾的詩酒風流，在宋代文人中也是相當醒目的。辛棄疾的酒詩（詞）大都作於他賦閒隱居的二十多年裡。離開官場之後，在淡泊的生活中自由的玩賞自然，酒在他的生活中自然扮演相當重要的角色。如〈賀新郎〉一詞：

> 一尊搔首東窗裡。想淵明，〈停雲詩〉就，此時風味。江左沉酣求名者，豈識濁醪妙理。[188]

---

[186] 蘇軾：〈飲酒說〉其一，《蘇軾文集》（北京：中華書局，1986 年）卷七十三，頁 2369。

[187] 蘇軾：〈飲酒說〉其二，《蘇軾文集》卷七十三，頁 2371。

[188] 辛棄疾：〈賀新郎——甚矣吾衰矣〉，《稼軒詞編年箋注》，頁 338。

可見，辛棄疾對於飲酒以遠世故、淡功名、解憂愁、樂山水之類
的「濁醪妙理」有著特別的敏感和穎悟。他從酒中找尋精神的依
託，與他鍾情於淵明的飲酒賦詩也有相當關係，此所以他一再於
詩詞中提到淵明。　辛棄疾酒與淵明聯結在一起的詩詞共有十幾
處，如：

> 愛酒陶元亮，無酒正徘徊。[189]

> 醉裡卻歸來，松菊陶潛宅。[190]

> 記醉眠陶令，終全至樂。[191]

可見辛棄疾對於淵明飲酒賦詩的瀟灑風流相當嚮往。他不僅讚美
淵明也讚美自己，既鍾情於醉意中的自由，也表現為詩境中的瀟
灑。辛棄疾對淵明的熱愛由此可見。

　　由以上宋代文人鍾情於飲酒來看，正與他們嚮往隱逸的心聲
相通。在這樣的生活氛圍中，平淡清遠的追求自然而然地體現在
他們的人格風格與詩文風格兩個面相上，從而使得淵明成為他們
心目中共同的文化蘄想。

　　綜合以上詩、酒、田園的嚮往中，可以發現淵明都是宋代文
人的最佳典範。換言之，宋代文人嚮往隱逸，追求平淡自然的人
格理想正好與陶淵明的形象相當符合。歸隱是宋代士人普遍的共
同願望；更重要的是，平淡美處處表現在他們的生活中。對於宋

---

[189] 辛棄疾：〈水調歌頭——千古老蟾口〉，《稼軒詞編年箋注》，頁 112。

[190] 辛棄疾：〈生查子——誰傾滄海珠〉，《稼軒詞編年箋注》，頁 164。

[191] 辛棄疾：〈沁園春——杯汝知乎〉，《稼軒詞編年箋注》，頁 313。

人而言，那不只是一種觀念而已，更是一種生活態度，並且是人格理想的最終追求。透過這樣的文化實踐，宋人將平淡自然的理想人格範型，落實在淵明身上。

2.宋代文人的思想來源：

在宋代以歐、蘇為主的一批文人中，平淡理想的完成，還與他們背後所承續的思想觀念有相當密切的關係。這一批文人的共同思想觀念是儒釋道三家融合的。對宋代文人來說，佛老莊禪的自然無為思想，特別是宋代的禪悅之風，對於文人的心理產生重大影響。

平淡理想的完成，其思想基礎在儒家「風乎舞雩」的閑適精神、道家自由消遙的境界以及禪家無所掛礙的自在灑脫。通過這三種思想來源對理想人格的操持，我們發現它們都有自適的人生郵向。宋代文人便置身於儒釋道三家合流的風氣中，逐漸開展出屬於自己的人格美學。

因此，除了傳統儒道思想中的閑適、自由之外，宋代的禪悅之風，對於文人所追求的平淡情趣也有相當大的影響。自六朝以來，儒、道、釋三家合流便成為中國文化思想發展的主要趨勢。到了宋代，這種文化發展已進入完全成熟的階段。尤其是士大夫階層裡，禪學老莊化，僧人士大夫化，使得儒、釋、道三家思想有更進一步的融合蛻變。[192]同時，更使得佛老莊禪得到更深入的融匯。換言之，僧人士大夫化的同時，就是士大夫禪悅之風的盛

---

[192] 張毅：《宋代文學思想史》（北京：中華書局，1995年），頁330。

行。而禪悅情趣也為宋代士大夫提供了一個保持心理平衡和人格完整的避居之地。

　　歐陽修早年曾寫過反佛老的《本論》，認為禮義為勝佛之本。[193]他晚年與盧山東林寺祖印禪師一席話後蕭然心服，最後「致士居潁上，日於沙門遊，因號六一居士，明其文曰《居士集》」(《佛祖統記》卷四十五)。不只如此，歐陽修以「六一居士」自居，曾表明自己擁有書、琴、棋、酒、金石遺文各一，自己處身其間，卻與五物合一，表示自己醉心其中，超然物外，亦有莊學忘我的境界。他說：

> 吾家藏書一萬卷，集錄三代以來金石遺文一千卷，有琴一張，有碁一局，而常置酒一壺，客曰：是為五一爾，奈何？居士曰；以吾一翁老，於此五物間，是豈不為六一乎！……吾之樂可勝道哉，方其得意於五物也，泰山在前而不見，疾雷破柱而不驚，雖響九奏於洞庭之野，閱大戰於涿鹿之原，未足喻其樂且適也。[194]

可見歐陽修的思想中也有著出世情懷。由他的「居士」稱號，即可發現他有意識的嚮往林下風流的莊禪妙境。

　　傑出的政治家王安石，素以天下為己任。暮年歸隱後，王安石在江寧鍾山的蔣山山莊研究佛學，用佛經寫《字說》，疏解《楞嚴經》，並融鑄佛典語以入詩。通過佛老的修持，以撫慰林泉生

---

[193] 以下參考葛兆光：《禪宗與中國文化》（臺北：里仁書局，1987 年），頁48。
[194] 歐陽修：〈六一居士傳〉，《歐陽修全集》卷二‧居士集卷二，頁140。

活中的心靈，其所寫空明寧靜的小詩亦多具禪趣。可見他的思想
面相是多元而深刻的。

才力雄大的蘇軾，其思想更是複雜而深刻，不只儒釋道三家
皆多所涉獵，並且能夠揉雜三家之學而呈顯出融通豁達的瀟灑自
在。儒家經世濟民的精神，一直貫串於蘇軾的主體思想中，但是
儒學思想中的獨善意識，他也有體會。如：

> 新恩猶可覬，舊學終難改。吾已矣，乘桴且恁浮於海。[195]

由此可知，儒家思維中孔子「乘桴浮於海」的夢想，蘇軾也心嚮
往之。對於出處進退的體認，傳承了屬於儒家閒適情懷的嚮往。
除此之外，蘇軾對於莊學的體會也相當深刻，在他許多詩文中都
有自在通達的表現。如〈超然臺記〉：

> 夫所為求福而辭禍者，以福可喜而禍可悲也。人之所欲無
> 窮，而物之可以足吾欲者有盡。……物非有大小也，自其
> 內而觀之，未有不高且大也。彼挾其高大以臨我，則我常
> 眩亂反覆，如隙中之觀鬥，又烏知勝復之所在。是以美惡
> 橫生，而憂樂出焉。可不大哀乎。[196]

，這是老莊安時處順且超脫窮達的人生觀，而這種意識在蘇軾的詩
文中也不時可見。如：

---

[195] 蘇軾：〈千秋歲──島邊天外〉，《東坡樂府編年箋注》，頁 522。
[196] 蘇軾：〈超然臺記〉，《蘇東坡全集》前集卷三十二，頁 385-386。

> 東坡信畸人，涉世真散材。仇池有歸路，羅浮豈徒來。踐
> 蛇及茹蠱，心空了無猜。攜手葛與陶，歸哉復歸哉。[197]

忘情於人生的得失，對於世事變幻的態度，流露出蕭散達觀的超
然；而淵明正是他心靈深處孺慕的對象。而蘇軾與禪學的關係更
是緊密，他與禪僧們的來往極為頻繁。不只如此，蘇軾還真正的
篤信禪旨，不僅寫過《讀壇經》，也對《六祖壇經》說「法、報、
化三身」進行闡發和補充。他還學禪僧口吻，與禪僧們大掉機鋒，
由蘇軾「楞嚴在床頭，妙偈時仰讀」（〈次韻子由浴罷〉）的詩句，
更可見他對禪學的興趣。接受禪學對蘇軾而言，使他在面臨生命
的轉折時，仍能保持心境的適意。而浸淫禪學也在蘇軾的思想上
發生重大影響，如：

> 身心兩不見，息息安且久。睡蛇本亦無，何用鉤與手。神
> 凝疑夜禪，體適劇卯酒。我生有定數，祿盡空餘壽。枯腸
> 不飛花，膏澤回衰朽。謂我此為覺，物至了不受。謂我今
> 方夢，此心初不垢。非夢亦非覺，請問希夷叟。[198]

此詩中「非夢亦非覺」的禪思玄意表達得相當清楚。這種虛靜無為
的禪學思想對於他的生活心境，尤其有著放懷自適的意義，如：

> 蝸角虛名，蠅頭微利，算來著甚乾忙。事前皆定，誰弱又
> 誰強。且趁閒身未老，須放我，些子疏狂。百年裡，渾教
> 是醉，三萬六千場。[199]

---

[197] 蘇軾：〈和讀山海經〉，《蘇東坡全集》續集卷三，頁82。
[198] 蘇軾：〈午窗坐睡〉，《蘇文忠公詩集》卷四十一，《蘇詩彙評》，頁1788。
[199] 蘇軾：〈滿庭芳——蝸角虛名〉《東坡樂府編年箋注》，頁191。

這種疏放曠達的心境，呈現一種於逆境中泰然自若的情態。對於人生價值的恆定，蘇軾找到了淵明「縱浪大化中，不喜亦不懼。」（〈神釋〉）的委運任化的心境。

　　黃庭堅也是一位博覽六經，出入釋老的文人。而他長期浸染儒學中，對於安貧樂道的孔顏樂處精神深有所感，如：

> 少小長母家，拊憐輩諸童。食貧走八方，略已一老翁。不能成宅相，頗似舅固窮。[200]

在此黃庭堅所展現的是對於儒家出處觀念的追隨。因此，視富貴若浮雲的淡泊也在他心中產生作用：

> 不為五斗折，自無三徑資。[201]

可見淵明淡泊自適的襟懷，使黃庭堅頗為心折。而他的固窮，雖以安貧樂道自處；但真正令他豁然開朗的，還需憑藉莊老的達觀，將好惡窮通置諸身外。因此，黃庭堅也相當喜愛老莊，如：

> 身隨草木化，名與太山俱。[202]於此吾忘我，從誰尺直尋。[203]

---

[200] 黃庭堅：〈庭堅得邑太和六舅按節出同安邂逅於皖公溪口〉，《山谷外集》卷八，《黃山谷詩集注》（臺北：世界書局，1960 年 10 月），頁 310。

[201] 黃庭堅：〈次韻奉送公定〉，《山谷外集》卷四，《黃山谷詩集注》，頁 254。

[202] 黃庭堅：〈次韻楊明叔〉四首，《山谷內集》卷十二，《黃山谷詩集注》，頁 130。

[203] 黃庭堅：〈次韻德孺感興〉二首，《山谷內集》卷十九，《黃山谷詩集注》，頁 195。

從這些想法當中，可以明顯看到莊子「安時而處順，哀樂不能入」（〈養生主〉）的精神對黃庭堅所產生的影響。除此之外，黃庭堅於禪學方面的接觸也相當深入。他曾投入黃龍派嫡傳弟子誨堂祖心禪師以及祖心弟子死心悟新禪師的門下聆聽禪旨，並承另一位禪師法秀教誨，「竦然悔謝，勵精求道」（《水月齋指月錄》卷二十五），而不再寫「豔詞」──愛情詞。在他寫給朋友的詩中也一再表現他所領悟的禪理，如：

> 萬事同一機，多慮乃禪病。排悶有新詩，忘蹄出兔徑。蓮花生淤泥，可見嗔喜性。小立近幽香，心與晚色靜。[204]

由此可見，黃庭堅出入釋老對於其人生思想的確有相當大的影響。[205]

至於宋儒性命之學注重性情修養的部分，對於我們理解宋代的平淡理想，也有指向性的意義。誠如韓經太所言：

> 宋明理學家都將所謂的「孔顏樂處」視作人生最高境界，而這種境界又通過他們對「吾與點也」的新解釋，而表現出如邵雍〈安樂吟〉之所謂「風月情懷，江湖性氣」那樣的內容。明代袁宏道說：「顏之樂，點之歌，聖門之所謂真儒也。」[206]

---

[204] 黃庭堅：〈次韻答斌老病起獨遊東園〉，《山谷內集》卷十三，《黃山谷詩集注》，頁 136。
[205] 參考葛兆光：《禪宗與中國文化》，頁 52。
[206] 韓經太：〈論宋人平淡詩觀的特殊指向與內蘊〉，《宋詩綜論叢編》，頁 393。

宋儒對於「孔顏樂處」與「吾與點也」的確立，突出了儒學中通達的閒適精神，為宋代文人開闢出一條新的人生歸途。對於儒學的新理解，使得蕭散淡泊的人格理想成為宋代文人的主流情態。韓經太又認為在援佛入儒的宋代理學中，即使是身為理學大師的朱子，其論詩也有蕭散淡遠的意趣：

> 身為理學大師的朱熹，其論詩固主張「是以古之君子，德足以求其志，必出於高明純一之地，其於詩固不學而能之」，而其所謂「高明純一之地」，卻又透出其所謂「蕭散之趣」。他說：「漱六藝之芳潤，以求真淡。此誠極至之論。」於是，當他評說李白〈古風〉和杜甫〈秦蜀記行〉及〈遣興〉、〈出塞〉諸詩時，便只稱其「自有蕭散之趣」。蕭散者，蕭散淡泊而恬適放散之謂，……。[207]

由此可以看到性命之學的精神，對宋代文人的人格追求與詩學理論的影響。因此，宋儒的性命之學，其最大意義在於視「孔顏樂處」為人生最高理想，從而使得宋代文化精神指向「平淡清遠」一路。

綜合上述，宋代文人禪悅之風的盛行及禪學思想的普及，使得宋代文人蘄向疏曠清遠的精神。但這並不表示傳統的儒家思想已從宋代文人的心中消失，其實儒家修身齊家治國平天下的經世思想仍然頑強的佔據著士大夫的心靈深處。於是歐陽修、蘇軾、黃庭堅以及王安石等人，都以入仕為先，也都曾有過一番經國大志。然而，儒家的修身在於以名教綱常維繫社會的穩定，具有一

---

[207] 同前注，頁 392-393。

定的規範性及約束力，當士大夫在經世活動中遭遇種種現實挫敗時，往往亟需一個心靈歸宿。這時儒家「孔顏樂處」以及「風乎舞雩」的自然嚮往便被突顯出來，進而與道家的消遙自在、禪宗的心性本覺合流。換言之，在政教思想的挺立之外，士大夫們生活情趣的另一面價值，實由儒釋道融合的人生哲學所成全。

　　循此，宋代士大夫在儒、道、釋三家思想的人生哲學中，找到一條保持內心平衡的道路，也就以平淡美為人格理想的最高指標。綜合上述，「平淡美」正是從傳統文化中所孕育出來的一種人文精神。它經由儒家「風乎舞雩」的自在、道家的消遙自由以及禪宗的自我解脫三者嫁接融合，乃逐漸在士大夫的心靈裡累積沉澱，進而與士大夫自然淡泊的生活情趣相混合。到了宋代更是自然而然的成為一種人生哲學。這種趨向清靜恬淡的審美情趣，也就是宋代士大夫所追求的最高藝術境界。誠如葛兆光所言：

　　　　盛唐之後，士大夫對於社會普遍的虛幻、失望情緒，使得他們的心理表現出愈加封閉、內向的趨勢，性格上也變得細膩、敏感、脆弱，僅管千百年來儒家正統的「入世」哲學和「揚聲立名」的願望，仍然在表面上支配著他們的外在活動，使他們依然循著舊路入仕、參政、讀聖賢書、正襟危坐，但內心世界中，這些東西已經黯然無光，退避一旁，追求享樂的本能和頤養天年的願望，混合了自古以來就被允許與讚賞的隱居避世、獨善其身哲學，在禪宗追求自我精神解脫為核心的適意人生哲學與淡泊、自然的生活情趣的推波助瀾下佔據了心靈，雖然它被隱藏在意識的深

> 處，但比起口頭上冠冕堂皇承認的正統人生哲學來，它更
> 有力的支配著士大夫的審美情趣──一種追求「幽深清遠
> 的林下風流」的審美情趣。[208]

這種幽深清遠的審美情趣，正是宋代士大夫身上所散發出來的一種瀟灑自在的精神。就人格理想而言，宋人所標舉的這種平淡美，是個人在超越了榮辱窮達之後所達到的一種精神自由的境界，更是洗淨鉛華之後的豐盈寬厚，正如黃庭堅所謂「平淡而山高水深」的境界。

在宋代文人的眼中，陶淵明正好就是看似平淡，實則山高水深的理想人格典範。淵明其人其詩完整的呈現出這種理想的境界，其平靜祥和、瀟灑淡泊的風神氣韻，實現了獨立的生命價值。這也正是宋代文人所追求的生命價值，歷代（南北朝至唐代）以來，宋人最懂陶淵明的平淡，其關鍵在於將平淡付諸實踐，特別是人生理想的實踐。而這也就是唐人學陶的不足處，誠如張海鷗所言：

> 其實真正懂得並理解陶淵明詩品之平淡內涵並非難事，難
> 的是將其付諸自己的人生和藝術實踐，尤其是人生實踐。
> 唐人不難在藝術中追求平和淡遠的風格，卻難於在生活中
> 追求平淡的人生境界。宋人也一樣，大多數文人士大夫首
> 先追求的生存境界也不是平淡，而是事功。但宋代一批最
> 有影響力和代表性、足以開一代審美新風尚的文化人卻將

---

[208] 葛兆光：《禪宗與中國文化》，頁 143-144。

> 平淡美推崇為最高級、最老成的審美境界，視之為藝品和
> 人品的極致，並且比唐人更自覺自願地付諸人格實踐和藝
> 術實踐。因而陶淵明其人其詩的意義在宋代得到了最充分
> 的發明，他平淡的詩品和人品成為宋人學習的典範。[209]

據此，宋代文人所追求的平淡美，可說是文化自覺下身體力行而成形的。透過對淵明的學習，也使得平淡的人格美得以普遍的發揚。就文化思想的轉變而言，宋代文人對於淵明的抉擇正是透過其文化實踐所完成的平淡觀念下的一種用心。

綜合以上論述，我們可以肯定：由於宋代中期，文人反對華麗的詩風而提出平淡自然的理想詩觀，以及在老莊及禪學影響下，文人對山水田園的嚮往，使得淵明成為他們所抉擇的一個典範人物。就此而言，我們可以看到，中國人在形成某種觀念與主張時，往往強調「典型在夙昔」，向過去的歷史尋求典範，做為該觀念或主張的標榜。宋代就以陶淵明做為他們所要標榜的對象；陶淵明正好就是完滿的實現宋代文人平淡觀念的一個典型人物。

這裡所謂「完滿實現」的觀念，包括兩個部分：一是陶淵明的文化實踐中對於自然田園的追求這部分的意義，屬於隱逸文化的典範。宋代文人即使不能真正如陶淵明一樣的完成歸隱的心願，也都曾心嚮往之，亦常有一些類似的言行。二是陶淵明所寫的詩又正好實現了他們理想詩觀中的平淡自然。所以，陶淵明其

---

[209] 張海鷗：《兩宋雅韻》（臺北：雲龍出版社，1996 年），頁 36。

人其詩兩方面，都正好符合宋代文人在文學創作及文化實踐上的
理想範型。

三、宋代陶學轉變的意義

　　宋代文人幾經選擇，將平淡自然的文學典範落實到陶淵明身
上，並將陶詩本身的藝術性推到極致，其人格風格與語言風格的
合一，也在宋代文人的闡發中得到完整的認識。基本上，宋代文
人對陶淵明其人其詩的抉擇與推崇，已建立了一個新的文學典
範，也就是「陶體」的成型。誠如韓經太所言：

> 任何一個時代的美學觀念，都將典型地體現在對審美理想
> 的確認上，而任何理想的確認，都同時表現為對歷史的評
> 價，也就是通過對歷史上美感類型的經典化選擇，來反映
> 其美學觀念的價值取向。[210]

據此，宋代文人將他們的平淡理想落實在淵明及其詩文，不只表
現出宋代文人對淵明及其詩的高度尊崇，充分肯定淵明的地位。
同時，也反映出宋人美學觀念上的價值取向。就此而言，淵明這
一文學典範，應有不同於歷代（南北朝至唐代）以來的發展意義。
　　陶詩在宋代成為新的文學典範，其意義在於建立了平淡美的
範型。本論文第二章第二節曾經就此做過簡要的論述。就唐代對

---

[210] 韓經太：〈宋人美學觀念的結構分析〉，《第一屆宋代文學研討會論文集》
（高雄：麗文文化公司，1995 年），頁 377。

於淵明及其詩的接受而言，已初步建立了典範的雛形，相較於南北朝時代的接受情形來說，淵明及其詩的地位獲得長足的進步。然而，相較於宋代文人對於淵明及其詩的尊崇，唐代所接受的層面仍顯得有所不足（如前引張海鷗所言）。循此，唐代對淵明及其詩的最大貢獻在於肯定他「詩人」一面的價值，而宋代文人對淵明及其詩的推崇，則表現在完成「典範化」的意義上。因此，就接受美學而言，這種接受的變動情形，是在歷時性的時間發展中有以致之的一種現象，它往往牽涉到一個更為廣泛的並時性因素，即該時代中讀者普遍的審美趣味及文化實踐諸問題的影響。所以，證諸宋代文人在文學發展及文化實踐中所陶洗出來的平淡理想，我們發現：淵明及其詩的典範化過程，還必須置諸深廣的文化意義上去完成。這就是宋代文人接受淵明較唐代更為深入的原因。

　　因此，對於「陶體」這一文學典範所呈現的意義，必須置諸宋代文人所建構起來的平淡美學觀念去理解。我們認為淵明及其詩的典範意義，在於完滿的實現了宋人所謂的平淡美這一理想。就這個意義而言，淵明其人其詩所表現出來的風格：「一是歷時建構性的老造平淡而漸近自然，一是共時建構性的平淡而山高水深。」[211]而「老造平淡而漸近自然」及「平淡而山高水深」分別是蘇軾及黃庭堅所提倡的觀念，也是宋人平淡理想中最為重要的兩個觀念。這也正好標示了淵明及其詩所呈現的風格。據韓經太的解析，平淡美的這兩個面相剛好說明了兩個問題：

---

[211] 同前注，頁 370。

第一、平淡，不是對崢嶸與絢爛的否定，而是超越，這種
超越也絕不只是理論上的價值給定，而是有著兩方面的經
驗基礎，其一是「漸老」所含蘊之「少小愛風花，老大即
厭之」的審美心理之自然變化，其二是「漸熟」所含蘊之
之從刻意到無意的技法入神而無法之造語，兩相結合，便
是黃庭堅所謂的「須要年高手硬，心意閒淡，乃入微耳」，
總之，這是對平淡之美歷時生成機制的生動描述；第二，
正像「璧美何妨橢」一樣，平淡美理想之結構乃辯證之結
構，山高水深中自有奇麗詭怪，其變態可以百出，而無妨
於平淡正體之為中樞，正是這種理想本身的兼容性和正變
不二的原則，才使宋人之平淡觀不流於排斥眾調之單調，
總之，這是對平淡理想之共時結構的有力闡釋。[212]

因此，宋代文人的平淡美，通過歷時性及共時性兩重因素的闡
釋，建構出宋代文人處於歷史傳統中所實現出來的人格理想。並
且將淵明及其詩視為平淡理想的具現，經過對淵明及其詩的尊崇
及提升，完成一個新的文學範型。

　　總而言之，淵明及其詩的平淡美，最能體現宋代文人的平淡
理想，透過蘇、黃二人的理論闡釋，陶詩在宋代文人眼中被列入
「正」的範疇，以其能充分表現平淡自然的最高境界而不失優雅
的品格，較諸白居易的平淡卻無味，無疑地，陶詩的情感表達正
好符合「正」的標準，使得宋代文人自然而然的尊陶詩為經典。

---

[212] 韓經太：〈宋人美學觀念的結構分析〉，《第一屆宋代文學研討會論文集》，
頁 370。

此經典化的完成，正是宋代文人在文化傳統中，讓主體人格推向成熟階段的自然發展，在平淡簡潔中寓含深刻飽滿的意蘊。這也就是宋代陶學轉變的最大意義了。

四、小結

綜合宋代陶學轉變的原因及其意義，可以發現一個事實：對於淵明及其詩的推崇，並非只出於某一兩個詩人的個別喜好，而是宋代文人共同抉擇之下的結果。更重要的是，宋代這一批選擇淵明為典範的文人，是在文化傳統的實踐當中，提鍊出宋代特有的平淡美理想，並且自然的以淵明為最佳選擇。在這種抉擇過程中，淵明其人其詩所呈現的典範意義，就不是唐代以前所表現的那麼片面了。我們必須注意到：對於淵明及其詩的典範意義，還應該將其置諸文化思想的發展層面上去觀察。因此，我們認為宋代陶學轉變的意義，在於證成了淵明及其詩在陶學史上的典範作用。

第四章　宋代陶學的價值

第一節　宋代陶學在中國文學史上的價值

一、小引

　　本章將針對南北朝至宋代以來的陶學發展做歷史性的回溯工作，就文學史發展歷程觀察之。我們可以發現，文學史發展的某些內在規律中，讀者對於一家作品的理解與接受，常會影響到作家在文學史上地位的浮沉。同時，不但一家作品的地位因讀者的參與而產生浮沉，由於讀者的接受會對整個文學發展造成影響，因此往往也會影響某種創作風格或派別的盛衰現象。就文學史的發展而言，宋代陶學的價值，在於承續南北朝以至唐代的文學演變之後，重塑淵明其人其詩的文學地位。

　　因此，回溯南北朝至宋代以來的淵明地位，每個時代的看法不大相同，其文學史地位乃由讀者所賦予。讀者所給予的地位，乃根據歷代對淵明的理解及價值評估而來。如此一來，淵明其人其詩的文學史地位，並非原本已存在的，而是不斷地被解釋出來的。因此，讀者的重要性在此被突顯。誠如姚斯（H·R·Jauss）所言：

一部文學作品的歷史生命，如果沒有接受者的積極參與是
不可思議的。因為只有通過作者的傳遞過程，作品才進入
一種連續性變化的經驗視野。在閱讀過程中，永遠不停地
發生著從簡單接受到批評性的理解，從被動接受到主動接
受，從認識的審美標準到超越以往的新的生產的轉換。[1]

只有通過讀者的積極參與，文學史發展的連續性才有生命力。而
閱讀過程更是一個變動不已的歷史發展，讀者的接受使得文學作
品的生命呈現活潑的延展能力。因此：

其中明顯的歷史蘊涵是：第一個讀者的理解，將在一代又
一代的接受之鏈上被充實和豐富，一部作品的歷史意義就
是在這過程中得以確定，它的審美價值也是在這過程中得
以證實。[2]

如此一來，文學史上的淵明，其地位也是不斷變動的歷史現象，
經由讀者的密切參與，其文學史地位才得以確定。接受美學理論
在此將傳統的文學史觀從靜止的史料之學中解救出來，[3]賦予它

---

[1] 姚斯（H.・R・Jauss），周寧、金元浦譯：〈文學史作為向文學理論的挑
戰〉，《走向接受美學》（Toward an Aesthetics of Reception）（美國明尼蘇
達大學出版社，1983 年；瀋陽：遼寧人民出版社，1987 年），頁 24。
[2] 同前注，頁 25。
[3] 龔鵬程：〈試論文學史之研究——以劉大杰《中國文學發展史》為例〉《政
府遷臺以來文學研究理論及方法之探索》，臺北：學生書局，1988 年）
一文提到：「歷史的研究，是詮釋的科學（Hermeneutic science），而詮釋
必然由某一觀點展開，故所謂意義的了解，基本上即是詮釋者與被詮釋
者的一種融合（Fusion）。若無一套價值觀，只能稱為史料或史纂，不能
稱為歷史或史學，這便是史觀的重要性。《春秋》之例，《通鑒》之綱目

一個新的詮釋觀點。因此，當我們援用接受美學理論，做為審視淵明地位變化的文學史議題時，這樣的工作就顯得相當有意義。

　　除此之外，由於讀者對作者的接受，才賦予他文學史地位上的評價；而作者與作品也會相對的產生作用，並影響到後來文學創作風格的流變。如龔鵬程所言：

> 評價活動，基本上建立在兩個相對的因素上，一是美學的價值觀，一是評價所指涉的對象。美學價值的選取不同，往往會使時代和個人對整體文學觀念隨之改易；持此觀念，指向作品時，自也會產生互異的估價。[4]

譬如陶詩在南北朝時代並未產生影響力，對於時代文風沒有引導作用。到了唐代，開始影響到許多詩人，學陶者愈來愈多，因而造成「田園」詩風的盛行。及至宋代，則發展為「平淡」這一詩風，陶詩成為最高典範。影響所及，詩人們以陶詩為創作的學習指標。可見，由於作者的地位提高，必然會逐漸影響到許多後代詩人的創作，形成一種文學風向。誠如龔鵬程所言：

> ……規範必然有其規範的價值目的，希望對將來的文學走向有所指導。例如北宋中葉對杜甫的評價，便與宋初不同，既是因為美感價值觀產生變化，也規範了創作的走

書法，都指出了史著背後的價值系統，文學史亦然，韋勒克曾說：說明文學發展之道，『端在把歷史進程牽附到一個價值或標準上去，賦予意義。』又說：『沒有一套確當的價值方略來做依歸，必不能寫成一部正當的歷史。材料的研究，並非真正的文學史。』原因蓋即在此。」（頁287）因此，文學史是一種「運用觀點、賦予意義的工作。」（頁289）

[4]　同前注，頁281。

向。因此宋代詩人眼中的杜甫，不只是歷史之真實，也是
當時詩人創作意識的投射；不只詩人受杜甫的影響，杜甫
也被詩人依其價值取向而捏塑成型。[5]

同理，陶詩成為宋代詩人所擇取的典範，不只肯定他的文學史價
值。同時，宋代詩人也在選擇的過程中將自己的價值取向——「平
淡」投射在陶詩身上，使陶詩對當代詩風產生重大影響。因此，
讀者的主觀評價，呈現了相當重要的決定作用，是以陶詩成為宋
代詩人的創作標準。同時，陶詩的價值也因此得到確認與肯定。
所以，龔鵬程又說道：

> 選擇，本身就代表了一種價值的歷史判斷。一件文學作
> 品，未經這類價值的選取與判斷時，它的價值即蘊而未
> 顯；但透過主觀的價值處理後，卻能成為規範的依據；而
> 這些主觀的價值也常轉化為作品本身的屬性。這種弔詭的
> 情況，可以張戒《歲寒堂詩話》所述宋代評價活動為例：
> 「韓退之之文，得歐陽公而後發明；陸宣公之議論、陶淵
> 明柳子厚之詩，得東坡而後發明；子美之詩，得山谷而後
> 發明。」（卷上），所謂「發明」，二字真可深思，在這些
> 人選取並決定它們的價值之前，它們的美感價值並未被肯
> 定或確定。[6]

5　龔鵬程：〈試論文學史之研究——以劉大杰《中國文學發展史》為例〉，《政
　府遷臺以來文學研究理論及方法之探索》，頁 282。
6　同前注。

因此，就接受美學理論而言，透過讀者的期待視界所建立的評價，使作品成為典範，如陶詩的被典範化。同時，也使得陶詩的價值得到確立，進而形成具有開展性的文學導向。這新的文學導向正是由讀者接受視界的變動所決定。因此，姚斯說道：

> 於是這種期待便在閱讀過程中，根據這類本文的流派和風格的特殊規則被完整的保持下去，或被改變、重新定向，或諷刺性地獲得實現。[7]

同時：

> 一個相應的、不斷建立和改變視野的過程，也決定著各別本文與形成流派的後繼諸本文間的關係。這一新的本文喚起了讀者的期待視野和由先前本文所形成的准則，而這一期待視野和這一准則則處在不斷變化、修正、改變，甚至再生產之中。[8]

因此，在文學視域的變化中，對於一部作品，以前的理解與目前的理解之間必然會產生詮釋上的差異；並且通過這些差異以建立作者地位的接受史。對於淵明其人其詩的接受史研究應置諸此觀點上探討。

　　綜合以上，就文學史發展而言，淵明其人其詩的地位並非倏然形成，它是不斷的被解釋、被評價之後，由宋代詩人的選取所

---

[7]　姚斯（H・R・Jauss），周寧、金元浦譯：〈文學史作為向文學理論的挑戰〉，《走向接受美學》，頁 29。

[8]　同前注。

產生。相對地，由於文學地位的確定，陶詩對於文學走向具有開展性的力量，成為宋代重要的創作標準，而陶詩的價值亦更為顯著。這就是宋代陶學於文學史上的價值所在。

二、宋代重塑淵明其人其詩的地位

　　從歷時性的角度觀察淵明其人其詩的地位變化，我們發現文學作品的意義，必需仰賴讀者的閱讀方能完成；經由一代又一代的反覆閱讀與接受，文學作品的生命才有其歷史意義存在。同時，作者所賦予作品的價值雖固定不變，但通過讀者所發掘的價值卻是變動的。因此，當我們將文學史的研究描述為接受史，文學作品的價值變化是必然的發展，而它在文學史上的地位變化不定更是理所當然的現象。

　　因此，當我們回溯南北朝至宋代的陶學發展歷程，從接受美學出發，可以發現淵明歷史形象的建構有一個相當清晰的脈絡。

　　南北朝時代對於淵明其人其詩的認識，基本上可分為「隱者的淵明」及「詩人的淵明」兩個概念來觀察。「詩人」部分的價值，建立在「隱者」的形象上，陶詩的藝術價值並未獨立出來。這是我們理解淵明地位變化的重要開端，更是往後陶學發展的奠基階段。

　　就「隱者的淵明」而言，南北朝時代讀者眼中的淵明是一個高潔無欲的隱士，對於淵明的認識幾乎都是透過〈五柳先生傳〉及〈歸去來兮〉這兩篇文章做為淵明形象的構造藍本。譬如《宋

書‧隱逸傳》、〈蓮社高賢傳〉等都是很典型的陶傳，淵明高潔的形象是主要的描述觀點。不只如此，歷代陶傳更依循同樣的敘述脈絡來塑造淵明的形象。

此外，就「詩人的淵明」這部分而言，陶詩的文學地位尚未得到全面的肯定。南北朝時代，大部分讀者通過「隱者」的形象看待淵明，「詩人」部分的價值顯得較為隱晦。僅見的幾則評論中，肯定的是陶詩「語言風格」的部分，對於其「人格風格」部分的價值則尚未確認。如鍾嶸《詩品》肯定陶詩「文體省淨，殆無長語」，然而「質直」的遺憾卻使陶詩落入中品。

循此，淵明其人其詩的地位，在南北朝時代，「隱者」的形象大過「詩人」的形象。在當時讀者的心目中，淵明的隱士身分是他們唯一的選擇。這樣的接受效果，使得淵明的地位在「陶詩未成主流」的狀況下並未得到全面的認同，他的文學史地位也因此不大明確。至於其地位的提高，則是唐宋以後的發展，特別是宋代的典範化，將淵明其人其詩的價值推到顛峰狀態。

整體而言，相較於南北朝時代所獲得的文學地位，唐代呈現「學陶成風」的局面。所謂「學陶成風」指的是，唐代詩人因為欣賞陶詩，進而創作與陶詩風格相近的作品，甚至透過「擬作」的方式，將詩人對陶詩的喜愛呈現出來。在這種學陶風氣之下，也促成田園詩派的產生。因此，除了延續南北朝以來對淵明「隱者」形象的認定之外，唐代詩人進而發掘他「詩人」一面的價值。然而，淵明的「詩人」地位，在唐代雖然較前代為高；但是唐人對淵明的接受，多表現在文學創作上，實際的理論批評顯然不成比例。

　　除此之外，唐代詩人對「隱者的淵明」，仍然持續南北朝時代的觀點，對其高潔的人格風範大加讚揚。如《南史‧隱逸傳》、白居易〈訪陶公舊宅〉等普遍讚揚的聲音，仍然固守在大部分唐代詩人的印象中。另一方面，王維、韓愈、杜甫等人對淵明的人格卻發出質疑，如王維〈與魏居士書〉、韓愈〈送王秀才序〉及杜甫〈遣興〉等，可見在某些唐代詩人心目中，淵明的高潔形象並非全然值得欽慕。他們發現陶詩中也有愁苦的一面，淵明的隱逸生活中也有困頓的時候。如此一來，似乎與淵明根深蒂固的高潔形象有所違背。

　　就接受史的角度而言，我們所認識的淵明並非固定的歷史形象，而是隨時變化的藝術形象。因此，淵明在唐代的形象出現比較不同的視角，乃是文學史發展中不可避免的現象。一個時代究竟如何看待所謂的典範人物更非一蹴可幾，必需經由歷史的選擇而後成型。淵明的人格形象，本來就是歷史發展中的變量，隨時等待歷代讀者確認其地位變化。

　　僅管如此，審諸整個陶學史進程，淵明人格形象的建構，仍以飄逸的隱者形象為主。王維等人的質疑，只是淵明形象建構過程中的奇峰突起，並未真正動搖淵明固有的歷史形象。整體而言，在唐代詩人的心目中，淵明仍就以其高遠的形象成為當時詩人的偶像。因此，「學陶成風」的唐代，詩人不僅普遍摩習陶詩，也以淵明為隱逸文化的象徵。就此而言，淵明的地位提高了。但是，伴隨而來的迷障也愈來愈多。到了宋代，乃逐漸建立起淵明其人其詩的典範地位。

　　總而言之，在唐代之前，當時讀者所接受的淵明是「隱士」或「隱逸詩人之宗」，陶詩的文學成就尚未得到完全的認識，淵明「隱逸」方面的表現則一直為當時讀者所津津樂道。因此，「隱逸文化的象徵」是淵明最早影響於歷史的形象。

　　到了宋代，淵明的歷史形象建構，較諸唐代以前著重「隱逸文化」有相當明顯的擴展。最重要的是，淵明「隱者」與「詩人」的雙重身分，在宋代得到高度的肯定。宋代陶學最大的貢獻，就在於重新發現淵明及其詩的價值，並選擇陶詩為創作典範，賦予淵明其人其詩典範化的地位。

　　宋代是一個全面評陶、尊陶的時代，圍繞在淵明身邊的事物都是值得探討的對象。

　　首先，就史料方面的整理而言，宋人開拓了以往陶學研究的新局面。宋代文人為淵明編寫年譜，並進行陶集作品的注釋及校定。而淵明年譜的製作，不只是宋代文人的創舉，更是宋代文人重視淵明的具體表現。著名的年譜，計有王質〈栗里譜〉、吳仁傑〈陶靖節先生年譜〉及張縯〈吳譜辨證〉等，這是陶學史上的第一批陶譜。不只如此，宋代文人也開始為陶集作品進行編年，藉由編寫作家個人年譜，順帶將其作品著成時間一一標舉出來，以便以史證詩或以詩證史，企圖達到真正的「知人論世」，這是陶學史上相當大的進展。就此而言，宋代陶學開拓了唐代以前未有之局面。

　　其次，宋代文人對陶詩的學習，較諸前代亦更為蓬勃。除了延續唐代以來的田園詩風，宋代還盛行平淡詩風，並使得宋代文人紛紛以淵明為追慕的對象，創作許多平淡詩作。其中，蘇軾〈和

陶詩〉更是宋代學陶的上乘之作。由於東坡的提倡，陶詩在宋代的接受達到了高峰期，其愛陶、學陶或許為一偶發事件，對於陶學史而言卻是一件大事。經由東坡的發現，陶詩的價值重新為宋代文人所認識。

再者，除了學習陶詩之外，宋代文人也針對陶詩進行深入的理論批評，較諸前代，其成果更為豐碩。對陶詩的評論大多集中於「平淡」風格的闡釋，以及陶詩地位的經典化兩方面。對陶詩的平淡風格，以蘇軾「外枯而中膏，似淡而實美」的評論最能切中陶詩的價值，宋代文人也大多經由平淡觀念，進而評價陶詩的平淡風格。相對於唐代以前的評價，這種深具辯證性的「枯」、「膏」觀念，才能真正透入陶詩的平淡內蘊。至於陶詩地位的確立，在宋代文人眼中，其地位甚至超越南北朝至宋代以來的任何一位作家，陶詩的成就被推為古今第一。同時，宋代開始肯定陶詩的成就超過謝詩（謝靈運詩）；陶謝之爭中以謝為高的定論至此完全扭轉。同時，陶詩地位的經典化，也在宋代文人手中完成。他們幾乎將陶詩的地位等同於儒家經典，並與《詩》、《騷》同列經典之林。宋代文人對淵明及其詩的重新認定，以奠定陶詩的經典地位為最大的成就。總之，宋代文人以歷史經典的角度，接受並重塑陶詩的文學成就。

除此之外，對於淵明形象的建構，除了隱逸方面的認同之外，宋代文人特別強調其道德人格的一面，尤其是淵明的「名節」與「知道」。淵明恥事二姓的忠義，最為注重氣節的宋代文人所重視。至於發掘淵明思想中的「知道」，更是宋代陶學的重要成就。可見宋代文人是以自身的價值系統，將生命精神落實於淵明

身上。在宋代文人的心目中，淵明不只是高潔的隱士，更是有志節的道義之士。就此而言，宋代文人擴大了淵明的歷史形象，使其精神面貌不只拘限於「隱士」一面上。由此可見，淵明的歷史形象的確不斷地變動。

總之，在宋代文人眼中，淵明不只是「隱士」、「詩人」兩重身分得到統合。更重要的是，宋代文人透過自己的文化選擇，將平淡風格落實於淵明身上；同時，淵明也成為宋代的典範人物，陶詩更由宋代文人賦予經典地位。與唐代以前的地位相較，淵明在宋代所得到的關注全面而深入。就陶學史而言，宋代是淵明地位的顛峰時期，更是陶學史重要的奠基階段。

從以上所回溯的淵明接受史可以發現，宋代文人對淵明所建構的歷史形象，比唐代以前更為複雜。宋代文人選擇陶詩做為他們的學習典範，反映出宋代文人面對自己的價值觀，急欲尋找一個文學典範，做為此觀念的示範；平淡觀念的建立，就是選擇陶詩做為其觀念的落實。同時，經由歷史的選擇，淵明除了「隱逸文化的象徵」這一形象之外，宋代文人對於其忠義、知道的一面，也加以讚美。這說明宋代文人面對價值取向的問題時，往往將淵明當做歷史的參照系統，以落實自己的選擇，從而對陶詩或淵明的精神人格重新認識與評價。正是由於這種不斷變動的評價過程，陶詩的藝術成就及淵明的精神風貌，才能夠具有活潑的生命力。

從文學史的發展來看淵明地位的變化，其在南北朝、唐代，以迄宋代所得到的評價都不盡相同。大致言之，淵明的地位呈現向上拔升的發展趨勢，特別是在宋代達到顛峰。可見經過讀者的

理解，才有所謂的文學史地位問題。讀者的重要性，使得接受史成為審視淵明地位變化的重要研究方式。因此，就接受史的角度而言，宋代陶學的價值，也就在於全面而深入的重塑淵明其人其詩的價值。

三、陶詩影響宋代的平淡詩風

　　由於讀者對於一家作品的接受，並賦予他在文學史地位上的評價，讀者的重要性充分被突顯。淵明其人其詩的地位，正是經由宋代文人的瞭解與接受之後所給定的。相對而言，一家作品也會對文學發展產生影響，對於後來的文學創作具有導向性的作用。因此，宋代文人提高淵明其人其詩的地位之後，其創作風格又成為宋代文人重要的學習典範。於是，宋代文人眼中的淵明，不只是歷史上的典範人物，也是當時文人創作意識的投射。對陶詩的學習，不僅促進平淡詩風的發展，也使得宋代陶學的內容更為豐厚。

　　根據本論文第三章第一節所論，宋代陶學的內容包括：「史料方面的整理」、「對陶詩的學習」、「對陶詩的評論」、「對淵明的評論」等四項。就這四點而言，我們認為宋代陶學在文學史上的價值，必須集中在「對陶詩的學習」以及「對陶詩的評論」這兩部分來觀察。換言之，我們認為宋代文人透過對陶詩的學習，進而出現許多「陶詩」與「平淡」的相關評論，可見陶詩對平淡詩風的影響，的確是宋代陶學於文學史上最大的價值所在。

　　因此，透過宋代文人的價值選取之後，陶詩是首要的學習範本，賦予淵明身上的價值往往也轉化成為其作品的屬性。也就是說，宋代文人以平淡為價值判準，使淵明得到肯定；同時，平淡也成為陶詩的主要價值所在。必需通過這樣一個看似弔詭的往復過程，我們才能真正發現宋代陶學的價值所在。

　　所以，當我們回溯陶詩在陶學史的接受歷程，必然會發現陶詩的影響力到宋代仍歷久不衰，不只田園詩派繼續蓬勃發展，陶詩的平淡風格更促進宋代平淡詩風的發展以及相關理論的建構。就整個文學史發展歷程而言，宋代陶學的價值，正在於確立了陶詩對平淡詩風的影響。

　　宋代文人將陶詩的影響力作用於平淡詩風的建立，是一個相當重要的問題。在他們將陶詩提高至經典地位的同時，陶詩的影響力便明顯的呈現於宋代文人的創作成果上。譬如自唐代以來便極為盛行的田園詩風，依然流行於宋代詩壇，許多大家如蘇軾、王安石、黃庭堅及陸游等人，都有質量相當不錯的田園詩作，將田園詩派的精神延續下來。除此之外，平淡詩風基於宋代特有的時代特性而興起，因此平淡詩觀可說是宋代最重要的詩學觀念。陶詩的平淡自然，不只符應宋代文人的價值取向，也成為宋代文人的創作典範。因此，陶詩的影響在此顯現。宋代文人經由閱讀陶詩、學習陶詩、評價陶詩，進而將陶詩納入自身的平淡詩觀中，充實其平淡詩觀的理論內涵。宋代文人又創作了為數不少的平淡之作，幾乎每一位重要文人，都有平淡風格的創作，更遑論宋代其他文人的創作，因而平淡詩風成為宋代相當重要的創作指標。

　　就此而言，陶詩帶給宋代詩壇的影響力，使得平淡詩觀成為籠罩宋代詩壇的主要風格。同時，宋代陶學的價值在此被突顯出來。

　　因此，相對於陶詩在南北朝時代所產生的作用價值而言，我們發現：淵明雖貴為「隱逸詩人之宗」，陶詩卻只得到中品的評價。其原因在於鍾嶸的識見雖較當時讀者深入，能夠肯定陶詩的藝術成就，但他仍不能擺脫時代風潮的限制，以「氣盛詞麗」為高，而將陶詩列入中品。除此之外，更為重要的原因就是陶詩並沒有造成一代詩風。這也正是我們所要探討的重點。

　　鍾嶸的分品與論體源有相當密切的關係，分析作家的詩風時，總是一面溯其源，一面觀其流，上品各家即又有體源，又能影響他人而形成一種流派。淵明雖為「古今隱逸詩人之宗」，然而在齊梁卻流風無繼，未能影響他人而形成一派詩風。因此，我們可以知道詩人的成就及評價，還必需由詩人對當代文學的影響來判定。從歷時性的角度觀察陶詩的影響力，可見不只讀者的接受視角會影響陶詩的價值，陶詩本身的影響力也會左右它自己的文學史價值。就接受美學的觀點而言，所謂作品的歷史意義即在此。因此，南北朝時代的陶學，並未出現相應的文學理論或平淡詩風的影響，無法突顯出陶詩的作用價值。相較於宋代陶學中陶詩的作用價值，顯然南北朝時代的陶學於文學史上之價值並不高。

　　除此之外，到了唐代，陶詩的影響明顯地表現在詩人創作中。唐代詩人著意於模擬陶詩的風格，如王維、孟浩然、儲光羲、韋應物及柳宗元等人。甚至於模擬陶詩的作品，重新創作與陶詩題旨近似的作品。唐代詩人創作田園詩的風氣，逐漸使得描繪田

園的閒適之作，在質量上展現豐厚的成果，進而形成所謂的「田園詩」這一文學流派。對於往後的文學發展而言，這是相當重要的影響，陶詩也因此被推為田園詩派的始祖。陶詩的價值與其影響互為作用由此可見。

就陶詩對唐代詩人的影響看來，陶詩的文學成就除了經由唐代詩人學陶的風氣得到肯定之外，陶詩的流風餘蘊能夠廣為澤被，影響唐代詩人的創作，且又能形成一派詩風。然而，從唐代陶學中的接受情形中，我們發現：陶詩對於田園詩派的促成，的確產生相當重要的影響。但是，對於陶學史而言，唐代文人接受陶詩並未形諸理論建構，相對宋代文人以平淡觀念為主導理論以品評陶詩，唐代的陶學發展顯然有所不足。其主要原因，也就是唐代陶學並未將陶詩的影響力，作用於時代觀念的促成。換言之，陶詩在宋代的影響，是在田園詩風的基礎上擴大為平淡詩風的建立，使得平淡風格的創作從此成為一種重要的創作風格，而宋代詩壇的創作風格也因此被歸為平淡一派。就這個意義上說，陶詩的影響力正促成了宋代平淡詩風的發展。宋代陶學的價值亦由此可見。

通過陶詩對平淡詩風的影響，使得宋代陶學於文學史上的價值更加突顯。同時，經由南北朝及唐代陶學於文學史上的價值做為宋代陶學的參照系統。我們發現，陶詩對於宋代文學發展的作用價值，適足以展現評價活動的兩個重要面相──美學的價值觀以及評價所指涉的對象這兩個因素，它們必然會在評價活動中相對的產生作用。陶詩由於歷代詩人的價值觀而被選擇，並成為一種規範的依據，歷代詩人的價值觀又經常轉化為作品本身的屬

性。因此,「陶詩」與「平淡」就在這種迴環往復的作用過程中
互相得到發明。因此,我們探討歷代陶學的價值,除了以價值觀
選取陶詩為規範之外,陶詩對於當代文學發展的影響更是相當值
得探討的面相。

　　所以,證成宋代陶學的價值,不僅要從宋代重塑淵明其人其
詩的地位著眼,對於陶詩相對地影響宋代平淡詩風這一事實更應
該加以論述。如此一來,以接受為主的陶學史,在相應的不斷建
立和改變視野的過程中,陶詩及其所形成的平淡風格才能獲得價
值的實現。因此,我們認為:能夠實現陶詩與平淡風格之間的作
用價值,就是宋代陶學於文學史上的價值所在。

四、小結

　　基於以上的討論,我們發現宋代陶學於文學史上的價值如下:
(一)由於歷史的選擇,使得淵明的形象被廣泛認同並成為典範
　　　人物,這就是宋代陶學的最大貢獻。宋代文人眼中的淵
　　　明,不但具有飄逸的隱者形象,其高風亮節的道德人格特
　　　質如忠義、名節等,更經由宋代文人的發掘而充分展現。
　　　至此,淵明已成為文化意義上的典範人物。相較於唐代以
　　　前的認識,宋代所建構的淵明形象更為豐富,並成為往後
　　　淵明的主要形象。
(二)宋代文人尊陶、學陶並評價陶詩,乃自身價值取向的落
　　　實。在此,我們可以發現,陶詩的文學成就為宋代文人充

分認同，甚至將陶詩提高到儒家經典的高度。可見，宋代
尊陶已到達完全典範化的地步。相較於唐代以前對陶詩的
認識，或偏於一隅或拘於一見，宋代陶學的價值表露無遺。

（三）綜合以上兩點，讀者的接受對於作者的地位及作品的價
值，具有相當重要的影響力。就接受美學理論而言，讀者
的期待視域左右著作者及作品的地位、價值的上下浮沉，
因此以接受史為主的文學發展必然呈現明確的動態感。這
表示作者、作品與讀者的關係是一個動態的歷史發展過
程。如此一來，文學傳統的建構過程，就不再是僵化而單
一的。

（四）除了讀者決定文學史地位之外，就接受史的文學觀點而
言，一家作品也會相對的發生作用影響到後來的文學創
作。作者的地位及作品的價值，還需要通過其影響力的作
用才能完全得到價值上的確認。因此，陶詩對於宋代平淡
詩風所發生的影響，不但使得平淡詩風成為宋代詩壇的主
要創作導向，陶詩的價值也因此得到更為完全的認識。再
者，陶詩在南北朝時代對於時代文風沒有發生作用；到了
唐代，學陶成風的局面雖然展現了陶詩的影響力，但唐代
並未因此出現相關的理論建構，「陶詩」與「平淡」觀念
之間並沒有得到證成。因此，選擇陶詩並將陶詩的屬性轉
化為時代詩風，就是宋代陶學於文學史上的價值所在。

（五）總之，宋代陶學的價值，以文學史發展而言，就是提高
淵明其人其詩的地位，以及選擇陶詩並促成平淡詩風的
建立。

第二節　宋代陶學在中國文學批評史上的價值

一、小引

　　除了從文學史的角度評估宋代陶學的價值之外，我們還可以從文學批評史的角度評估它的價值。

　　在前一節論述中，我們發現歷代讀者對於淵明及其詩的接受呈現相當幅度的變化，淵明的歷史形象不斷地在歷史進程中變動，透過讀者的參與豐富了淵明的接受史。然而，造成這種歷時性發展的變動，正是由於審美態度的變化，也就是說，時代價值觀念的改變，對於接受史的發展有相當大的影響。誠如姚斯（H‧R‧Jauss）所說：

> 我們還可以利用文學發展中一個共時性的橫切面，同等安排同時代作品的異質多重性，反對等級結構，從而發現文學的歷史時刻中的主要關係系統。從這裡出發，一種新文學史的縮寫原則得以發展。假如進一步將這一橫斷面的以前和以後都作這樣的歷時性安排，那麼文學結構的演變在其開創新紀元的瞬刻，便被歷史地接合起來了。[9]

可見，姚斯對於所謂接受史，不只注重歷時性一面的文學演變，也拓展文學作品的時間深度。作品往往要經過很長一段接受過

---

[9]　姚斯（H‧R‧Jauss），周寧、金元浦譯：〈文學史作為向文學理論的挑戰〉，《走向接受美學》，頁45。

程，通過文學史的演變才能得到讀者的理解。因此，除了文學接
受中的歷時性發展之外，其共時性結構中價值觀念的變化，對於
接受史的影響更不容忽視。此正如姚斯所言：

> 因為每一共時系統必然包括它的過去和它的未來，作為不
> 可分割的結構因素，在時間中歷史某一點的文學生產，其
> 共時性橫斷面必然暗示著進一步的歷時性以前或以後的
> 橫斷面。[10]

因此，姚斯認為文學的歷史性，必須在歷時性與共時性的交叉點
上才能顯現出來。當我們將接受史定義在不斷流衍的文學史演變
上，則文學典範的選擇問題，就必須藉由共時性因素的加入，才
能達到真正的接受效果。因此，姚斯在其接受美學理論中必須強
調這一點：

> 一種新文學史的至關重要的選擇問題，只能求助於共時性
> 角度，才可獲得解決。……「文學演變」的歷史過程中視
> 野的改變，無須僅僅通過所有歷時性事實及其關係的網絡
> 來加以把握，而且也可以在共時性文學系統還發生變化的
> 遺緒中建立，或從進一步的橫斷面分析中得出。原則上
> 講，在這些系統的歷史繼承中，一種文學的再現，有可能
> 通過一系列的處於歷時性和共時性之間的任意的交叉點
> 而達到。[11]

---

[10]　同前注，頁 47。

[11]　姚斯（H・R・Jauss），周寧、金元浦譯：〈文學史作為向文學理論的挑戰〉，

由此可知，只有通過這種動態的歷史過程，才能使作品在文學史演變中的價值問題得到真正的解決。所以，姚斯特別強調讀者對作品的接受，應該既有歷時性的一面也有共時性的一面。讀者對作品的接受就是歷時性與共時性的統一。

因此，當我們面對宋代陶學價值這一議題時，可以發現由於批評觀點的變化影響歷代讀者對淵明及其詩的接受，其中以宋代讀者的接受最能相應於陶。其原因在於批評觀點的新變，使宋代陶學得以深入淵明及其詩的內涵。所以，除了歷時性的接受效果之外，我們還必須從共時性批評觀點的變化中去理解宋代陶學的價值所在。據此，宋代陶學的批評理論裡所強調、運用的批評觀點，必須能夠發明前人所未有的批評觀點，宋代陶學在批評史上的意義才能突顯出來。

當我們重新回顧南北朝以來乃至宋代的陶學發展，很容易發現批評觀點的改變，的確使得淵明接受史呈現相當明顯的浮沉現象。南北朝時代對陶詩的接受著眼於語言風格方面，以辭采華麗的標準評價陶詩的高低顯得極不相應，陶詩所得到的評價自然不高。到了唐代，批評觀點有所轉變，南北朝時代的文學標準逐漸為唐代詩人所揚棄，他們認為作品要能兼具形神、達到氣韻生動的標準才是好文學；因此陶詩的平淡渾融，便逐漸為唐代詩人所認同。及至宋代，它提出一個更能與淵明相應的批評觀點，即「平淡」理想。相較唐代以前的批評觀點，平淡理想不只是語言文字上的平淡，它還是人格修養上的平淡，所謂「漸老漸熟，乃造平

《走向接受美學》，頁 48。

淡」是最能相應淵明的批評觀點。宋代文人所提出的批評觀點，其理論建構遠遠超過唐代的乏善可陳。因此，我們可以說，由於宋代文人提出新的文學批評觀點才能真正發掘出淵明的價值。

進而言之，從文學批評的角度觀察淵明地位的變化，必然會賦予它評價；而評價本身又有其理論根據。這些理論根據不斷地繼承前代並產生新變，逐漸形成一種歷史發展，此即文學批評史的構成。因此，若從文學批評史的角度而言，歷代評陶的觀念之間，前一代與後一代讀者中必然存在著觀念新變與繼承的問題。我們面對宋代陶學發展所要探討的問題也就是，觀察它繼承唐代而來的觀點中，是否也有自己所發明的新觀點？因此，文學批評觀點究竟有沒有價值，將它置諸文學批評史進程觀察，其超出前代的新觀點，就是我們所要探討的問題所在。

據此，在這一節中，接受美學理論所強調的共時性意義，對於我們觀察宋代陶學在文學批評史上的價值相當有意義。

二、宋代陶學在文學批評上所開出的理論意義

在評斷宋代陶學於中國文學批評史上有何價值之前，我們必需先對宋代陶學進行文學批評理論上的詮釋，再據以判斷它在文學批評發展歷程上產生什麼樣的價值。如此一來，宋代陶學發展中所出現的批評觀點，若置於文學批評理論及其發展歷程上來看的話，才有意義。在此，我們所謂「意義」，誠如顏崑陽先生所說：

> 本文所謂「意義」，指涉有二：一是文本被置於現代文學
> 批評理論上加以理解而所獲致的涵義；二是某些意向性行
> 為，在歷史的因果關係中所產生的作用價值。[12]

因此，我們首先針對宋代陶學在文學批評理論所開出的理論意義
進行詮釋，此即「意義」的第一義。這項詮釋，乃根據第三章「宋
代陶學的轉變」中所論述的評陶觀點，解消各家門限，以融貫理
解在宋代那樣的歷史情境中，蘇軾、黃庭堅等重要文人，他們對
於陶詩所做的反省思考，共同關懷的問題在那裡？他們的見解，
在文學批評一般理論上有什麼涵義？然後，我們才能據以評斷宋
代陶學在中國文學批評史上的價值所在。就此所發掘的意義，正
是上引文所稱之第二義。[13]

（一）宋代陶學在文學批評理論上的涵義之一：有關陶詩的詩
文風格

宋代陶學對於陶詩的風格探討，分為「人格風格」與「語言
風格」兩類立論。對於這兩部分的探討，宋代文人皆以「平淡」
觀念視之。就其人格風格而論，謂其人格平淡自然，故詩風也平
淡自然；就其語言風格而論，則謂其不事雕琢，平淡自然。總之，
宋代文人將他們對於平淡理想的追求，完全落實於陶詩的評論
上。當宋代文人以平淡詩觀評價陶詩，也正反映宋代文人的價值

---

[12] 顏崑陽：〈漢代「賦學」在中國文學批評史上的意義〉，《第一屆漢代文學
與思想學術研討會論文集》(政治大學中文系，1991 年)，頁 2。
[13] 參考顏崑陽〈漢代「賦學」在中國文學批評史上的意義〉第 2 頁觀點。

取向，即以平淡為最高理想。因此，宋代評陶所共同關懷的問題，就是以平淡為陶詩的主要風格取向。回溯宋代評陶的理論建構，舉例如下：

> 淵明意趣真古，清淡之宗。詩家視淵明，猶孔門視伯夷也。
> （蔡絛《西清詩話》）

> 陶潛、阮籍之詩，長於沖淡。（秦觀《淮海集》）

> 陶淵明詩所不可及者，沖澹深邃，出於自然。若曾用力學，
> 然後知淵明詩非著力之所能成。（楊時《龜山先生語錄》）

諸如此類的理論批評不勝枚舉，都是從「人格風格」的角度，對陶詩所做的批評。另外，還有從「語言風格」的角度來評陶的，如：

> 然則淵明趨向不群，詞采精拔，晉、宋之間，一人而已。
> （陳正敏《遯齋閒覽》）

> 柳子厚詩在淵明下，韋蘇州上。退之豪放奇險則過之，而
> 溫麗精深不及也。所貴乎枯澹者，謂其外枯而中膏，似澹
> 而實美，淵明、子厚之流也。（蘇軾〈評韓柳詩〉）

> 至於淵明，則所謂不煩繩削而自合者。雖然，巧於斧斤者
> 多疑其拙，窘於簡括者輒病其放。……淵明之拙與放，豈
> 可為不知者道哉？（黃庭堅〈題意可詩後〉）

這是就語言風格論淵明的詩文風格。諸如此類的史料亦所在多有（詳細論證參看本論文第三章第一節「四、對陶詩的評論」）。

平淡詩觀做為一種文藝審美標準，而且自覺的確立其理論規模，乃自宋代開始。雖然宋代的詩觀並非只有平淡一說，但宋代詩觀中以平淡最為重要。因此，在平淡詩觀的標舉之下，陶詩的平淡旨趣正好與宋代文人的趣味相投，遂理所當然的成為宋代詩人追摩的對象。所以，宋代以平淡評陶，並提高淵明的地位，正與其平淡美的時代風尚有相當密切的關係。

宋代文人所提出的平淡理想，不只是文學觀念上的平淡，更重要的是人格修養上的平淡。就文學觀念而言，平淡是創作成熟階段的自然平易；就人格修養而言，平淡則是超越榮辱窮達之後所達到的精神自由境界。因此，標舉平淡絕不只是文藝審美的問題而已，其中更與文化傳統、人格修養有相當密切的關係。在傳統人文精神中，對於個人生命價值的實現，奠基於孔門的「風乎舞雩」以及莊老的消遙無為，在儒道互補的文化傳統中，對於人格美的追求，即以瀟灑自在的境界為最高價值。宋代文人又在儒道兩家處世哲學的基礎上，融合禪佛的自在清淨，將傳統文化所孕育出來的人格美，推到以平淡為極致的最高追求。就此而言，平淡理想正是精神境界達到豐盈寬厚、健美充實的程度之後所表現出來的平易自然、淡泊瀟灑的風蘊。因此，在宋代文人的理想中，平淡美的平淡，並非只固著於文學觀念上立論，更重要的是還必須置諸文化實踐上的意義而論。所以，宋代文人的平淡理想是看似平淡實則山高水深的境界。

在建構平淡詩觀的同時，宋代文人不約而同的選擇淵明為其平淡理想的典範人物。這是宋代之所以與陶詩最相應的重要原因。證諸南北朝時代對於淵明的接受，顯然淵明所實踐的平淡美，並未引起當時讀者太多欣賞的目光。這是因為當時的批評標準，以「巧構形似之言」為評詩的主導觀點，淵明平淡自然的風格，自然與追求琢句雕字的語言美無法相應。因此，陶詩在南北朝時代的地位不高，正是因為當時風行的批評觀點，使得淵明的價值未能被突顯出來。

唐代文人雖然讚賞他高蹈不群的人格，對於淵明的平淡胸襟，表現在學陶成風的文學創作上，並形成以平淡風格為主的田園詩派。就文學發展而言，唐代文人展現了追求平和淡遠的藝術創作風格。然而，對於平淡理想的理論建構顯然較宋代文人遜色許多。再者，唐代對於淵明的隱逸行為，儘管也有實踐上的相應，然其文化實踐方面的內蘊，與宋代文人相較也顯然不足。總而言之，唐代文人未能從詩品到人品全面的追求淵明的平淡，多只得其一偏而已。如孟浩然只是在詩文創作中追求一點平淡風格，其人生追求卻不平淡；又如白居易雖然寫作擬陶詩，但衡諸他的人格理想，似乎也與平淡不相應；即連學陶成就頗高的柳宗元，其平淡詩風也似乎與其人生境界的平淡還有一些距離。因此，唐代陶學雖然已有長足的進步，相較於宋代陶學的發展，仍顯得不夠全面而深入。

其實，宋代陶學的價值，就在於將淵明的平淡付諸文學理想及文化實踐中，尤其是人生實踐。此正如本論文第三章第二節中所引張海鷗的一段話：

> 唐人不難在藝術中追求平和淡遠的風格，卻難於在生活中
> 追求平淡的人生境界。宋人也一樣，大多數文人士大夫首
> 先追求的人生境界也不是平淡，而是事功。[14]

但是，宋代文人與唐代最大的差異點在於：

> 但宋代一批最有影響力和代表性、足以開一代審美新風尚
> 的文化人卻將平淡美推崇為最高極、最老成的審美境界，
> 視之為藝品和人品的極致，並且比唐人更自覺自願地付諸
> 人格實踐和藝術實踐。因而陶淵明其人其詩的意義，在宋
> 代便得到了最充分的發明，他平淡的詩品和人品成為宋人
> 學習的典範。[15]

由此可知，宋代一批文學領袖對於平淡理想的提倡與實踐，塑造
淡泊平和的精神境界，使淵明及其詩的價值因此而得到發明。這
也正是宋代陶學突出於唐代之前的重要原因。

因此，從文學批評理論而言，宋代人格風格合一的批評觀
念，正好開出了唐代以前的新觀點，宋代陶學的價值就在此顯現。

（二）宋代陶學在文學批評理論上的涵義之二：有關陶詩的文 學地位

隨著宋代文人對於淵明的推崇備至，對陶詩的文學地位，宋
代文人也有相當多的理論述評。在宋代文人的目光中，這個論題

---

[14] 張海鷗：《兩宋雅韻》，頁 36。
[15] 同前注。

大致可分為三個部分：詩史上的地位、陶謝高下之爭以及陶詩的經化問題。關於陶詩在詩史上的地位，如：

> 淵明作詩不多，……自曹、劉、鮑、謝、李、杜諸人，皆莫及也。（蘇軾〈與蘇轍書〉）

> 四言自曹氏父子、王仲宣、陸士衡後，惟陶公最高，〈停雲〉、〈榮木〉等篇，殆突過建安矣。（劉克莊《後村詩話》）

關於陶、謝之爭的問題，則有：

> 世以謝、陶相配，謝用功尤深，其詩極天下之工。然其品固在五柳之下，以其太工也。優游栗里，傺死廣市，即是陶、謝優劣，惟詩亦然。（劉克莊〈戊子答真侍郎論選詩〉）

> 謝之所以不及陶者，康樂之詩精工，淵明之詩質而自然耳。（嚴羽《滄浪詩話》）

關於陶詩的經化，有：

> 淵明〈閒情賦〉正所謂〈國風〉好色而不淫，正使不及〈周南〉，與屈、宋所陳何異？（蘇軾〈評韓柳詩〉）

> 淵明之作，宜自為一編，以附於《三百篇》、《楚辭》之後，為詩之根本準則。（真德秀，宋・李公煥《箋注陶淵明集》卷首〈總論〉）

諸如此類的評述洋洋大觀，顯示宋代文人對於陶詩的價值，不只從作品本身的藝術成就著眼，對於提升其文學史地位更是著力不少（詳細論證參考本論文第三章第一節「四、對陶詩的評論」）。

宋代文人對陶詩的讚美已推尊到極致的地步，這從他們將陶詩許為古今第一即可看出。抱持這種看法的宋代文人並非一家，可見陶詩古今第一的肯定，是宋代文人的普遍共識。至於陶謝高下之爭，南北朝時代囿於時代風潮，自然以謝為高；唐代則進一步以陶謝並稱，藉由謝靈運的知名以提升陶的地位。到了宋代，風氣大變，多數認為陶高於謝，一反唐代以前的看法；「陶高於謝」可說是宋代評陶的突破。而陶詩的經化問題，更是宋代文人對陶詩極度尊崇的結果，在宋人眼中，陶詩的價值幾乎與儒家經典的高度相當，所以蘇軾、真德秀等人認為，可將陶詩附麗於《詩》、《騷》之列，這是由於淵明被典範化之後的必然效應。總之，宋代文人對陶詩文學史地位的評述，確有發明前代未有之功。

從淵明及其詩在宋代的崇隆盛況看來，南北朝時代及唐代皆未能就其文學成就給予相應的價值評估，這顯然仍與當時的批評理論有直接關係。就宋代文人對陶詩文學地位的理論評述看來，以上三點確是開唐代之所未有之局面。就此而言，宋代陶學於文學批評史上的意義足以顯現。

三、宋代陶學於文學批評史上所開出的論述界域

通過以上文學理論涵義的解釋之後，我們就可據以評估宋代陶學在文學批評史上的價值。

這裡所謂「價值」，必須置諸文學批評史的發展中立論，主要探討的是批評觀點的繼承與新變的問題。就其批評觀點的繼承前代而言，我們認為這樣的論述只有傳衍的意義而已，不足以顯出此批評觀點的特殊價值。就其批評觀點的產生新變而言，我們認為這樣的論述足以開創新的論述界域，批評觀點的價值就在此展現。

因此，對於宋代陶學於文學批評史上的價值，我們著眼於其開創新局的一面。宋代陶學所開啟的論述界域，主要在於：

（一）開啟以「平淡」論陶詩的理論模式。所謂的平淡是「外枯而中膏，似澹（淡）而實美」的辯證觀念所統合的藝術風格。其實，深入而言，宋代的平淡觀念是一種人格修養的最高境界。因此，宋人所謂的平淡理想是結合文學觀念及文化實踐的審美理想。以這種豐厚的平淡理想評價陶詩，正好達到「平淡而山高水深」的理想境界。

（二）建立陶詩的經化地位。陶詩的文學地位，在南北朝時代雖然不高，但到了唐代，其地位已愈來愈高，而宋代則是其典範化的奠定時期。宋代陶學，對於陶詩的評價已完全予以聖化，陶詩的地位直與儒家經典等而視之。自此以後，陶詩也成為中國文學史上的經典之作。

以上就是宋代陶學在文學批評史上的價值，也是它對於後代陶學深具啟發之功的影響之處。

四、小結

　　在此，我們通過文學批評史的角度來看宋代陶學的價值，可以發現接受美學理論所強調的歷時性與共時性的統一，對於以讀者為主的接受史而言相當重要。不但可以從歷時性的觀點中，得知不同歷史時期讀者的不同接受和評價；也可以在共時性的觀點中，發現同一時代的不同讀者對同一部作品或作者所凝聚出來的批評理論。在這一節的討論中，宋代陶學置於共時性一面的意義，就在於宋代文人的評陶，能在文學批評理論上凝聚出共同的批評觀念。而在這些評陶的觀念裡，所能開出的前代未有的觀點，也正是宋代陶學在文學批評史上的價值所在。

　　因此，綜合以上的論述，我們可以得到以下的結論：

（一）宋代陶學的表述型態，是以文學觀念與文化傳統的雙重實踐為主。此雙重實踐的共同理想——「平淡」理想，是宋代文人安身立命的價值所在。所以，平淡是意義更為豐富的人格美實踐。

（二）宋代陶學以平淡理想評陶，建立以平淡為主的評詩標準。因此就陶詩的詩文風格而言，其人格風格是沖澹（淡）深粹，其語言風格是平淡有思致。平淡風格乃成為宋代

文人評陶的主要觀點；而陶詩的平淡正好與宋人的平淡理想相合。

（三）宋代評陶既以陶詩為平淡理想的最高典範，關於陶詩的文學史地位便出現許多的理論評述。在宋人眼中，陶詩的地位不僅超過謝詩，被推為古今第一，更進而提升至經典之列。至此，陶詩成為文學史上的重要經典。

（四）根據宋代陶學的評陶標準，回溯南北朝至唐代以來的評陶，顯然宋代的批評觀點最能相應於陶。南北朝時代以華麗的語言風格評陶，無法發現陶詩的真正內蘊。唐代對陶詩的接受，顯然已經認識到其平淡風格，可惜缺少理論上的建構。相較於宋代完整的平淡理想，顯然唐代未能建構出一套自己的評陶標準，其時代的價值觀亦未能相應於陶。同時，以平淡評陶，除了著重文學批評理論的相應，更重要的是實踐人格修養所達致的平淡美。

（五）就宋代陶學的共時性意義而言，其所凝聚出來的批評理論，是真正能夠理解陶詩內涵的觀念。因此，陶詩的接受史不只是歷時性的地位提高，從共時性而言，其地位的提高又取決於時代的價值取向。因此，通過讀者所建構出來的接受史，也在一定的意義上參與宋代陶學的價值創造。

（六）總之，宋代陶學於文學批評史上的價值，就在於開出前代未有的批評理論，即陶詩的詩文風格與文學地位上的相關評論。

宋代陶學研究
——一個文學接受史個案的分析

第五章　結論

　　就本論文對宋代陶學所做的研究看來，宋代陶學對於淵明其人其詩的內涵認識得最為透澈。淵明其人其詩在宋代完成典範化，使得陶學研究開始走向高峰期。此後，歷代對於淵明其人其詩的文學成就，大致將宋代陶學的典範化視為理所當然，淵明其人其詩的地位，亦從此居高不下。所以，奠定淵明的歷史地位，正是宋代陶學最為突出的成果。這也是我們之所以選擇宋代進行陶學接受史研究的重要原因。

　　根據以上幾章的研究內容可以得知，援用接受美學理論，將陶學研究定位在接受史、效果史的概念上研究，對於突破傳統的文學史框架有相當重要的意義。在接受美學理論的觀念中，作者不再片面的決定作品的價值，以往被忽略的讀者躍居重要的位置。經由讀者的期待視域，決定作品在讀者心目中產生的效果；期待視界的作用，被界定為可以選擇、修正、闡釋文學作品在一歷史時刻的價值。因此，作品的意義是一個動態的生成過程，作品與期待視域之間的距離愈小，則作品的價值愈高。就南北朝至宋代的陶學發展看來，淵明其人其詩的價值，正由於宋代讀者的期待視域與淵明的距離最為接近，使得淵明其人其詩的價值，充分地為宋人所發明。

　　循此，淵明其人其詩在歷史的進程中出現地位的高低起伏，可見歷代讀者的期待視域對於作品的價值有相當重要的影響。換

言之，在這動態的意義生成過程中，正好顯示作品的意義與價值直接繫屬於讀者的接受史觀。

但是，在我們完成以接受史為主的宋代陶學研究之後，同時也發現，接受美學理論如同任何一個文學理論，也存在著許多不足之處。再者，其實際研究成績上的效果更值得評估。譬如：

（一）文學史不僅是讀者對作品的接受史問題，它還有許多中介因素和決定條件值得研究。即使同一時期的期待視域，也不是每一位讀者都如此閱讀。其實，每一個時代都可能並存著具有不同期待視域的不同讀者。這些不同的讀者，或許能夠凝聚出一個共同的觀點，然而其他異質的觀點便必須加以掩抑。例如：宋代也曾經出現過以豪放評陶的聲音，但置諸宋代的平淡理想中，便必須加以裁汰；而平淡風格以優勢的姿態成為宋代評陶的主導力量。如此一來，姚斯關於讀者與期待視域的觀念，正好抹殺了同一時期不同文學作品其讀者的多元性。

（二）再者，儘管每一位讀者都從事同樣的評價活動，但他們究竟如何做又因人而異；即使是同一個人在不同的時間也會有不同的變化，這些變化也都是接受上的問題。例如：宋代每一位讀者都以平淡風格評價淵明其人其詩，但在從事這一評價工作時，每一位讀者的操作中又各有偏重；較細微的觀點，常因讀者的不同而有相異的效果。此外，一位讀者處於其人生歷程的不同階段，其評價標準也會有所變化，如東坡前期以豪放為主，後期則以平淡為主。凡此種種變化，都使得讀者的期待視域，難以掌握作品的真正價

值。因為，姚斯這種期待視域需要精確無比的數據，才能夠準確的衡量出讀者的期待視域與作品之間的距離。否則，一旦作品達不到、或超過，甚至打破讀者期待視域時，該如何評定它？即使讀者能夠對失望的程度進行量度，那麼這種「差異就是價值」的假定，也必須再給予一些已公認的文學規範才行。換言之，讀者的期待視域與作品之間的距離，對於判定文學作品的價值，其效用仍然值得商榷。

（三）姚斯雖然提出自己的文學史批評模式，但缺少運用接受美學進行文學史研究的具體成果，可操作性較差，至今仍停留在理論層次較多。姚斯等人對於文學接受的歷史研究著力頗多，他們或者通過分析史料尋找讀者們當年對文學作品的複雜反應，或者研究一部作品的影響力時起時落的原因，企圖透過歷時性發展，重新展示每一個時代的共同期待視域。然而，如同上述，這項工作的困難在於難以窺測歷史全貌，尤其是無法洞察當時成千上萬讀者的個別期待視域。因此，僅管姚斯本人也曾經盡力的鉤勒出十九世紀五十年代左右英國社會的期待視域，但是並沒有取得足以令人信服的成果。

從以上所列舉的論證中，可以得知接受美學理論確實仍有諸多不足之處。

誠然，按照這套理論脈絡力圖建構宋代陶學的面貌，僅管存在著錯綜複雜且難以處理的問題；但是，做為一種嘗試，我們認為這項工作仍然相當有意義。就文學史而言，其更迭互異的文學

現象與批評觀點的存在，說明了任何一種解釋都有它的可能意義，對於缺乏歷史動態感的傳統文學史而言，借鑒接受美學理論來研究陶學史仍是相當必要。因此，接受美學理論的不足之處，勢必需要經過更長遠的持續研究方能漸入佳境。

　　因此，對於援用接受美學理論研究文學史，我們仍然充滿信心。

　　最後，擬借用張廷琛、梁永安兩位對此項研究所做的展望做為論文的尾聲。他們在〈文學接受理論述評〉一文中提到：「結合我國文學批評與理論的現狀，文學接受理論有不少值得借鑒的成份」：[1]

　　其一，擴大考察文學問題的視野。接受理論是對以往文學批評理論的發展，它把文學研究從僅僅注意「作家創作」、「文學本體」的藩籬中解放出來，推入接受研究的新天地，使人們對文學全過程的認識更家全面。我們過去較多地強調讀者如何「正確」領悟作品的「本意」，而忽視了讀者有自由聯想、進行創造性想像的力量。中國古代文論有「賦、比、興」之說。關於「興」，大多解釋為創作中「引譬連類」、「先言他物以引起所詠之辭」的神思過程。其實將「興」引入讀者的閱讀行為中，即可描述作品觸發的讀者創造性藝術思維。可惜我們沒有發展古人的這一觀點。接受理論的原理，相信有益於我們重新思考古今中外文論的基本框架，對作家——作品——讀者的相互關係作出新的解釋。

---

[1]　以下參考張廷琛、梁永安：〈文學接受理論評述〉，張廷琛編《接受理論譯文集》（成都：四川文藝出版社，1989 年），頁 43-45。

　　其二，深化對文學「社會效果」的科學認識。人們常常在談文學的「社會效果」及作家的「責任感」，但這些概念的涵義是什麼？「效果」是美學的，還是政治的、倫理的？是作品預先包含的，還是讀者創作的？不得而知。習慣上往往把一切效果歸源於作品乃至作家的創作意圖；而從接受理論角度來看，效果的相當一部分是讀者創造的。我們認為接受理論的觀點不無道理。清人沈德潛在《唐詩別裁集》中說：「古人之言，包含無盡，後人讀之，隨其性情深淺高下，各有會心。」讀者的「各有會心」，是由作品（第一文本）、讀者物質生活與精神生活的各種條件以及讀者的心理氣質綜合決定的，把「各有會心」與作者之「用心」劃等號，顯然是不合理的。我們應當認真地探討讀者的接受特點與「社會效果」的複雜關係，並借鑒接受理論在這方面的研究成果。

　　其三，豐富對文學作品特性的認識。中國古代有「詩無達詁」之說，但僅停留在經驗描述上，沒有深入到作品結構內部去探察其所以然。接受理論家關於作品文本的不確定性、呼喚結構以及空白等論述，無疑地有助於我們理解不能「達詁」的本質原因。有的文學批評總喜歡把作品的意旨明確化，找不到便稱之為「朦朧」。從接受理論看，一切作品都具有「朦朧」性，惟其如此，才有讀者無限多樣地將作品具體化為「第二文本」的自由境界。

　　經由張、梁兩位先生的評述，接受美學理論對於文學史研究，仍有無限廣大的遠景等待發揮。而這也是本論文以接受史觀念，完成宋代陶學的初步研究之後的期許。

參考書目

壹、關於陶淵明

一、陶淵明集

宋・李公煥箋註：《箋註陶淵明集》，臺北：國立中央圖書館，1991年

宋・湯漢注：《陶靖節詩集》，北京：中華書局，1985年

清・陶澍集注：《靖節先生集》，臺北：臺灣中華書局，1986年

清・陶澍集注、戚煥塤校：《靖節先生集》，臺北：華正書局，1993年

清・陶澍注：《陶靖節集注》，臺北：世界書局，1974年

丁仲祜撰：《陶淵明詩箋注》，臺北：藝文印書館，1989年

方祖燊撰：《陶潛詩箋註校證論評》，臺北：臺灣書店，1988年

王叔岷撰：《陶淵明詩箋證稿》，臺北：藝文印書館，1975年

古直箋注：《陶靖節詩箋》（附年譜），日本京都：中文出版社，1984年

孫鈞揚注：《陶淵明集校注》，鄭州：中州古籍出版社，1986年

逯欽立校注：《陶淵明集》，北京：中華書局，1995年

逯欽立校注：《陶淵明集》，臺北：里仁書局，1985年

楊勇箋注：《陶淵明集校箋》，臺北：正文書局，1987年

二、陶淵明傳記、年譜暨詩文繫年

宋・王質等撰、許逸民校輯：《陶淵明年譜》，北京：中華書局，1986年

方祖燊：《陶淵明》，臺北：國家出版社，1995 年

王不震：《陶淵明》，臺北：秋海棠出版公司，1996 年

谷雲義：《陶淵明》，哈爾濱：黑龍江人民出版社，1983 年

莊優銘：《陶淵明傳》，臺北：國際文化公司，1985 年

陳俊山：《陶淵明》，南昌：百花洲出版社，1994 年

廖仲安：《陶淵明》，臺北：群玉堂出版公司，1992 年

劉本棟著：《陶靖節事跡及作品編年》，臺北：文史哲出版社，1995
年

錢玉峰著：《陶詩繫年》，臺北：臺灣中華書局，1992 年

三、陶淵明論述及其他

王玉瑞編譯：《世俗與超俗—陶淵明》，臺北：常春樹書坊，1976 年

王光前編著：《陶淵明和他的作品》，高雄：前程出版社，1985 年

王貴苓：《陶淵明及其詩的研究》，臺北：臺灣大學中文所碩士論文，
1959 年

吳雲：《陶淵明論稿》，西安：陝西人民出版社 （缺版權頁）

宋丘龍：《陶淵明詩說》，臺北：文史哲出版社，1984 年

李辰冬：《陶淵明評論》，臺北：東大出版公司，1991 年

李華：《陶淵明新論》，北京：北京師院出版社，1992 年

沈振奇：《陶謝詩之比較》，臺北：臺灣學生書局，1986 年

岡村繁原著，陸曉光、笠征合譯：《世俗與超俗—陶淵明》，臺北：
臺灣書店，1992 年

施逢雨：〈陶淵明隱居生活中的困逆與感慨〉，《大陸雜誌》第 79 卷
第 2 期，1989 年 8 月

韋鳳娟：《悠然見南山—陶淵明與中國閒情》，臺北：中華書局，1993
年

孫守儂：《陶潛論》，臺北：正中書局，1978 年

高大鵬：《陶詩新論》，臺北：時報文化公司，1981 年

梁啟超：《陶淵明》，臺北：臺灣商務印書館，1996 年

郭銀田：《田園詩人陶潛》，臺北：里仁書局，1996 年

陳怡良：《陶淵明之人品與詩品》，臺北：文津出版社，1992 年

陳美利：《陶淵明探索》，臺北：文津出版社，1996 年

黃仲崙：《陶淵明評傳》，臺北：帕米爾書店，1971 年

黃仲崙編著：《陶淵明作品研究》，臺北：帕米爾書店，1975 年

鄧安生：《陶淵明新探》，臺北：文津出版社，1995 年

蕭望卿：《陶淵明批評》，臺北：臺灣開明書店，1978 年

鍾優民：《陶學史話》，臺北：允晨文化公司，1991 年

魏正申：《陶淵明探稿》，北京：文津出版社，1990 年

鐘應梅：《陶詩新論》，香港：能仁書院文學所，1984 年

四、陶淵明資料彙編

清・陳澧著、陳之邁編集：《陶淵明集札記》，香港：龍門書店，1974
 年

楊家駱編：《陶淵明詩文彙評》，臺北：世界書局，1964 年

溫謙山纂訂：《陶詩彙評》，臺北：新文豐出版公司，1980 年

（不注輯者）：《五柳先生陶淵明》，臺北：兩儀出版社，1969 年

九思叢書編輯部：《陶淵明研究》，臺北：九思出版社，1977 年

貳、歷代別集、詩文評

（撰人不詳）：《蓮社高賢傳・陶潛》，《漢魏叢書》，臺北：藝文印書
 館，1966 年

南朝宋・范曄：《後漢書》，臺北：鼎文書局，1978 年

南朝宋・顏延之：〈陶徵士誄〉，《增補六臣注文選》，臺北：華正書
　　局，1980 年

南朝齊・陽休之：〈陶集序錄〉，清・陶澍集注《靖節先生集》，臺北：
　　中華書局，1986 年

南朝梁・沈約：《宋書・隱逸傳・陶潛》，臺北：商務印書館，1983
　　年

南朝梁・劉勰：《文心雕龍》，臺北：開明書店，1993 年 5 月

南朝梁・蕭統：〈陶淵明集序〉，《增補六臣注文選》，臺北：華正書
　　局，1980 年

南朝梁・蕭統：〈陶淵明傳〉，宋・李公煥箋註《陶淵明集》，臺北：
　　國立中央圖書館，1991 年

南朝梁・鍾嶸著、陳延傑注：《詩品》，臺北：里仁書局，1992 年 9
　　月

唐・王維著、清・趙殿成箋注：《王右丞集注》，臺北：臺灣中華書
　　局，1985 年

唐・白居易：《白香山詩集》，臺北：世界書局，1979 年

唐・杜甫著、楊倫箋注：《杜詩鏡詮》，臺北：里仁書局，1981 年

唐・孟浩然著、李景白校注：《孟浩然詩集校注》，四川：巴蜀書店，
　　1988 年

唐・柳宗元：《柳河東全集》，北京：中國書店，1994 年

唐・韋應物：《韋蘇州集》，臺北：臺灣中華書局，1984 年

唐・儲光羲：《全唐詩》「儲光羲」卷，北京：中華書局，1992 年

唐・韓愈：《韓昌黎全集》，臺北：中華書局，1980 年

宋・（不著輯人）：《聖宋九僧詩》、《補遺》，《叢書集成續編》，臺北：
　　新文豐出版公司，1988 年

宋・（佚名）：《雪浪齋日記》，李公煥箋註《陶淵明集》，臺北：中
　　央圖書館，1991 年

宋・（佚名）：《漫叟詩話》，郭紹虞輯《宋詩話輯佚》，臺北：華正書局，1981 年

宋・方回：《桐江續集》，臺北：臺灣商務印書館，1970 年

宋・方回：《瀛奎律髓》，北京：中國書店，1990 年

宋・王安石：《王臨川全集》，臺北：世界書局，1977 年

宋・何汶：《竹莊詩話》，北京：中華書局，1984 年

宋・呂本中：《童蒙詩訓》，郭紹虞輯《宋詩話輯佚》，臺北：華正書局，1981 年

宋・汪藻：《浮溪集》，上海商務印書館，1965 年

宋・辛棄疾著、鄧廣銘箋注：《稼軒詞編年箋注》，臺北：華正書局，1989 年

宋・辛棄疾著、鄧廣銘輯校：《辛稼軒詩文鈔存》，臺北：華正書局，1979 年

宋・周必大：《二老堂詩話》，清・何文煥輯《歷代詩話》，臺北：漢京文化，1973 年 1 月

宋・邵雍：《伊川擊壤集》，上海：上海商務印書館，1965 年

宋・姜夔：《白石道人詩說》，收錄於《白石道人詩集》，臺北：藝文印書館，1965 年

宋・施德操：《北窗炙輠錄》，收錄於《宋代筆記小說》第九冊，河北教育出版社，1995 年

宋・胡仔：《苕溪漁隱叢話》，臺北：長安出版社，1978 年

宋・范成大著、富壽蓀標注：《范石湖集》，上海：上海古籍出版社，2006 年 4 月

宋・范溫：《潛溪詩眼》，郭紹虞輯《宋詩話輯佚》，臺北：華正書局，1981 年

宋・唐庚：《文錄》，臺北：藝文印書館，1965 年

宋・徐鉉：《徐公文集》，上海：上海商務印書館，1965 年

宋・晁公武：《郡齋讀書志》，臺北：廣文書局，1967 年

宋・晁補之：《晁氏客語》，臺北：藝文印書館，1965 年

宋・晁補之：《濟北晁先生雞肋集》，臺北：臺灣商務印書館，1965
年

宋・真德秀：《真文忠公文集》，臺北：臺灣商務印書館，1965 年

宋・秦觀著、徐培均箋注：《淮海集箋注》，上海：上海古籍出版社，
1994 年

宋・張戒：《歲寒堂詩話》，丁福保輯《歷代詩話續編》，臺北：木鐸
出版社，1988 年 7 月

宋・梅堯臣、朱東潤選註：《梅堯臣詩選》，北京：人民文學出版社，
1980 年 10 月

宋・許顗：《彥周詩話》，清・何文煥輯《歷代詩話》，臺北：漢京文
化，1973 年 1 月

宋・陳正敏：《遯齋閒覽》，蔡正孫《詩林廣記》卷一引，臺北：廣
文書局，1973 年

宋・陳知柔：《休齋詩話》，郭紹虞輯《宋詩話輯佚》，臺北：華正書
局，1981 年

宋・陳師道：《後山詩話》，清・何文煥輯《歷代詩話》，臺北：漢京
文化，1973 年 1 月

宋・陳善：《捫蝨新話》，元・陶宗儀纂《說郛》，臺北：新興書局，
1972 年

宋・陳善：《捫蝨新話》，臺北：藝文印書館，1965 年

宋・陳與義著、鄭騫校箋：《陳簡齋詩集合校彙注》，臺北：聯經出
版社，1975 年

宋・陳模撰、鄭必俊校注：《懷古錄校注》，北京：中華書局，1993 年

宋・陸九淵：《象山全集》，臺北：中華書局，1965 年

宋・陸游：《陸放翁全集》，北京：中國書店，1995 年

宋・陸游：《劍南詩稿》，臺北：世界書局，1990 年 11 月

宋・惠洪：《冷齋夜話》，北京：中華書局，1988 年

宋・曾鞏：《元豐類稿》，臺北：世界書局，1963 年

宋・黃庭堅：《山谷全集》，臺北：中華書局，1970 年

宋・黃庭堅：《豫章黃先生文集》，上海：上海書店，1989 年

宋・黃庭堅著；劉琳、李勇先、王蓉貴校點：《黃庭堅全集》，成都：
四川大學出版社，2001 年 4 月

宋・黃徹：《䂬溪詩話》，丁福保輯《歷代詩話續編》，臺北：木鐸出
版社，1988 年 7 月

宋・黃震：《黃氏日抄》，日本京都：中文出版社，1979 年

宋・楊時：《龜山先生語錄》，蔡正孫《詩林廣記》卷一引，臺北：
廣文書局，1973 年

宋・楊萬里：《誠齋集》，臺北：中華書局，1965 年

宋・楊萬里：《誠齋詩話》，丁福保輯《歷代詩話續編》，臺北：木鐸
出版社，1988 年 7 月

宋・葉夢得：《玉潤雜書》，元・陶宗儀纂《說郛》，臺北：新興書局，
1972 年

宋・葉夢得：《石林詩話》，清・何文煥輯《歷代詩話》，臺北：漢京
文化，1973 年 1 月

宋・葛立方：《韻語陽秋》，清・何文煥輯《歷代詩話》，臺北：漢京
文化，1973 年 1 月

宋・趙令時：《侯鯖錄》，臺北：藝文印書館，1966 年

宋・劉克莊：《後村先生大全集》，臺北：藝文印書館，1975 年

宋・劉克莊：《後村詩話》，北京：中華書局，1983 年

宋・歐陽修：《歐陽修全集》，北京：中華書局，2001 年

宋・歐楊修：《六一詩話》，清・何文煥輯《歷代詩話》，臺北：漢京
文化，1973 年 1 月

宋・蔡啟：《蔡寬夫詩話》，郭紹虞輯《宋詩話輯佚》，臺北：華正書
局，1981 年

宋・蔡條：《西清詩話》，蔡正孫《詩林廣記》卷一引，臺北：廣文
書局，1973 年

宋‧黎靖德編：《朱子語類》，臺北：文津出版社，1986 年

宋‧魏了翁：《鶴山先生大全文集》，上海：上海商務印書館，1965 年

宋‧羅大經：《鶴林玉露》，北京：中華書局，1985 年

宋‧嚴羽著、郭紹虞校釋：《滄浪詩話》，臺北：里仁書局，1987 年

宋‧蘇軾：《東坡樂府編年箋注》，臺北：華正書局，1993 年 8 月

宋‧蘇軾：《東坡題跋》，臺北：藝文印書館，1966 年

宋‧蘇軾：《蘇東坡全集》，臺北：河洛圖書出版社，1975 年

宋‧蘇軾著、孔凡禮點校：《蘇軾文集》，北京：中華書局，1986 年

金‧王若虛：《滹南詩話》，丁福保輯《歷代詩話續編》，臺北：木鐸
　　出版社，1988 年 7 月

明‧胡應麟：《詩藪》，臺北：廣文書局，1973 年

明‧瞿汝稷集：《水月齋指月錄》，江蘇：廣陵古籍出版社，1991 年

清‧吳之振等編：《宋詩鈔》，臺北：世界書局，1969 年

清‧阮元：《四庫未收書目提要》，臺北：商務印書館，1971 年

清‧洪亮吉：《北江詩話》，北京：人民文學出版社，1998 年

清‧紀昀等評，曾棗莊、曾濤編：《蘇詩彙評》，臺北：文史哲出版
　　社，1998 年

清‧葉燮：《原詩》，上海：上海書店，1994 年

朱自清：《宋五家詩鈔》，上海：上海古籍出版社，1981 年

北京大學古文獻研究所編：《全宋詩》，北京：北京大學出版社，1993
　　年

參、文學史及其相關論述

王小舒：《神韻詩史研究》，臺北：文津出版社，1994 年

王文進：《論六朝詩中巧構形似之言》，臺北：臺灣師範大學國文所
　　碩士論文，1977 年

王忠林等：《中國文學史初稿》，臺北：福記文化公司，1985 年

王國瓔：《中國山水詩研究》，臺北：聯經出版公司，1992 年

王瑤：《中古文學史論》，北京：北京大學出版社，1986 年

吉川幸次郎著、劉向仁譯：《中國詩史》，臺北：明文書局，1983 年

李曰剛：《中國文學流變史》，臺北：聯貫出版社，1972 年

林文月：《山水與古典》，臺北：三民書局，1996 年

林文月：《中古文學論叢》，臺北：大安出版社，1989 年

姚瀛艇主編：《宋代文化史》，臺北：雲龍出版社，1995 年

洪順隆：〈田園詩論——由《詩經》到陶淵明暨其餘響看「田園詩」
　　的發展及特色〉，《華學月刊》第 101 至 103 期，1980 年 5 至 7 月

袁濟喜：《人海孤舟——魏晉六朝士的孤獨意識》，鄭州：河南人民
　　出版社，1995 年

袁濟喜：《六朝美學》，北京：北京大學出版社，1992 年

馬積高：《宋明理學與文學》，長沙：湖南師大出版社，1989 年

張海鷗：《兩宋雅韻》，臺北：雲龍出版社，1996 年

張高評編：《宋詩綜論叢編》，高雄：麗文文化公司，1993 年

張健：《宋金四家文學批評研究》，臺北：聯經出版公司，1983 年

張毅：《宋代文學思想史》，北京：中華書局，1995 年

梁容若：《中國文學史研究》，臺北：三民書局，1985 年

許總：《宋詩史》，重慶：重慶出版社，1992 年

許總：《唐詩史》，南京：江蘇教育出版社，1995 年

郭英德等編：《中國古典文學研究史》，北京：中華書局，1995 年

陳國球編：《中國文學史的省思》，臺北：書林出版公司，1994 年

陸侃如、馮沅君：《中國詩史》，香港：古文書局，1961 年

游國恩等：《中國文學史》，香港：中國圖書刊行社，1992 年

程千帆、吳新雷：《宋代文學史》，上海：上海古籍出版社，1991 年

程杰：《北宋詩文革新研究》，臺北：文津出版社，1996 年

葉慶炳：《中國文學史》，臺北：學生書局，1992 年

葛曉音：《山水田園詩派研究》，瀋陽：遼寧大學出版社，1993 年

葛曉音：《漢唐文學的嬗變》，北京：北京大學出版社，1995 年

董金裕：《宋儒風範》，臺北：東大圖書公司，1979 年

廖蔚卿：《六朝文論》，臺北：聯經出版公司，1985 年

趙仁珪：《宋詩縱橫》，北京：中華書局，1994 年

劉大杰：《中國文學發達史》，臺北：臺灣中華書局，1980 年

劉文剛：《宋代的隱士和文學》，成都：四川大學出版社，1992 年

鄭振鐸：《插圖本中國文學史》，臺北：莊嚴出版社，1991 年

鄭毓瑜：《六朝情境美學綜論》，臺北：學生書局，1996 年

魯迅：〈魏晉風度及文章與藥及酒之關係〉，黃繼持編《魯迅著作選》，
　　　臺北：商務印書館，1994 年

蕭錄華：《北宋平淡文學觀之研究》，臺北：政大中文所碩士論文，
　　　1991 年

錢志熙：《魏晉詩歌藝術原論》，北京：北京大學出版社，1993 年

駱玉明、張宗原：《南北朝文學》，合肥：安徽教育出版社，1994 年

鍾美玲：《北宋四大家理趣詩研究》，臺北：文津出版社，1996 年

鍾優民：《中國詩歌史──魏晉南北朝》，長春：吉林大學出版社，
　　　1989 年

顏崑陽：《六朝文學觀念叢論》，臺北：正中書局，1993 年

龔鵬程：〈試論文學史之研究──以劉大杰《中國文學發展史》為
　　　例〉，《政府遷臺以來文學研究理論及方法之探索》，臺北：學生
　　　書局，1988 年

肆、文學批評史及相關論述

王運熙、楊明：《隋唐五代文學批評史》，上海：上海古籍出版社，
　　　1994 年

王運熙、楊明:《魏晉南北朝文學批評史》,上海:上海古籍出版社,
　　1989 年

王運熙、顧易生:《中國文學批評史》,臺北:五南圖書公司,1993
　　年

朱光潛:《詩論》,臺北:漢京文化公司,1982 年

李正治主編:《政府遷臺以來文學研究理論及方法之探索》,臺北:
　　學生書局,1988 年

韋勒克‧華倫著,王夢鷗、許國衡譯:《文學論──文學研究方法
　　論》,臺北:志文出版社,1992 年

張雙英:《中國文學批評的理論與實踐》,臺北:萬卷樓圖書公司,
　　1993 年

黃保真等:《中國文學理論史──先秦兩漢魏晉南北朝時期》,臺北:
　　洪業文化公司,1993 年

錢鍾書:《談藝錄》,臺北:書林出版公司,1988 年

顏崑陽:〈漢代「楚辭學」在中國文學批評史上的意義〉,《第二屆中
　　國詩學會議論文集──先秦兩漢詩學》,彰化師範大學國文系,
　　1994 年

顏崑陽:〈漢代「賦學」在中國文學批評史上的意義〉,《第一屆漢代
　　文學與思想學術研討會論文集》,政治大學中文系,1991 年

羅根澤:《中國文學批評史》,臺北:學海出版社,1990 年

顧易生、蔣凡等:《宋金元文學批評史》,上海:上海古籍出版社,
　　1996 年

龔鵬程:《詩史本色與妙悟》,臺北:學生書局,1986 年

伍、歷代作家的相關論述

王水照:《蘇軾》,臺北:萬卷樓圖書公司,1993 年

王水照：《蘇軾論稿》，臺北：萬卷樓圖書公司，1994 年

王更生編著：《歐陽修散文研讀》，臺北：文史哲出版社，1996 年

王維研究會編：《王維研究》，北京：中國工人出版社，1992 年

任嘉禾：〈陶潛與王維——詩史上儒道結合與儒佛結合之比較〉，《內
　　蒙古大學學報（哲學社會科學版）》，1984 年第 2 期

朱東潤：《梅堯臣傳》，北京：中華書局，1975 年

吳頤平：〈撰蘇東坡尚友陶靖節〉，《輔仁學誌——文學院之部》第九
　　期，1980 年 6 月

宋丘龍：《蘇東坡和陶淵明詩之比較研究》，臺北：臺灣商務印書館，
　　1985 年

李涵、劉經華：《范仲淹傳》，鄭州：中州古籍出版社，1991 年

阮庭焯：〈退溪和陶詩發微〉，《大陸雜誌》第 83 卷第 5 期，1991 年
　　11 月

洪本健：《醉翁的世界——歐陽修評傳》，鄭州：中州古籍出版社，
　　1990 年

洪亮：《放逐與回歸——蘇東坡及其同時代人》，南昌：百花州文藝
　　出版社，1993 年

范軍：《蘇東坡的人生哲學》，臺北：揚智文化公司，1996 年

凌琴如：《蘇軾思想探討》，臺北：臺灣中華書局，1977 年

孫昌武：《柳宗元傳論》，北京：人民文學出版社，1982 年

張白山：《王安石》，臺北：萬卷樓圖書公司，1991 年

張健：《歐陽修之詩文及文學評論》，臺北：臺灣商務印書館，1982
　　年

張健：〈陶潛、蘇辛與菊〉，《中國古典文學研究叢刊——詩歌之部
　　（一）》，臺北：巨流圖書公司，1986 年 10 月

張夢機：《思齋說詩》，臺北：華正書局，1977 年

張夢機：《讀杜新箋——律髓批杜詮評》，臺北：漢光文化公司，1987
　　年

陳克明：《韓愈述評》，北京：中國社會科學出版社，1985 年

陳淑美：〈辛稼軒與陶淵明〉，《中國古典文學論叢第一冊（詩歌之部）》，臺北：《中外文學月刊社》，1985 年 3 月

溫謙山纂訂：《和陶合箋》，臺北：新文豐出版公司，1980 年

齊治平：《陸游》，臺北：萬卷樓圖書公司，1993 年

劉維崇：《王維評傳》，臺北：正中書局，1975 年

劉維崇：《白居易評傳》，臺北：商務印書館，1996 年

劉維崇：《黃庭堅評傳》，臺北：黎明文化公司，1981 年

劉德清：《歐陽修論稿》，北京：北京師大出版社，1991 年

鄧正忠：《歐陽修》，臺北：萬卷樓圖書公司，1994 年

頤廬：〈陶淵明的異代知己──蘇軾〉，《恆毅》第 29 卷第 3 期，1979 年 10 月

鮑霈：《陶詩蘇和較論》，高雄：復文書局，1979 年

陸、接受美學及相關文學理論

弗洛恩德著，陳燕谷譯：《讀者反應理論批評》，臺北：駱駝出版社，1994 年

周寧、金元浦譯：《接受美學與接受理論》，瀋陽：遼寧人民出版社，1987 年

哈羅德・布魯姆著，朱立元、陳克明譯：《比較文學影響論》，臺北：駱駝出版社，1992 年

哈羅德・布魯姆著，徐文博譯：《影響的焦慮：詩歌理論》，臺北：久大文化，1990 年

馬以鑫：《接受美學新論》，上海：學林出版社，1995 年

張廷琛編：《接受理論》，成都：四川文藝出版社，1989 年

廖棟樑：《接受美學與楚辭學史研究——以屈原形象的歷史建構為
　　例》，《中國文學史暨文學批評學術研討會論文集》，臺北：輔仁
　　大學中文所，1996 年

赫魯伯著、董之林譯：《接受美學理論》，臺北：駱駝出版社，1994
　　年

劉小楓選編：《接受美學譯文集》，北京：三聯書店，1989 年

樂黛雲：《比較文學原理》，長沙：湖南文藝出版社，1988 年

樂黛雲：《比較文學導論》，臺北：蒲公英出版社，1986 年

何金蘭：《文學社會學》，臺北：桂冠圖書公司，1989 年

柒、其它

范炯主編：《歷史的困惑——思想者卷》，臺北：雲龍出版社，1994
　　年

高敏主編：《隱士傳》，鄭州：河南人民出版社，1994 年

張立偉：《歸去來兮——隱逸的文化透視》，北京：三聯書店，1995
　　年

葛兆光：《禪宗與中國文化》，臺北：里仁書局，1987 年

劉揚忠：《詩與酒》，臺北：文津出版社，1994 年

滕守堯：《道與中國文化》，臺北：揚智文化公司，1996 年

蔣星煜：《中國隱士與中國文化》，上海：中華書局，1947 年

國家圖書館出版品預行編目

宋代陶學研究：一個文學接受史個案的分析 /
羅秀美著. -- 一版. -- 臺北市 :秀威資訊
科技, 2007[民 96]
　面 ；　公分. -- (語言文學類 ；AG0052)
　參考書目 ：面
　ISBN 978-986-6909-32-0(平裝)

　1. (晉)陶潛 - 作品集 - 評論

843.2　　　　　　　　　　　96000115

語言文學類　AG0052

宋代陶學研究
── 一個文學接受史個案的分析

作　　者 / 羅秀美
發 行 人 / 宋政坤
執行編輯 / 賴敬暉
圖文排版 / 張慧雯
封面設計 / 林世峰
數位轉譯 / 徐真玉　沈裕閔
銷售發行 / 林怡君
網路服務 / 徐國晉
出版印製 / 秀威資訊科技股份有限公司
　　　　　台北市內湖區瑞光路 583 巷 25 號 1 樓
　　　　　電話：02-2657-9211　　　傳真：02-2657-9106
　　　　　E-mail：service@showwe.com.tw
經 銷 商 / 紅螞蟻圖書有限公司
　　　　　台北市內湖區舊宗路二段 121 巷 28、32 號 4 樓
　　　　　電話：02-2795-3656　　　傳真：02-2795-4100
　　　　　http://www.e-redant.com

2007 年 1 月 BOD 一版
定價：310 元

讀　者　回　函　卡

感謝您購買本書，為提升服務品質，煩請填寫以下問卷，收到您的寶貴意見後，我們會仔細收藏記錄並回贈紀念品，謝謝！

1. 您購買的書名：_____

2. 您從何得知本書的消息？

　　□網路書店　□部落格　□資料庫搜尋　□書訊　□電子報　□書店

　　□平面媒體　□ 朋友推薦　□網站推薦　□其他_____

3. 您對本書的評價：(請填代號　1.非常滿意 2.滿意 3.尚可 4.再改進)

　　封面設計____　版面編排____　內容____　文/譯筆____　價格____

4. 讀完書後您覺得：

　　□很有收獲　□有收獲　□收獲不多　□沒收獲

5. 您會推薦本書給朋友嗎？

　　□會　□不會，為什麼？_____

6. 其他寶貴的意見：_____

_____

_____

_____

読者基本資料

姓名：_____　年齡：_____　性別：□女 □男

聯絡電話：_____　E-mail：_____

地址：_____

學歷：□高中(含)以下　　□高中　　□專科學校　　□大學

　　　□研究所(含)以上 □其他_____

職業：□製造業 □金融業 □資訊業 □軍警 □傳播業 □自由業

　　　□服務業 □公務員 □教職　□學生 □其他_____

(請沿線對摺寄回,謝謝!)

秀威與 BOD

BOD（Books On Demand）是數位出版的大趨勢，秀威資訊率先運用 POD 數位印刷設備來生產書籍，並提供作者全程數位出版服務，致使書籍產銷零庫存，知識傳承不絕版，目前已開闢以下書系：

一、BOD　學術著作—專業論述的閱讀延伸
二、BOD　個人著作—分享生命的心路歷程
三、BOD　旅遊著作—個人深度旅遊文學創作
四、BOD　大陸學者—大陸專業學者學術出版
五、POD　獨家經銷—數位產製的代發行書籍

BOD 秀威網路書店：www.showwe.com.tw
政府出版品網路書店：www.govbooks.com.tw

永不絕版的故事‧自己寫‧永不休止的音符‧自己唱